霜染白路

程宏安 著

陕西新华出版
陕西人民出版社

图书在版编目（CIP）数据

霜染白路／程宏安著．—西安：陕西人民出版社，2024.4
　　ISBN 978-7-224-15349-1

　　Ⅰ．①霜… Ⅱ．①程… Ⅲ．①短篇小说—小说集—中国—当代 Ⅳ．①I247.7

中国国家版本馆 CIP 数据核字（2024）第 063195 号

出 品 人：	赵小峰
策划编辑：	彭　莘
责任编辑：	王彦龙　黄　莺
特约编辑：	何超锋
封面设计：	大摩北京设计事务所

霜染白路
SHUANG RAN BAI LU

作	者	程宏安
出版发行		陕西人民出版社
		（西安市北大街 147 号　邮编：710003）
印	刷	西安盛业印务有限公司
开	本	787 毫米×1092 毫米　1/32
印	张	9.25
字	数	230 千字
版	次	2024 年 4 月第 1 版
印	次	2024 年 4 月第 1 次印刷
书	号	ISBN 978-7-224-15349-1
定	价	59.00 元

如有印装质量问题，请与本社联系调换。电话：029-87205094

序

求善觅真的社会和人生

李 星

察根溯流,中国文学史对小说的定义门槛较低:小说者,盖出于俚巷,内容大多是"稗官野史"。那时,还没有今天的"人民""时代""百姓"的概念,但"俚巷""稗官野史"这些定位,充分说明了小说的民间性、大众性,以及难为正史的"野史性"。

从这个意义上说,程宏安这本《霜染白路》称为小说集应该是恰当的。尽管它收录的只是作者社会、人生之路上耳闻目睹的人和事的稍显匆忙的记录,没有当世有名或名声不显的作家作品中起伏跌宕的情节,对人物和现实的集中概括、虚构、想象的思想穿透力和文字能力也未必熟练,总体上也比较粗糙或者简单,但本书作为改革开放、物欲横流时代的记录,依然具有它时代和现实的意义。如《扶都之花》系列对梅、兰、竹、菊等四类女性人物奋斗人生、命运遭际的表现，都能给人们留下较为生动鲜活的印象；《来福的一天》对一个小公务员尴尬日常的记录，《非常丈母娘》对那个一身担当的丈母娘的豪爽和大度的表现，都能给人眼前一亮之感。

  作为年过八十的写作者，我一直认为文学——特别是文学一大体裁的小说江湖，是应该容得下多种多样、层次不一的作者的，与之相对应的是多式多样、层次不一、有多种文学之胃的读者。我们当然希望当代文坛能有更多进入文学史、传之后世的出类拔萃之作，但也应该容许那些做着文学梦却为窘迫的吃饭穿衣、养家糊口所困的劳动者的求真求善之笔墨游戏。

  是为序！

2023 年 6 月 25 日

目录

- 001　安大可回乡
- 009　初恋之谜无解
- 022　白果树下的儿女之一　老左
- 029　白果树下的儿女之二　承明
- 037　白果树下的儿女之三　容容她大
- 045　白果树下的儿女之四　菊花嫂子
- 053　师　者
- 059　户　口
- 066　汪　生
- 072　来福的一天
- 080　非常丈母娘
- 087　霜染白路
- 096　炼　金
- 105　办事处副主任

115	奔忙在北京
139	生命中那些令人动容的瞬间
148	扶都之花　梅
157	扶都之花　兰
167	扶都之花　竹
179	扶都之花　菊
190	再见　五道河子
205	大凌河西有村庄
213	柏山　阿香
220	我的朋友和他的女人
243	黑山大龙
263	苍天的孩子
285	后　记

安大可回乡

01

安大可打算回一趟老家。

对有的人来说，回家不仅仅意味着和亲人相聚，有时还是一种精神上的皈依。安大可就是这样，这一次他将带他的妻子明兰回到他出生的地方。

明兰将是他今生的最后一个女人，和她结婚是他给爱情画的句号，从此开始，他打算老老实实过普通人的日子。过去他爱过的和爱过他的女人统统都翻个篇儿，所有红颜的、蓝颜的情感统统都打个死结，永不再见。

在老家，在父亲、母亲那一辈，"三子"——房子、孩子、女子（指妻子）——是一个男人甚至一个家族在村子里必需的三面旗帜，缺一都不会受人敬重。"三子"中的两子都和女人有关，婚姻绝对不仅仅是两个人之间有爱就可以这么简单。在婚姻中，一个女人走向的不仅仅是一个男人、一个家庭，她很可能还涉及一个家族、一个姓氏的共同荣誉。可以说，在他们这个地方，缺少上一辈德高望重者祝福的婚姻注定不会幸福。祠堂在人的心里，仪式在看不见的地方不可省略。对于这种人生大事，乡俗的认可和加持的重要性大过那一张红纸。这里的人都知道，唾沫星子是一片汪洋大海，异样的目光是大海里生猛的食神兽，身披青春披风高高飞翔的你完全可以无视这种虚无的威胁，但你不能保证，你老迈不善游泳的亲人同样可以安然无恙。这一点，安大可有着深刻的体会。

上一次，安大可领回家的是个名声不好的女人，乡亲们在背后骂得很难听，他都知道。虽然他们和他迎面碰见也不打招呼，但安大可还是可以从他们匆匆而过、嘴里的念念有词里辨出那些不好的词语："二锅头""破鞋""卖×的"……

安大可的父母用尽了所有的办法，也没有把自己的犟牛儿子拉回到正常轨道上，就叫了安大可的大哥（代表大伯）、堂伯、舅舅、当时的生产队长，以及左右邻居开了个扩大会，摆事实，讲道理，动之以情、晓之以理，希望儿子能悬崖勒马。

那时候刚刚改革开放，沉淀了太久的传统被一些胆大先行、肆意妄为的年轻人拿出来充分反思、恶搞、嘲弄、翻晒，甚至践踏，在那样的大环境里，正处于青春期的安大可汹涌的荷尔蒙毁天灭地，他根本无法接受那种形式的教育。他觉得那场家庭会议就是给自己和自己的女人开的一场批斗会，在那样的场合，历数他们的丑行，目的就是让他体无完肤，褪尽胞衣，把自己的五脏六腑、肠肠肚肚全部暴露在众人面前，这哪里是什么教育？分明就是对他的公开羞辱，比杀了他更让他觉得难受。好歹自己也是个站着尿尿的汉子，打掉了他最后的尊严，让他以后怎么抬头做人？他只是找了个名声不好的女人，这是犯了多大罪？

更令他无法忍受的是，他舅舅本来私下答应在会上在众人面前为他灭火的，最后竟然站到群情激昂的一面，还当着那么多人的面甩手给了他一个响亮的耳光！你是那个谁的谁？没生过我没养过我，凭什么打我？那一刻，安大可热血上涌，真有一种冲上去打回去，报一掌之仇的冲动。

安大可觉得，不懂得爱情、不懂得荷尔蒙为何物的老家人抛弃了他，所有人都是。他，走了。

这一走，就是十五年。安大可私下发过誓：尿尿都不朝那个地方（方向）尿！

02

这一次，他决定要真正回一次乡，正大光明地回，回到那个抛弃过他的故乡，带着他的女人。

他在一线城市有房、有车，有自己的事业，这没有什么值得炫耀的。在他心里，只有十五年前离开的那个村子才有他的家。他在没人知道的夜晚，偷偷回去过几次，绕着自家的老房子转了几圈，发现院里全是一人深的荒草，他蹲在地上哭过。

他没有忘记自己的誓言，可那都是过去的事情了，就算是写在纸上又能怎么样呢？十五年前的字迹放到今天还能那么清晰可见吗？

誓言是当初自己给自己立的，他不说，别人便不知，何况当初的自己和现在的自己早就不一样了，时间和人都变了，誓言对应的早成了虚空。再说，是自己单方面的决定，当年没有任何人撵他走，现在也没有人说过故乡不接受他安大可回去看看呀。不是吗？

十五年了，父母不在了，大伯不在了，堂伯不在了，舅舅不在了，队长也早就换了几茬了，但老房子还在，姐姐在，大哥在，父母的坟在，他，得回。

明兰是个简单的女子，以她的单纯、善良、热情，相信如果父母活着的话，会很满意这个儿媳妇的。虽然和明兰之间早就有了红本本，固定了关系，老丈人一家也替他们举办了隆重的仪式，但他觉得这还不够。在老家，在那片熟悉的土地上，他还缺少一个重要的、神圣的人生仪式没有完成。他要让他的女人从他生命开始的地方融入他的生活、喜欢上他爱吃的食物。他相信老家的食物里有根神奇的绳，一定可以拴住驿动的胃口；老家的天空充斥着魔性，只要呼吸了那里的空气，只有回乡才是唯一的解药；老家的泥土里有无名的蛊，脚一沾上就无法远离！村里的老房子框住了一代又一代的居家女人，也一定会帮他留住明兰。他还要让牵挂他的姐姐、大哥、小弟、小妹们放心，并分享他的幸福。他要带着明兰去给父母上个坟，他要让父母用另一种方式"批准"、祝福他们的婚姻。

对于父母，安大可有深重的罪孽感，他一直无法释怀，不管是睡在自家床上还是大酒店豪华的席梦思床上，他总是时常梦中惊醒，然后望着空白的天花板长时间出神，他说他爸他妈就在那里，眼睁睁地看着他。

明兰说，你该回去看看了。

安大可说他走的那天风很大，有只大黑鸟一直在头顶盘旋。明兰说，你看清楚了，是只鸟不是风筝？安大可说，我没抬头，但我确定那是一只鸟，我们那里没人放风筝，一定是宿命的神在天上。很多年之后碰见邻居，听说我妈的头发一夜之间就全白了，去世的时候一直喊着"可儿，可儿"，直到咽下最后一口气，也合不上眼睛。

安大可曾偷偷去看过父母的坟，父亲的墓碑上孝子一栏没有他的名字，但母亲的碑上有，据说是母亲监督着石匠刻上去的，那清晰的錾痕是母亲留给儿子的一条路，森森的月光下，明明白白。"安大可"三个字都是工整的楷体，唯独"可"字的"丁"这一部分刻意变一个弧形，这分明就是母亲的授意，她在用一个开放着的环抱，等着她的儿子归来，空空落落地等待了十几年。

03

出走十五年之后，安大可第一次和一个女人一起踏上了故乡的土地。

汉中的十月，多雨，潮湿。在人行道上，一片发黄的梧桐树叶提醒你季节变了，天气也变了。南来北往的电动车上撑着不同颜色的雨伞，穿梭在雨雾中，像漂着不同颜色的莲，而莲下一张或数张自在、满足、闲适、不疾不徐、有点诗性、略带忧郁的脸，从你面前倏地一闪而过，然后没入田垄一样并不宽阔的小巷中，虽不熟悉，但很田园，让你想起小时候路遇一只从一块菜地向另一块菜地转移的小青蛙，在你面前调皮地叫一声"呱"之后，迅速地穿越了你的视线。

有些冷。但在这里出生的安大可完全可以忍受，他甚至对这种潮湿、有些凝滞的天气有些说不清的偏爱，因为这种清冷可以帮助他，让他的记忆中他不愿意忘记的那一部分，很原味地保持在某种电影的情境里而不走样。而这对明兰这个东北姑娘显然是个考验。她说风往骨头缝里钻。安大可承认自己还是考虑不周，一没料到下雨，没准备伞；二是回乡这件事虽然经过反复思量，还是想得简单了，他认为无须提前做攻略。可能真是离开得太久，忘记了多少年来在故乡这季节就是多雨。

明兰冻得嘴唇发紫，牙齿打架，安大可就想着买件厚些的衣服给她，最好能是当地风格的。可从北大街一路下来一直到中学巷口，服装店里都还是夏秋季的时装，不是裙装，就是薄款套装，没有一家冬装上架的。最后终于在一家运动品牌店的角落里找到一件带绒的冬款运动服，营业员坚持不卖，说是去年冬天剩下的，已经报了过季库存，准备过几天邮回总部换新款的。反复交涉才买下来，明兰穿上，觉得暖和了很多，可她说很不舒服：满大街都是眼睛，看她像看怪物。安大可就安慰她说，管他呢，又没人认得你。

"汉中师范学校"这块牌子已经不在了，据说和农校、商校合并，在别的地方建了更大更漂亮的校区。好在汉中一中还在原址，汉师附小也还在，还有中学巷九号这个地址证明着安大可那段经历是真实、可信的，他没有对明兰说谎。曾经帮助他建立过自信的赵老师据说几年前就过世了。带过班的郑老师呢？说是调到了党校。安大可带明兰找到了党校，打听了好几个人，最后在一位工作人员的带领下，才找到了学校的档案室,在一个矮小瘦削的老头面前,安大可叫了一声"郑老师",一张满是狐疑苍老的脸横亘在他面前。"我是安大可,83级班上很瘦的那个,羊县的。""羊县是哪个县?"十五年,不短的岁月,会发生很多事,当年儒雅的郑老师早就认不出他这个现在和曾经都很普通的学生了,这没什么奇怪的。

"郑老师离婚了,十多年了都一个人过,平时也不爱跟人说话。"带他们去的人这么一说,安大可只觉得脑子里嗡的一声,然后一阵空白。

中学巷口原来的老书摊隐身于时间深处,渐行渐远,远得看不见了。出了巷子不远,有家叫老王家面皮的店,可能是新开的,味道还可以,但完全是现时的味道,和过去一点都不相同。

04

"老跟我提汉中梆梆面多好吃,到你的地方了也不请我尝尝?"

经明兰一提起,安大可觉得真是有些饿了。他记得伞铺街中段有家面馆,是一对西乡的夫妇开的,门面不大,里面收拾得很干净,味道也不错。老板娘很热情地招呼每一位客人,进来的人面没下肚,心先就热乎起来了。安大可以前常常光顾,不仅仅是为了吃碗面,他很享受在一个离家百里的陌生城市有这么一个温馨的所在。在他毕业离开汉中师范的前一天晚上,他一个人来面馆吃面,老板娘执意送了他一瓶鹿龄特曲,说那天是他们的结婚纪念日,喝酒长久,这辈子能碰着的都是贵人。一碗面一块五,一瓶酒三块钱,他安大可还是个毛都没长全的青皮，他相信这一切绝对和利润无关，和生意无关，因为那一天汉中市细雨绵绵，可安大可吃了一碗面，喝了几口酒，觉得身上特别暖。

伞铺街走到头，他反复在记忆中搜索，却发现原来面馆的位置上开了家炸鸡店。明兰坚持要吃梆梆面，他只好就近选了一家，店老板是绵中人，口音很明显，一听就听出来了。明兰说不好吃，安大可说加点辣子，再倒点醋。吃完了安大可又问，这回呢？嗯，加上调料味道真的不一般，是我吃过最好的美食，这回可暖和多了。

自从进了汉中市，安大可第一次发现，明兰真的开心了，他就很开心。故事讲了一大堆，不如一顿美食帮他挽回了不少颜面，对这一趟处心积虑的回乡之旅，他多了一份信心。因为从一开始，所有的行程都是围绕他圆满自己内心的缺憾而设计的，他并没有问过明兰是怎么想的。说实话，他希望故乡接受明兰，也希望明兰能喜欢上自己的故乡，因为在他的规划中，她是他最后的女人，而故乡则是他人生的开始，也将是他们人生的终点。

初恋之谜无解

《说文解字·言部》:"谜,隐语也。从言迷,迷亦声。"

有些谜有多种谜底,有些只有一种解释最为贴切。符不符合要求,得做谜的人说了算。而有些谜终将无解,极尽有生之韶华也得不到答案。或者局外无关人等早已昭然,又或者后世的人用智慧和科技打开玄机,却发现只不过是个笑话,但对深陷其中的当事人,又有什么现实的意义呢?

二民觉得整个身体正在向不可知的深渊缓缓地下沉,有风托着,所以他落下的速度并不是很快,身边不时地掠过一些彩色的鸟,以滑翔的姿态、通过各种路径组合出好看的图案,像是围绕他进行一场盛大的欢迎仪式,欢迎他来到新的空间。这时候有一些意识开始分离,渐渐变成一只只小飞虫,继而变成更大的数不清的蝴蝶,升上越来越高的天空,其艳丽程度不亚于盛大节日炸响的绚烂焰火,星星点点。

红红一直在抹着眼睛,抽泣声时断时续。现在正是安固城地里收冬瓜的季节，二民从虚空中看见红红的眼泪挂在粉嘟嘟的脸上，像是冬瓜上滑过的两道露水。难道我死了吗？那么多穿白衣服戴口罩的人都在摇头，听不清他们在说什么，只能看见他们无奈地叹息，他们各自散去，拿走了我的管子，他们为什么拿走我的管子？那些硅胶管子原来是插在我鼻孔、胸口、腹部的。向下看，自己的身体就像是一截毫无价值的菜根，和冬天被霜打过没人要的一地大白菜叶子一个颜色。

也许，全部的存在都只是一袋迎风打开的面粉，根本经不起多少风吹？二民觉得自己这袋面粉快要被吹光了，只剩下一个细小的清醒着的核。

没看见花儿，可能还没放学。花儿是他在这个世界上唯一放不下的人了，她是他和红红的女儿，才上小学六年级，如果他这袋面粉在被吹光之前没见到花儿，即使去了另一个空间，他无论如何也不会甘心。

不对，好像还有一件事。

无所不在的宇宙之灵啊，能不能借我点时间，等我办完这件事，看一眼我的花儿，然后随你怎么发落都行？

安固城是祖母一辈口中的城。是不是真实存在过这样一座城，无从考证。只是不知道从什么时候开始，这个村子就叫安固城，从命名上看，似乎和某座城有些关联。问过老一辈人，说是此地原是西汉时县城边界。此一说，二民并不相信，因为自打他生下来，周围就是大片大片的菜地，是个彻彻底底的农村，根本见不到半点城的影子。有的都是土坷垃，见不着城砖，更没有遗址，哪来高高在上的城？二民猜想，应该是他们这一支魏晋时期的平原望族为躲避战乱，穿秦岭向西北逃难，偶然流落至此，就此安居，因为不愿再继续颠沛流离，也感念皇天后土的恩典，于是在精神里虚构了一座城，称为"安固城"。实为把对未来的希冀全部寄托在这虚无的名字里，好让这神灵无比的地名保佑子孙万代在这里平安地繁衍生息、开枝散叶。

美好的地名并没有给二民带来任何便利，倒是让他和英子的相识成了一段无解的宿命。

英子是邻村的，比他高两级，她和他第一次近距离接触是在领奖台上。英子就在他右手边，他们一起端着奖状享受着台下老师、同学的掌声，被羡慕的、敬仰的目光扫描，当然其中也有内涵不详、不怀好意的。二民抬头瞥了一眼哗哗作响的白杨树叶，初夏的阳光铺满了安古城小学的校园，从树叶里漏下来落在主席台上，给条幅、桌子和英子的头发镀上一层金粉。校长的讲话还没有结束的迹象，二民发现一只大黑蚂蚁正沿着英子的袖子向衣领方向移动，马上就要到后颈的位置。英子的后颈长着一丛细细密密芦花般的绒毛，二民不知道这一丛芦花能不能挡住可恶的蚂蚁，但他很清楚被这种又黑又丑的家伙咬一口肯定会长个大包，痛好几天。他不确定英子如果真的被蚂蚁咬痛了脖子，会不会失声惊叫，在同学面前丢丑，但可以肯定的是，他绝不允许这样的事情发生。于是一只手从奖状背后，像云一样飘过英子的后衣领，拿捏精准，以至于现场居然没有任何一个人发现，包括英子本人。二民暗喜自己是个绝顶的武林高手。

这也是他唯一一次接触英子的身体。他后来跟英子说起，英子笑问:"瞎编的吧,我当时咋不知道?"

英子和二民后来都去 H 市读书,英子念卫校,二民读师范。二民师范第三年,英子已是 H 市人民医院的护士。

中秋节的早上,学校放假,可以睡到自然醒。日上三竿,408 宿舍的男生们实在忍受不了饥饿的考验起床了,照例是打升级选出去食堂给大家买早饭的代表。大家正穿着短裤,裹着被子甩牌的当口,有人敲门,隔壁宿舍的同学叫:

"二民,有人找你。"

"谁呀?这么早也不让人睡个好觉!"

"是个女的。"

"到底谁呀?哪个女的?"

二民恶狠狠地开了门。

……

是英子。二民一下傻在原地,英子递过来一个手帕包裹,转身快步离开。二民这才发现自己居然没穿上衣,顾不上理会楼道里的哄笑,赶紧跑回穿好衣服,放下包裹去追英子。追到校门口,门卫说人已经走了,二民怏怏地回到宿舍。英子带来的煮鸡蛋早就被饿鬼们瓜分殆尽,二民一个也没吃上,只留下了一个空手帕。

他细心地把手帕叠好,放在上衣口袋里,一个星期也不洗。那上面有英子的味道,洗过味道就淡了。

从此,二民的星期六、星期天,都定点在了 H 市人民医院英子的宿舍。他甚至喜欢上了医院里惯有的消毒药水气味。他讲学校的趣闻、安古城的人和事,英子有时会泪汪汪地看他一眼,有时会爽朗地笑出声，二民对英子的笑声很着迷，他觉得那种声音的魔力和明快程度超过一切乐器、一切大师，超过世上所有动听的旋律，可以穿透云雾，拨动海水，可以作为春、夏、秋、冬任何时间的背景音乐，让四季变得美妙。英子在跟他说话的时候，不忘翻动着锅里的菜。他们在一起，胃和精神都是充实的，二民觉得那是他师范三年最美好的时光。

这样的时间并不长，就在二民就要毕业的时候，有一次，他在英子的宿舍遇见了一个男人，就坐在他常坐的那把椅子上。舍友L介绍说是她们医院的医生，是英子的师兄，叫M，跟英子在同一家医院上班。二民感到了威胁，尽管英子让他坐床，他却觉得屋子太小，容不下这么多人，容不下他的敏感。二民什么也没说，扭头就走。他恨M，更恨L，一定是好事的L将M介绍给英子来抢他的幸福的。

二民用离开来惩罚英子和自己。他赌气坚持了两个星期，他开始给英子写诗、写信。一共写了十四封信，每天一封，他用文字来轰炸英子的生活。门房收寄信件的校工每天都会很仔细地瞅瞅信封上的地址，然后瞅瞅二民，那挤成问号的眉毛，分明在问：H市师范学校和人民医院不过隔两三条街，有什么话当面说不好吗，非得写信？

第三周周六，二民忍不住，去了，英子不在。又碰见了M和L，L说英子恰巧被临时安排值班了。二民想，哪有那么巧的事，一定是英子生气，知道他会来，故意躲着不见他。周日再去，没有讨厌的M和L，只有英子一个人，眼睛红红的，问她，只说是炒菜油烟熏着了，再不说话。听他说些陈芝麻烂谷子的咸淡事，英子菜也炒好了，吃完饭，英子提议去机场转转，二民说，好。

是时的H市机场还不是专业民用机场，只供临时转场的小型飞机起降，他们在机场开放的草坪上一直走着，二民有几句涌上嗓子的话想说出来又咽下去了，这样几个来回之后，再也没有勇气说了。他和英子并排走，保持着恰当的距离，未经英子邀请他绝不会靠近她。有几次二民忍不住想靠近些，抓住英子的手，拥她入怀，把他这几年想说的话全都说出来。可这样的想法才冒头，读过的书里就会跳出一张大嘴骂他：下流、肮脏！胆子一下就缩进洞里去了。

走累了，英子提议坐一坐，二民顺从地坐在英子旁边，依然保持着一定的距离，有几次他壮起胆子试探性地去找英子的手，不知道英子是故意躲着还是无意，每当两只手距离够近的时候，英子的手都会扬起来，指着天空中飞翔的云朵或鸟，和他说一些遥远的事情，一两次的试探失败之后，二民没敢再做进一步的坚持，更不敢把心中酝酿已久的那三个字说出口，他觉得凌空去捉英子的手不仅滑稽，而且是对神圣的冒犯。英子请二民在西环路吃了一碗扯面，这一次散步就这么结束了。

毕业时，二民未能如愿留在H市，意味着他将不得不和英子分开，他把这一切归结为出身。当时能留在H市工作的都是些有背景、有来历的人。比如英子的姨父就是H市劳动人事局副局长。

二民的父亲只是个中学老师，只认识学生和其他老师，这些老师和学生与二民的母亲一样，出身都是地地道道的农民，一辈子甚至好几辈子都在安固城这片平凡的土地上安身立命，日出而作，日落而息。他们唯一能做到的就是把翻过的土地翻了一遍又一遍，这一茬庄稼才下种又开始琢磨下一茬，他们在地里的时间远比陪孩子的时间多，他们向土地要口粮、要未来，他们用种不完的各种蔬菜向土地进行近乎掠夺的索取，索取需要的一切。他们只认识洋芋、红苕、四季豆、大白菜等数不清的蔬菜。酷夏干旱的日子，眼看赖以生存的菜苗耷拉着脑袋，他们恨不得把自己身上的汗水都榨出来浇活这些心肝宝贝。可是，这些卖不上几毛钱的菜，并没有为他们换来火红的日子，翻过的地里也没有发现意料之外的宝贝或是黄金。他们照样晚上睡觉不锁门、不关门，因为家里实在没什么值钱的东西，不怕贼偷，再说当时方圆十里也没听说过有贼。赶在太阳还没出来之前，抓紧去地里除几畦草，绑个黄瓜秧子。他们一直都这么活着，没有谁觉得有什么不对。

而二民不这么想，他觉得这种活法有问题，他不想这样活一辈子，更不愿他的下一代陷在这种没完没了看不到尽头的重复中，最后像庄稼一样被岁月无情地收割好不容易才长大的一生。上师范并不是他心中所想，他想到大城市上大学，他要利用一切可能的机会辗转腾挪离开这个地方，他相信城里有美丽、广阔的牧场，适合他理想的牛羊，他相信草原上的花一定美过安固城平凡没人要、卖不上几个钱的蔬菜，为此他愿意付出任何代价，包括自己的一生。

可是二民随父亲出去了一趟之后，就彻底改变了想法。那天微雨，父亲穿了双深筒雨鞋去找城关区教育组劳资科科长签字报销医药费，科长是父亲的同学，休假在家。进门之前父亲还特意蹭了蹭鞋上的泥巴，从父亲跨过科长家门槛开始，科长老婆的眼睛便一直没离开过父亲的鞋。科长以暂无额度为由拒绝签字，父亲很笨拙地拿出自己的仙鹤纸烟抽出一支双手奉上，科长又拒绝了，推说不会抽烟，然后以一种很高贵的姿势掏出自己的红延安，弹出一支点上，优雅地吐着烟圈。父亲的脸上堆出一个尬笑，问额度何时下来。科长不答，沉默了几分钟，父亲悻悻然退出，还没出科长家门，科长老婆就开始翻着白眼拿起拖把拖地。那一刻，二民发觉父亲高大的背影从未有过的弯曲，矮过科长家的门槛。他懂了，他必须去上师范，这样至少父母身上的担子可以轻一些。

有了英子之后，二民觉得上师范其实没有什么不好，至少可以和英子生活在同一个城市，尽管H市只是一个人口不足三十万的地级市，但也比他的安固城精彩一万倍。

可这一切也不过是一场梦。

就要离开H市，离开英子，有M这个定时炸弹在，随时会把这弱弱的梦炸成一堆灰烬。他不愿与英子话别，说什么呢？他还只是一只浑身土腥味的癞蛤蟆，而英子已蜕变成了白天鹅。地对天只有仰望的份儿，天下不下雨、什么时候下雨，那是天的事，地只能巴巴地等而不能求。虽然天高高在上，地平铺在下，但是地也有地的价值和尊严，祈求天的怜悯、打破脆弱的精神依仗，会让天更瞧不起这本已匍匐的尘埃。

据说英子的母亲来过安固城一回，和二民的父母谈过一次。提出英子和二民在一起的条件是：二民入赘英子家，婚礼费用英子家负责，这样也可以动用英子姨父的关系把二民调到H市。二民的父亲当场拒绝，称自己再没本事也不卖儿，砸锅卖铁也能给儿子娶下媳妇。这当然是大话，家里就算把煮饭的两个铁锅都卖了也只能换几斤猪肉。以父亲的脾性，二民绝对相信有这回事，和奶奶的评价一样，穷是穷，就是骨头硬。

这是后来从 L 那里听说的，L 还说英子给他写过好几封信，他都没回。二民从未收到过英子的信，他无法也不愿去求证真伪，更无权向在他心里神一样的父亲讨说法。二民心想，当初父亲藏过他的重点高中入学通知书，现在也一样会藏英子寄给他的信。

大年初二，英子突然来了。二民兴奋得手足无措，终于有机会把所有的疑惑向英子问个明白。堵在心里的乌云一旦散开，阳光就会洒下来，就像当初在安固城小学领奖台上一样洒满他和英子的全身。母亲安排英子一个人在家负责做饭，其他人去捡地里的菜花根，说是弄回来当柴烧，二民气不打一处来：四分地的菜根，用得着这样兴师动众吗？再说，家里早都烧煤了，什么时候烧过菜根？他抓紧捡了一筐菜根回来，刚跟英子没说上三句话，父亲就回来了，骂二民：咋的？我老汉骨头硬能干活，你小伙骨头软干不了，是吧？

二民不敢反驳，只好跟父亲去了地里。大年初二，安固城的庄稼地里只有二民一家人在干活。天终于黑了，下起小雪，回到家吃过英子做的饭，母亲说饭烧煳了，二民觉得是母亲故意给英子难堪。英子要回 H 市，母亲拿起手电筒紧随其后，二民要送，被母亲骂了回去。二民跟自己赌气，亲自找到当时 Y 县的文教局长要求到最艰苦的地方去锻炼自己。

这场梦碎得比二民预料的要快得多，在他离开 H 市三个月后的一天中午，他接到英子舍友 L 的电话：英子结婚了，和 M……

当天下午二民向单位请了假，邀了几个朋友喝酒。酒一直喝到晚上十一点多了，二民醉醺醺跑到汉江边的沙坝上狠狠哭了一场。江坝村的村民说，那天晚上河边上闹鬼了，因为鬼一样的哭声是从河边坟圈子那边传过来的，惊得村里的狗一直叫，害得他们一夜都没睡好。

这是个伤疤，好了也就罢了，可老天爷偏偏爱捉弄人。一年多以后，L来消息说英子又离婚了，M身患绝症不久于人世。二民立即赶到H市。他和英子沿着西环路跟着脚步走，说不清是谁先提议的，他们走着走着就又走到机场的草坪了，他和英子坐下来看云，看星星，白天看不到星星，那看什么？二民也不知道。他想说些什么，只是不知从何说起，英子陪他坐着，间隔一拳。其间，二民终于大着胆子一回勇敢地向英子靠近，英子这回是有意躲开，二民凭感觉去找英子的手，没找到。他便老老实实地坐着，天知道，二民是怎么想的。

坐了整整一个下午，返回时下起了小雨。一起找地方吃了碗面，依然是英子付钱。二民要走，英子回宿舍找了把伞要送他，二民坚持不让，冒着雨大步赶去H市长途车站。

后来，二民没能经受住Y县最偏远的那所中学的锤炼，没有向任何人告别就离开了单位、离开了安固城，没有人知道他去了哪里，还会不会回来。关于他的传说很多，在那样一个家家都为温饱发愁的年代，有谁会真的关心一个无足轻重、不知天高地厚的愣头小子呢？

十年间，安固城这个不大的地方不断地涌现出年轻一代新的生命，考上名牌大学的有，扔下承包地出外打工的年轻人更多，老人们摇头：这些不务正业的娃们，吃苦头的日子在后面哩。都是二民把风气给带坏了，放着旱涝保收的铁饭碗不要，偏要去端那泥巴饭碗，简直是瞎胡闹，丢了先人了……

二民和英子最后一次见面是在十年后的省城。通过L，二民找到了英子上班的医院，调剂室里英子边打理器械边陪二民说话，听他讲在南方这十年的细细碎碎。英子胖了，腰围明显发福，二民明显地感觉到英子刻意地阻止他提及两人过去的话题，她着重地特意地在提到现在她的"儿子""老公"，并在说到这两个词时加大音量加重语气，和令人讨厌的语文老师如出一辙。他们谈了很久，在讲到他刚出去那几年的艰难时，二民发现英子偷偷地哭，有一瞬间二民觉得血气涌动，他想冲上去拥住在他心里住了十几年的女人，他要把这憋了十几年的心里话全部说出来，他要紧紧抓住她的手，扳道岔那样把她扳过来，不容她有任何反抗，吻她的额头、她的眉毛、她的长着绒毛的脖子，吻住她的唇，用他的唇堵住那些他不要听的词语，趴在她的耳边向她说出他十几年都没有说出口的那三个字，然后埋在她的秀发里再也不起来……

"明天我儿子过生日，来家里吃饭。"

"我老公亲自下厨。"

"咋啦？想什么呢？……"

英子的笑声还是那么清脆，不过此刻却似兜头而来的一盆冰碴子，把二民的思维打回了现实世界。

中午，南粉巷的一间饭店，二民请英子吃饭。英子尽点些便宜的素菜，二民说不出来让英子随便点，有再多的钱也不能在心爱的女人面前摆阔，尽管他有心让英子知道他再也不是那个十几年前在H市吃饭要女人付账的穷小子了。英子看出来了，笑说："别浪费钱，留着娶老婆吧。"

他和英子说起想翻建安固城的老房子，英子平静地说："赶紧去弄,掘地三尺,看你家先人给你埋什么宝贝了。"

吃完饭,英子郑重地告诉二民,她有个女儿,是她和 M 生的,就在二民现在的城市当通信兵,下个月十五过生日,喜欢吃巧克力。她离得太远,够不上,希望二民代她去看一下。二民明白,这恐怕是他最后也是唯一可以为英子做点事情的机会。英子已经不是他的英子,她属于另一个圈子,另一些人,以后他不可以随性再来打扰她的生活。

一些时间流过也就流过去了,不可能倒流回来。她和英子的故事属于上一集,下一集英子会和谁产生交集,故事如何演绎,他不是编剧,无权决定脚本。那么谁是编剧,谁又是导演呢?

只是,在最好的时间里,如果他表现得足够好,符合主题,符合人物、情节发展的要求,是不是可以不用换演员,原来的角色可以一直演下去呢?

为什么英子选择 M 不选他?写给他的信里英子都说了些什么?如果当时收到英子写的信,自己会不会义无反顾地去找英子求婚?他和英子在一起的时候,如果他稍稍像个成熟的男人那样想拉手就拉手,想吻哪里就吻哪里,或者使用点暴力生米做成熟饭,英子是否就会跟着他? M 是用什么方法获得英子芳心的呢?为什么自己深爱着的女人最后跟了别的男人?即使是第二次选择也不选他?

到底是哪里出了问题?到底是谁事先设计好一个既定的魔咒把他和英子困住,他们用尽青春年华竟然都没能跳出来?或许自打英子脱离安固城在 H 市工作继而安居省城,就进入了另一个不为二民所知的世界?或许从那时起,她已经决定从精神和肉体上彻底远离二民和他的安固城？或许每次关键时候都去机场散步，那种隐喻动荡的飞机，原本就是英子设计好给他的提示，而只有二民被蒙在鼓里？

ICU病房里，二民用最后剩下的意识努力地思考着，他希望能在他去另一个空间之前得一个明确的答案。此刻他最想见的就是英子。

白果树下的儿女之一
老 左

羊州城东二里,连着十几个村子,有个左家村,离城很近。左家村有个左三龙,大家都叫他老左。老左不老,三十出头,还没结婚。

01

周六一大早,大强被一阵手机铃声吵醒,镇上派出所打来的,问是什么事,对方简单说了两句就挂断了。他正准备下床,媳妇彩玲拿起手机扫了一眼,才六点多,天刚麻乎乎亮,就扯了他一把,问是谁,答说村里有个人在镇派出所,让他去领。就说,这还让不让人活了?芝麻大个官,钱没挣多少,一天到晚净是破事。

大强只好赔着笑:"这不关键时候嘛,过几天'创建'弄完我陪你到西安城逛几天,咱想吃啥吃啥,你想买啥咱买啥!咱买他个两件,用一件扔一件!""我又没病!'创建'关你屁大个事?就你能,我昨还看村长大伟带他老婆上汉中去了呢！"

"这不书记负责制嘛，咱是一把手！'文明示范村'评审过了，你老公政绩一件，你脸上也好看不是？"

说实话，他这几天天天在村上弄材料，都是半夜两点多才到家，亏得彩玲一个人打理家里，自己也确实有点累了。才说告一段落，松口气，也不知谁这么不省心，大周末的，让人连个清静觉也睡不成。

年轻人大多出去打工了，待在村里的差不多都是老幼病残和安分人，谁会被弄到派出所去呢？

在镇派出所楼道里，大强差点和刘指导员撞个满怀。刘指导员说："你先把人领回去，我们一会儿有个大案要下乡。"

谁呀？人呢？

辅警小李正走过来，刘指导就说："问小李，人是他带回所里的，情况他都清楚。"

"老左是不是你们九组的？""是呀，咋了？他犯事了？""他呀，大侠。"

"大警官，别卖关子了，说情况。""也没啥特别的情况，老左用摩托车把人给撞了。人你可以先领走，摩托车先扣下作证物。""没伤着人吧？"

"那倒没有。天宁寺路边不是有个卖甘蔗的姑娘吗？今天早上有三个小混混吃了甘蔗不给钱，看人姑娘有点姿色就动手动脚，老左路过，说了几句，有个胆大的抄起甘蔗刀就要砍老左，老左抬起摩托一挡，那伙人就都上手了，老左就用车撞伤了一个。那人伤得不重，皮外伤，我带队出的警。指导员审过了，说这三个小青年荷尔蒙分泌旺盛，初犯，也都认识到了错误，正让他们写检讨哩，这事我看最多算是个治安案件。不过老左这家伙够爷们。"小李边说边竖大拇指。

路上大强问老左："你咋这么生猛哩？"

"我平生最见不得欺负女人的，一个女人卖几根甘蔗讨个生活，容易吗？"

老左进派出所的事很快传到了村里。有人说，这小子从小就到处惹是生非，出去打了几年工混不下去了才又回村里的，这回让派出所收拾一回就老实了。也有人说老左看上人家卖甘蔗的姑娘了，色壮尿人胆。

老左在外混不下去的事是大民说的，大民打电话回来给他嫂子，再经由他嫂子传出来，人们才知道的。当年一起出的门，这些年大民一直在外没回来过，而老左四年前就回到老家再没出去过。

据说，前几年老左去了广东，不知怎么就在广深公路建设指挥部搭上了关系，包下一个标段的土方工程，以为可以发笔小财，就叫了相好的大民去做帮手。谁承想美梦没做几天祸事就上门了：当地的一伙流氓找上门来，要强行把工程拿走，老左不答应，那伙人抡着棍棒和砍刀追了他几里地。

02

话说，农贸综合市场的朱总也听说了老左进派出所的事，找到他，说是看中他的骁勇，要他做市场的门卫，村里又给老左安了个交通安全巡视员。这回不用务弄蔬菜，也不用出去打工了，两份工作，两份钱，够了。有人说老左这王八蛋这回开始走狗屎运了，要抖起来了。

当了两年综合市场门卫，人们几乎已经把老左忘了。可是，不久就发生了一件事。

这一天，老左正在值班。在综合市场门前，看见一辆小货车撞倒了一位骑电三轮的妇女。司机没下车，只是从驾驶室伸出头看了一下，就驱车匆匆逃离了现场。老左目睹了事情的全过程，心说：他妈的，在老子眼皮底下欺负女人，当我不存在呀？就跟个来市场办事的熟人交代了一句，驾起他的摩托追了出去。他依稀记得那辆肇事车的车牌号，过贯溪、经龙亭，驱车四十多公里。在酉水听路人说，那辆疑似的小货车下了高速，老左就又沿108国道向前追，终于在金水和秧由之间，追上了那个混蛋，摩托向车前一横，伸手一指，小货车司机知道自己做过的事，乖乖就下了车。老左报了警，不大一会儿民警就到了现场，把肇事的抓了。

省交通厅为他颁了个见义勇为奖，老左就又成了英雄，不仅是村里的，还是县里的。

有人说，骑个破摩托，追车几十公里，这家伙！

03

白家庄是东联村的一个村民小组，村头原有一株硕大的白果树，说是宋朝的时候就有了。根深叶茂、威武挺拔，三四个壮汉双臂伸展都围不拢，据说这棵树很神奇，所以人们就把这一片都叫白果树底下。

老一辈人说，李自成的队伍当年路经此处，砍下一截树干做柴火取暖，第二天早起一看，一队人不明不白全死了。第二天又砍了一截，又死了一队兵士。第三天，这支队伍就匆忙拔营了。后来住在附近的人们发现，白果树哪一个方向出现断枝，哪个方向的村子里就会有人死去。这事越传越玄，这树就被人说成了神树，有些人希望得到神树的庇佑，得以长生，就在周围供起了香裱蜡烛，祈求神树收自己为干儿干女。

这一株受尽天地灵气与人间香火滋养的白果树，倒也年年硕果累累，丰收满满。在医疗条件有限的年代，六七十岁走到生命尽头是很常见的事，而白家庄竟有九十岁以上高龄老人数人，不能不说是个奇迹。有人把奇迹归功于神树，相信它有神通。树前烧香的、求药的络绎不绝，有久病不愈远道而来的，在白果成熟的季节去树下捡拾遗落的果子和树叶。在树下私设香案，供奉烛火的人越来越多。

也许是这棵树太老太朽了，也许一棵树负担不起如此浓重的永生欲念，也许它希望通过毁灭的方式告诉人们一个道理：生命是有内在长度的，并不能苛求。

在一个月黑的夜晚，这棵树神奇地自燃了，留下一堆灰烬和一截黑乎乎的树桩。大火蔓延了数个小时，烧红了半边天，连当地没上过学的老人都知道了一个词：火树银花。

那夜有四五级风，奇怪的是，就在同一时刻，县消防队仅有的两辆救火车去几十公里外的一个镇执勤，同时坏在半路赶不回来。大火却并没有危及附近的房屋，就在烈焰最盛的当口，老天爷及时地降下了一场大雨。火是灭了，但是过了几天，一辆拉沙石的重载车从村里经过时，轧飞了一块拳头大的石头，击中了一位男性村民的髌骨，从此那人就落下了残疾。村里人传闻，烧了白果树的那一场火灾，和他脱不开干系。

没了白果树的村庄，谁也不能接受，于是村里在原址上新植了一株幼树，并圈出一块围栏，保护小树的生长。人们发现隔三差五，总有人来给小树浇水，然后绕着树走几个圈圈就离开了，只是那人每次来都戴个大墨镜，还戴个帽子，看不清脸。

时间不长，细心的人们在新白果树附近发现了老左，而且还发现了一个姑娘，老左每次都跟那姑娘说话。

这家伙，见个女的就走不动道了。

04

老左和女孩儿相遇时，她正在绕树转圈，嘴里还念念有词。老左很好奇，就问她念啥，她说她在祈祷她母亲能快点好。

"你母亲呢？"

"我母亲前几天进城卖甘蔗回来的路上，让个小货车给撞了，现在还在医院住院。"

老左细瞅，这女孩生得面如圆盘，妙目盈波，长相虽不惊人，也属上乘，似乎有点面熟，但他肯定附近村里没这号人物。就问："你是哪的？"

"华家村的，我姑家是这儿的。这几天我妈住院，我住我姑家，离医院近一些,照顾我妈也方便。我姑说白果树很灵验的,我希望我妈快点好,早点出院。我爸去得早。为了供我弟弟和妹妹上学,我上小学时,妈妈就在贯中门口卖甘蔗了,有时遇见坏人拿了甘蔗就走不给钱,还骂难听话,我妈这辈子太不容易了。为这事儿我没少哭过,这世界太不公平了,我们家人的命咋都这么苦?靠力气吃口饭都不安生,还受混蛋欺侮。"女孩边说边有些哽咽。

老左脑子里灵光一闪,记忆就像一盘拷贝,越转越亮,那个"混蛋"其实说得好像就是他!当年在贯溪上初中时,校门口公路边上卖甘蔗的摊上他就干过那样的事,好像卖甘蔗的就是个女人。这些年每次从贯中门前过,想起少年时的荒唐事,他就觉得很懊悔。

这个女孩的母亲和前几天在综合市场门口被那辆逃逸的小货车撞了的女人会是同一个人吗?十几年前少不更事的他捣过一个卖甘蔗女人的乱,十几年后他又机缘巧合地帮她讨了一回公道,还戏剧性地邂逅了她的女儿,世界不会真的这么小吧?

白果树下的儿女之二
承 明

01

听说李建成的儿子要翻建李家老宅,正在村里办手续,村支书朱大强吃了一惊。这一家人好几年都不见了,说起来和他还有点亲戚关系,他放下手里的文件下了楼。

"承明?"

"表叔好!"

"你娃来村上做啥?"

"办翻建手续。"

"你大、你妈哩?"朱大强问。

"还在珠海,我把房修起他们就回来了。"

"这些年都不见你们闪面,现在突然跑回来说要修房,不行,不给办!"

"表叔,不,支书,我我我……"

"什么我我我,是鹅鹅鹅,出去才几年,老家话都不会说了!"

……

"瓜娃,表叔跟你开个玩笑。你屋的情况我们都知道,这么些年你们人出去了,户口还在村里,符合政策的。"

"抓紧办,办完一会儿去我屋坐坐,让你表婶给你烙油饼馍再做几个菜,咱们好好喝上一顿。"

"喂,张镇长……我接个电话,承明你先办着啊。"有电话找他,朱支书又上楼去了。

02

那一年李承明十三岁。李家河坎是他的老家,三间一砖到顶的房子空了好几年了。

他爸李建成和他妈雍改仙在外打工,开始几年过年的时候,两口子还回来住几天,过了正月十五才出门。后来李承明小学毕了业,李建成花了点钱,走了关系,把儿子转到了县城最好的书院初中上学。又在南街租了两间房,把老母亲接过去接送孙子,兼照顾孩子的生活起居,李家河坎从此就很少见到这一家人的身影了。

李家的三间老宅很久不住人,屋檐下垒了很多麻雀窝。一到清晨和傍晚,成群的麻雀聚在一起,叽叽喳喳吵个不停,渐渐形成了一个鸟的小世界,也成了这个村庄完整气息和符号的一部分。有人问起李家河坎的所在,只需说东联村的路标向高速,见东南大路,到小河边，麻雀开会的地方就是，就一定走不错了。有人戏言，建成这鸟人！也有人说，这李家要火，因为老话里说雀为火神。

这一天晚上八点多，有人看见李建成在城里上学的儿子李承明回来了，李家祖宅的灯亮了一夜。有人把这情况报告给了队长李三文，李三文赶紧给远方的李建成打电话。建成说："叔，给你添麻烦了，我明天让我妈回去看看。"

等到老太太火急火燎搭车回来一看，差点气个半死，果然是李承明这小祖宗搞的。

原来，昨天在家长群里，书院初中一（3）班班主任老师公布了期中考试成绩，李承明除了语文过了八十分，数学、英语，一个四十多分，一个五十多分。奶奶问孙子："为什么才考这么点呀？我给你爸你妈咋交代呀？我老太婆啥也不懂，干脆我打电话让他们回来管你好了。连六十分都考不上，还不如你爸那时候呢。孙子呀，你小学时候数学不是挺好的吗？我看每次都能考九十多，现在咋就不行了呢？是不是你爸你妈不在，你糊弄我老太太呀？糊弄我等于糊弄你自己，老李家几代农民，就没翻过身，就这命了，还指望你换门风哩，我看是白闹蛋。知道你爸你妈为啥出去打工吗？还不是想多弄几个钱，让咱们过上好日子，供你上个好学校，将来有个好工作，脱了'农皮'，奔个好前程，积修下辈子吗？就你这样，我看……"

"数学老师是个流氓！"

"胡说，学不好怪老师？"

"婆，你不知道，数学老师上课的时候恨不得嘴都贴到前排女同学脸上去，我就是见不得他那流氓相，看见就想吐。你没见过他那贱样,一个男人,头上本来就没几根毛,还打个莲花指,用小拇指刮他那几根毛,我呸。"

"让你胡说,让你胡说,"老太太急了,抓起竹制的痒痒挠劈头盖脸就向孙子身上招呼,"自己不学好还骂老师,看我一会儿不给你爸打电话!"

"数学老师就是个流氓,打我我也要说。"孙子李承明哭着夺门而出,老太太拉张椅子坐下来喘口气,不知不觉就在椅子上睡着了。

一觉醒来,两间屋子都没人,孙子还没回来,老太太急了,懊悔自己刚刚下手太重了,可在他们这一代人的字典里,老师是先生,是完美无缺的,容不得半点质疑,怀疑和评判老师是罪孽,必受最严厉的惩罚。可现在打跑了孙子,这可怎么办?这么晚了孩子能去哪里呢?会不会冻出病来?会不会被坏人伤害?这一刻孙子才是神,不,她的孙子高于神。只要孙子能回来,她愿意自己打自己一顿。

03

为这事李建成夫妇回来过一次,狠狠地揍了李承明一顿。李承明答应父母,只要下学期换老师,他一定好好学。果然第二学期老师换了,李承明的成绩哗哗就上去了。临毕业时,定向师范招生,他的成绩够了,可李承明不想将来教书,他想上大学,他的理想是将来从事体面的行政工作,让家人以他为荣。李建成就说:"娃呀,咱家这情况明摆着,你妈这老肾病,一身浮肿,没半点力气,还得天天吃药,我就算死命地在这地里刨,也刨不出几个子来。大知道我娃心大,想上大学，将来做大事，可要考不上咋办？回来像我一样背日头？"

说实话，那时的李承明也没主意，也不知道找谁商量，就这样糊里糊涂上了三年师范，回到老家被分到深山里一所学校当了一名老师。

这期间家里帮他张罗了一门婚事，女方在电力局是个合同工，约在一起见了个面，双方基本满意。女方提出，进一步往下谈，要先从山里调出来，离城不能超过三公里。结婚要在城里结，城里必须有住房，而且不能和老人住在一起。

承明一听就火了，这不是成心捉弄人吗？我一月一百三十多块钱工资，一年全存下来才一千五百多，一套六十平的小房子，按市价五百一平得三万块，得二十年不吃不喝，我还有法活吗？

至于工作调动，李承明去了一回文教局，办事人员说定向师范生的人事权在劳动人事局。他就又去找主管的劳动人事局副局长。一共找了三回，头一回局长不在，第二回秘书说局长公务忙，让他先在门外等着，快下班了还没见着正主，他就要往里闯，秘书说局长已经从后门走了，让他过几天再来。第三次李承明不等秘书通报，直接进了局长办公室。局长正在看报，看见他进来，示意他坐下，他就不客气地坐在了局长对面的椅子上，局长又看了几眼报纸，放下，起身，给陶瓷茶杯加了点水，呷了一口，对他说：

"年轻人要不怕吃苦，现在有个工作机会多难得，要珍惜，是吧？特别是从农村出来的孩子，不容易。要像父辈们一样……"他起身，刚想说明一下情况。

"坐坐坐，先坐，听我说。你来过两次了，你的情况我们都知道，你母亲身体不好，可谁还没有个困难？山区的孩子需要老师，你说要都像你这样，干几天都想调走，谁还去呢？"

李承明出了局长办公室回到家，用被子蒙着头睡了一天。

李建成在窗外看了一阵，叹了一口气说："娃呀，谁让你是你爷的孙子哩，那方局长跟咱家有仇，你爷那一辈就结下了的。"

04

"建成家娃辞职了！"

"不是让人开除了吧？那小子从小就是个刺儿头。"

"听说是想攀电力局局长家的女女，没攀上。"

"这货可是带了个瞎头，以后这些娃们可不好管了！"

李承明甩手砸了铁饭碗这事不啻是个炸雷，很快传遍了五乡六村，说什么的都有。至于他去了哪里，都在传说，但谁也不知道具体的地方。他们扫视着李建成夫妇佯装平静的脸庞，想从那里得到些碎片化的信息，但他们什么也没得到。过了不久，李建成夫妇也从人们的视野里消失了，有人说两口子又出去打工了，也有人说是去找儿子了。

这一家都是些不务正业的主。那什么又是正业呢？种庄稼吗？上班吗？

李承明一家走后的这十几年间，村庄发生了太多的变化，原先脚使劲一踏就扬灰的土路变成了水泥路，想进城电动车一骑五六分钟就到，土地多数都流转出去了。放不下那些庄稼和土地的老一辈也学着种上了有机菜，不用辛苦拉着到处卖了，有人直接到田间收。天干的时候也不用死命地肩扛手提担水抗旱了，地里就有喷灌，一开龙头就行。村道上都有路灯，晚上就着月亮，听着音乐，遛个弯就把地里活干完了，安逸得很。前些年出去打工的一部分人又回到了村里，有些是因为年龄大了力气活干不动，有的活没知识干不了。大部分还是割舍不下祖祖辈辈血肉相连的这份和土地的深情，他们在这里出生，从这里出走，最后还是想回到这里，和这里的土地、山川、人情、风物融为一体。

"大侄这次回来，除了修老屋房，还有没有别的打算？"支书朱大强边喝酒边和李承明谝上了。

"来，喝酒，走一个。"

"老屋一修就有地方喝酒谝闲话了。"

"就这？"

"可不就这？说真的表叔，彪娃、万枝、新红、明华、建红、小明、三文、玲娥、虎虎……现在过得都咋样？挺想他们的。"

"有几个出去给娃们哄娃去了，大部分都还在村里，也都老皮了，你还牵挂？我都有电话和微信，要不要都给你招呼招呼？"

"不用不用，我闲了一个个去找他们。"

"说真的，表叔，原来的三间房有点小。"

"你现在这算是祖业遗留、原基翻建，政策之外的事咱可不能整，也不敢整。"

"哪能呢？让表叔犯错误的事咱不能干。我这几年在外面，手里有几千册书，我一直不舍得扔，想盖一间书房。"

"好事呀，书里有知识，书房现成的。新村委会你看见了吧？我专门辟一层楼出来，想建个村史博物馆，我留一大间做图书室，装上空调，夏天放了暑假，村里的娃们就有地方看书了。互相带一带，咱们村里下一代的文化水平，就能整体上一个台阶。你看见了吧？县一中的新校区就建在咱左家村，离白果树不远。一中可是咱县上的文昌宫。老人们说文昌星东移，文风朝咱这里刮，过不了几年咱们这肯定出文化人。我这一任下来也快六十了，弄个村级图书馆，也算搭了半个文化的便车，顺便办点高尚的事。大侄你说我这想法站位够吧？"

"够，表叔站得高，必须支持！"承明说。

"来，为大侄的认可干了这一杯！"

"干！"

白果树下的儿女之三
容容她大

01

贾大壮老师，这两天心情真是坏透了。

一大早老婆灵侠准备了一车黄瓜让他拉到县城去卖，他硬是憋了一肚子火忍着没发作，这一三轮车罢茬黄瓜顶多二三百斤，三分钱一斤能卖几个钱？这老娘们钻钱眼里了，见不得我闲一会儿，存心折腾我这读书人。

教了半辈子书，落下一身病，前几天刚办了病退。好不容易不带课了，想读几页自己喜欢的书，顺便养养身心，这新买的《心学》才翻了十几页，闹心的事就来了。

一个月前，他唯一的宝贝女儿容容从天津回来了，说是休年假，这眼看都一个多月了，也没有回去上班的意思，他徐徐地问了一回，容容看着电脑屏幕头也不抬，说假期还没到。他不敢再细问了，就去问灵侠,灵侠说她也不清楚,贾大壮就心里犯了嘀咕,跟自己生起了闷气。

他从网上找到了女儿上班的公司电话,打过去一问才得知:贾容容辞职不干了!

想他贾大壮教过的学生没有一万也有好几千,有的为官,有的经商,功成名就的不少,可在学校的时候,他就是他们的天,他说啥就是啥,绝对没有半个不字。就是现在东西路上迎面碰上,他们也得下车立正,恭敬地叫他一声"贾老师"。在他家的房后,见他之前,也会乖乖地把墨镜摘下来。

可是对容容这个活祖宗,他一点办法都没有,这个孩子好像生来就是来打击他的。在她面前,他提不起架子、端不了尊严、发不出愤怒。他和灵侠结婚六年才有了容容这么一个女孩,在农村,这种情形让他和灵侠很长时间都抬不起头,不敢面对乡邻们探寻的目光,灵侠说也不知上辈子造了什么孽,为此他哭过上百个夜晚,直到容容出世。他觉得这是上天恩赐给他和灵侠最珍贵的礼物,一定要好好珍惜。

容容不开心的时候,他站在旁边手足无措,像一个做错了事的孩子,不知怎么办才好。容容生气的时候,他屏息静气调匀呼吸赔着小心,生怕一不留神的响动惊着了他的宝贝,怕他的宝贝飞走了,他再也见不着了。这个时候,他会觉得容容是主人,而他是她的仆人,他愿为他的主人做任何事,包括献出他的生命。

想不到这么个祖宗竟然把好好的工作给辞了。也许是孩子干得不开心,辞了也就辞了,换个地方干也行,可这眼看一个多月过去了,也不出去找工作，天天耗在家里也不是个事呀。

他找灵侠商量对策，灵侠说："你不是老师吗，你都没办法，我一个农村妇女能有什么办法？再说，容容是你贾家的，跟你姓，从小你就宝贝，你不想办法谁想办法？"

贾大壮满肚子心思来到武康路菜市场，看见卖黄瓜的车排了一溜，心里就更烦了。

羊州今年不涝也不旱，雨水、光照均匀，病虫害自然少，瓜果蔬菜大丰收。老贾在菜市待了一上午，黄瓜都晒蔫了，也没卖出去几根。看着剩下的那么多黄瓜，他决定换个地方。他来到一个大型超市附近，找个地方刚摆上摊，协管就来了，上来就把他的电子秤给拿走了。这一台秤一百多块钱，抵得上几车黄瓜。他跑过去抓住秤，拿秤的人一搡，老贾没站住，直接倒在了地上。刚爬起来，年轻点的一个协管上来使劲推了老贾一下，老贾就又倒在了地上。这时，看热闹的人群中冲出来个小伙子，大喝一声："狗日的敢打我老师！"一脚踢向推老贾的城管，三舞两绕就把秤给拿了回来，扶老贾从地上起来，说了声"贾老师，走"，就这么向前走了。两个协管愣在原地，围观的人一哄而散。他这才看清，这不是一组的郝宾娃吗？

贾老师黄瓜没卖几毛钱，还惹了一肚子气，天已过午，他就打算先回。这一车倒霉的蔫巴黄瓜咋办？还拉回去不成？又让灵侠那婆娘笑话他除了教书啥也不会？贾大壮找了一条有水的偃渠，把二百多斤黄瓜全倒了进去，看着他家的黄瓜全部浮在水面漂向下游，他才离开。这些贱得卖不上价的罢莛黄瓜到了汉江里，说不定还能成为鱼虾的食物，也不算糟蹋。

身上刚好有二十块零钱交给那婆娘，就说是卖黄瓜的钱。他倒的时候四下看了的，没有人看见。

02

回到家里，贾大壮看见容容正和灵侠讨论针线活的事，娘儿俩有说有笑有比画，他进了门就像空气进来一样，两人谁也不搭理他，他实在忍不住就嚷起来："容容你啥时找个正经事干？别跟你妈似的一天天尽整些没用的！好歹也是受过高等教育的不是？"容容只是回头看了他一眼，他准备展开的一长串的词全部缩了回去。

"走，容容，别理你爸，咱进屋说去，这老东西出去一趟回来就抽风了！"灵侠拉着容容进了里间，把贾大壮一个人晾在了堂屋里。

他找到那本打开过的《心学》，自己泡了杯仙毫，展开那把舒适的藤椅坐上，点一支芙蓉王，看了看墙上的挂钟，正好就着这夕照含着微风，看会儿书。书才翻开，一辆小车从房侧的村道上驶过，又倒了回来。

"贾老师，看书呢？"是郝宾娃。

贾大壮鼻子里哼了一声，算是应答。

他从心底里不喜欢这个称他为老师的郝宾娃。虽然他没有直接给这小子带过课，但在他的记忆中，这是个学习上不上进，平时还总爱调皮捣蛋惹老师不高兴的学生。他还记得这小子是个左撇子。有一回，学校期末考试，他监考初二（3）班的数学，他发现郝宾娃左手拿支笔，跷着二郎腿，一会儿看看窗外，一会儿看看天花板，就是不见答卷。贾大壮踱到他旁边想看看他答得怎么样,那小子用右手捂着卷子不让他看,从张开的指缝间他发现有一半以上的地方都未作答。看他过来,郝宾娃还故意在草稿纸上画圈圈。

贾老师说:"同学,写字最好用右手,左手不好用。"

郝宾娃腾的一下就站起来了。"老师,你这就不对了。哪条法律规定写字一定得用右手,我就用左手,犯哪一条法了,嗯?"

很多同学都回头看,目光在贾老师脸上扫来扫去,让他很不自在。

"好好好,同学你先坐下,你就用左手,爱用哪只手就用哪只手,没问题。"

这个刺儿头。都是一个村里的人,在学校的时候他尽量避着他,倒也很少遇见。没想到退休了竟然又撞上了,躲都躲不开,说不清为什么,贾老师怎么也喜欢不起来宾娃,尽管宾娃今天帮他解了围、立了威,还拿回了秤。

"贾老师,容容在家吗?"宾娃从车里探头出来问。

"不在!"这臭小子,原来是牵心我闺女哩。虽然听说他现在弄有机菜有了几个钱,但说到底还是个土锤,想染指我闺女,门都没有。

尿长几步路,还弄个车,瞎骚情。

03

"你真不去了?"

"真不去了,那地方的水好像是处理过的海水,我喝不惯,还是咱汉江里的水甜。"

"听说工资高,你还是个中层。"

"不能光盯着钱,公司在甜味素里偷加工业糖精!做人任何时候都不能昧了良心,这是我大说的。"

郝家村的文化广场上,贾老师点着根烟,坐在空着的运动器材上,记起来的时候抽两口,记不起来就让它那样燃着,主要是压个手,不然他觉得一个人呆坐着看星星有点傻。初夏的乡村夜晚静谧而美好,闹人的蚊子还没起来,只是一些无害的小虫在裸露的皮肤上蹭过来蹭过去,并不侵犯人,就像没有长大的孩子环绕在你的膝间,激起你的柔情和爱意,一种被需要的幸福感荡漾在心间,让你充分感受这人间的美好。荷叶就那么恰到好处地绿着,托出晶莹的露珠,西汉高速上切开黑暗的车灯,照向前方的路,一阵车轮的轰鸣过后,朦胧的月光下,广场边长椅上的一段对话打断了贾老师的遐想。说话的一男一女,两个人都轻声细语,要不是贾老师几十年教书生涯练就的职业特长,还真听不清他们说的是什么内容。

那男的声音听着有点熟但无法确定是谁,女的就是他的宝贝闺女贾容容。

"那你回来打算干点啥?"

"啥也不干,等你来养我。"

"……"

"咋?不愿意?"

"我有点害怕贾老师,我从小学习不好,见着他面我说话都说不利索。"

"我大还能吃了你?哎,跟你说个正经事,我想弄我妈织的毛线拖鞋，把它放到网上弄成个品牌。去年我带了几双去公司，送给同事，反响很好，连他们家人都打听哪里有卖的。"

"我看行，温暖牌，这个项目不错，有妈妈的温度。你妈做的针线活远近有名，品质自然没的说，再打张情感牌，借互联网这个风头，产品一定大卖！这样你就不用再去天津了吧？"

"不去了，说干就干。"

真是女儿大了由不得爹呀，贾大壮越听越听不下去了。这死女子，工作、爱情这么大的两件事说定就这么定了，还是和宾娃这么个土锤。好不容易上了大学，有了工作，现在辞职不说，还要嫁给一个土锤，这眼里还有他这个爹吗？这让他们老两口以后的脸朝哪放呀？

贾大壮气冲冲回到家，老婆灵侠迎出来。

"跟谁生这么大气呀？贾老师。"

"问你闺女！"贾大壮重重地关上卧室门。

从什么时候开始，孩子们的胆子变得这么大了呢？

04

入夜，关了灯，灵侠凑上来问贾大壮，到底发生了什么事把你气成那样？一听是因为女儿的工作和感情事，就要翻身睡去。贾大壮扳着老婆的肩膀不放过她："容容不是你女儿吗？她任性胡为你不着急？"

"容容的个性你又不是不知道，她想干的事你能拦得住吗？也都是你从小惯成今天这样的，牛不喝水你强按头呀？"

"别看人宾娃是个农民，挣得不比你们这些拿工资的少！"

"农民意识！"

"我就是农民意识咋啦？我们祖祖辈辈都是农民，要不是我这个农村女人，你妈最后那几年谁伺候？"

话说重了，刺激了老婆的痛处，贾大壮噤了声。再说自己教书这些年，灵侠照顾自己生活不能自理的老娘到老娘生命的最后一刻，没有半句怨言，他觉得单从这一点出发，对老婆有任何嫌弃的念头都是亵渎。

"大、妈，你们咋啦？"他们说话的声音有点大，容容过来敲门。

"没事，女，你去睡，我跟你妈说点事。"

"老实说，你下午是不是把没卖的黄瓜倒到堰渠里了？"

"谁告诉你的？"

"我在黄瓜上刻的有字，下午我给秧田放水，看见堰渠里飘着黄瓜，捞出来一看就看出来了，不是你还有谁？还背着我干过些啥坏事？"

"我，我……"

"别我我我的了，睡吧，老东西，你老婆没那么鸡贼，没刻字。你倒黄瓜的时候臭蛋看见了，回来跟我说的。我知道罢莅黄瓜不值几个钱，看你没书教了一天在家闲得慌，给你找个差事。"

老贾好久都没有听见如此有温度的话了，一股暖流从涌泉穴向上泛起，他伸手去扳老婆的肩，却听见均匀的呼吸声已经响起。

白果树下的儿女之四
菊花嫂子

01

她正在给她的三角梅编辫子,她捉住三四根软枝松散地交叉,末端用线绳拴住,就像给女儿编辫子一样。在菊花嫂子眼里,这株梅就是个女孩儿。她最近打算出门几天,不知道这一趟会去多久,所以临走前她想把它收拾得利利整整,打扮得漂漂亮亮的。

这株梅,菊花嫂子养了五年了,在花卉市场第一次看见它的时候,菊花嫂子就喜欢上它了。那时它才一尺多高,立在一个破破烂烂的劣质塑料花盆里,菊花嫂子从旁穿过,被一根旁枝拉住了裤脚,菊花嫂子小心翼翼把它取下来,蹲下来把它重新放进造型用的铁丝笼子。仔细看,这株梅散开的四根枝条都规矩地蜷伏在铁笼子里,只有一根生出很长的旁枝,似乎故意不受约束地突了出来,长得特别长还特别旺盛,就是拉住她裤脚的那一根。"这小东西,不接受命运的安排,跟我一样。"菊花嫂心里想。

"老板,这一盆多少钱?我要了。"

菊花嫂子换了个描金大盆,拔了造型用的铁丝,满心欢喜地把它弄回家,放在院墙边,正对着卧室的窗户。

一晃五年,三角梅已长到一人高,散开的枝条爬上了墙头。菊花嫂子给这盆三角梅取个名字叫"小梅"(菊花嫂子的女儿叫"晓梅"),她常常抚摸着梅花的枝条说话。

"小梅呀,你过年该二十五了吧?有男朋友了吗?家是哪的?人咋样?"

"小梅呀,昨晚你睡得好吗?做梦了吗?我做梦了,梦见我男人杨晋了。"

这会儿又开始了:"小梅呀,我得给你收拾一下,不能由着你性子长了,隔壁的人家有意见了。你说你也是,咱家院子这么大,晓刚、晓梅兄妹都不在,这院子都是你的,随你铺摆还不够吗?你爬人家墙头干什么?演《西厢记》呀?"

菊花嫂子一边自言自语,一边侍弄她的花,弄完了之后又给她的欢乐豆松了松土,浇透水。然后她费了好大的劲把院墙另一边的红叶石楠、铁树、佛肚竹这些大型的绿植搬过来,挡在一片鸡爪草前面。按说这些鸡爪草上面有防晒网,阳光又不会拐弯,可万一呢,万一这些"恩人"在她出去的这些天被晒死,那可就是罪过了,这些鸡爪草可是救过她命的,是她的大恩人,绝不能让它们受半点委屈。菊花嫂子又给水仙和金钱草找了地方,尽量把它们安放在阴凉的地方。

在她做这些的时候,有一条小花狗一直随着她的身形移动,她向左它向左，她向右它向右，她向前它也跟着向前，还时不时发出含混不清的呜呜声，活生生就是菊花嫂子的影子。它叫旺旺。

"去，旺旺，把毛巾拿来。"

旺旺"汪"了一声，甩着尾巴进屋了，一会儿叼着一条黄白竖纹的毛巾出来了，菊花嫂子坐在地上擦汗，旺旺就在她腿和手形成的狭小空间里来回绕，用它的小尾巴讨好地蹭她。她用手捋捋它后背上的毛，旺旺就乖乖地躺在了她身边。

"菊花、菊花。"院子外有人喊。

"汪、汪、汪。"旺旺飞身而去。

"回来旺旺，不许叫！彩霞姨你不认识？"

"我菜都下锅了，才发现没酱油了，想跟你借点……"彩霞站在菊花嫂家前面。

"邻里邻居的这算个啥事？这就给你拿去。"

"哟，没太进你院里来过，你这是植物园呀，种这么多好看的花。"

"闲得没事，止个心慌。"

"唉，也是。你的病……"

"我没啥事，快好利索了。快回去看你的菜去，整糊了，小心你家贤娃黑了挠你，哈哈哈。"

"死菊花，再胡说不跟你好了。"

02

送彩霞到院门口，一回头旺旺还跟着。这要出门了，总不能把旺旺也带去吧？儿子晓刚住的那栋楼，楼道里就贴着通告，养狗要到物业登记品种、防疫情况等。她上次去儿子那里看见地上跑的都是什么泰迪、吉娃娃、京八，都是名品，旺旺算什么？就是一条乡下的土狗，这要弄过去还不给儿子丢人？再说自从旺旺跟着她，没生过什么病，也就没给它打过针，防疫情况要登记，咋说呢？

五年前，自从她在南湖白鹤亭遇见旺旺，这小东西就没和她分开过，她干活，它就在附近陪着她，她睡觉，它就卧在床前的地上。要是没有它，也许她早就……

那是夏季的一天，她正在给儿子晓刚做午饭，突然腹股沟的神经抽搐，痛得厉害，她跑去厕所蹲了一会儿，并没有大解，疼痛也没有减轻。就支撑着下了楼，去了儿子常看病的那家诊所，杨大夫给她做了基本的检查，认为可能是急性肠炎或者阑尾炎发作，有危险。像他这种小诊所处理不了，需要去大医院。杨大夫帮她叫了辆车，送她就近去了爱康医院，问要不要通知她儿子晓刚，她说不用了，自己一个人能行。

下午晓刚下班回到家，不见母亲，连母亲来时带的皮箱也不见了，就赶忙打电话，说："妈，我中午临时加班，公司接了个急活，忘记告诉你不回来吃饭了。"菊花说她坐末班车回老家了。儿子问什么事这么急，菊花说老家有个亲戚家过事。儿子说："那妈您一路平安，我有点累了，先睡一会儿。"

挂了电话，菊花心想：儿子好不容易在这家公司熬到主管的位置，刚刚又按揭买了房，算是在这大城市站住了脚，给他爸、给老杨家老祖宗脸上闪了光，美好前程才开局，我可不能拖了儿子的后腿。

有病就在家门口治，花销少，就算死了也要死在家里。

"杨晋呀，你这死鬼，死都死了还阴魂不散缠着我，急着叫我做啥？儿子还没娶媳妇，闺女还没嫁人，我还不能死。等我把孩子们都安顿妥帖了再来伺候你。"菊花骂着骂着，很快就在车上睡着了。

03

在3201医院做完病理切片，菊花突然就想去看看南湖。南湖风景区是梁州地区那些年叫得最响的旅游景点。

杨晋活着的时候，晓刚、晓梅都还小，要上学，家里花销大。全家只有种菜、卖菜这一个经济来源，两口子硬是汗水掉在地下摔八瓣，一天天一年年把太阳从东边一直背到西边，和打鸣的鸡一起起床，吃虫吃剩的菜，最热的时候锄草，最毒的日头下担水浇苗，破死亡命地从土里向外抠钱。如果说那时的生活是一片苦海，他们发誓就是用血肉之躯搭成筏，也要把儿女们托上岸。他们硬是做到了，一双儿女都考上了大学，在一线城市工作和生活。可是一直的依靠杨晋却在一场病后离开了她。

湖心岛、陆游纪念馆、白鹤亭，所有的景点都要看看，自己看，也替杨晋看看，辛苦了一辈子，也该欣赏欣赏家乡这些远近闻名的山水。

陆游纪念馆是一定要去看的。陆游是杨晋最喜欢的诗人，也是他的偶像，他说陆游的诗美，人也有情有义。他的诗内有金戈铁马之气，也有丝竹管弦之情。常听他背："当年万里觅封侯，匹马戍梁州。"他说陆游上可骑马打仗,下能横槊赋诗,是文武兼修的全才,是男人中的男人。说心里话,她也欣赏能文能武的男人,杨晋就是这样的人,要不然他们也不会在一起。陆游曾官至梁州守备,而她的男人虽然只是个农民,那也是她的英雄,她的天,她的守备。

从陆游纪念馆出来,循着路标不经意就到了白鹤亭。水里有只小虫,画着优美的圆圈,自如圆滑的舞姿不由得让人想起美丽的天鹅。亭影树影在水里形成一个神秘而美丽的世界,那里有一条彩色的路,杨晋正站在路的尽头向她微笑。那个世界在水的背面或深渊以下,破开一个口子,也许可以一窥究竟。

"呜,呜。"一只全身湿透的小花狗在不远处悲鸣,像是刚从水的溺害中逃生出来,一身的落魄和可怜。溺水的形象这么丑呀,死了还不得发面团似的?她不敢往下想了。

"来,汪汪,过来。"

"你真的叫汪汪呀?"她叫一下,那小东西撒欢似的就跑过来扑到她怀里。她抱起它,用自己的丝巾给它擦干了毛,回去的路上又在超市买了一条浴巾包着它回家了。

她给它改了个同音的名字叫"旺旺",想必它也很喜欢这个名字,每次叫它,它都"汪、汪"两声以示应答。

04

3201医院切片出来的结论和爱康医院是一样的:直肠癌晚期,有胃转移迹象。随后专家给她制定了一整套的治疗方案:手术切除,然后放疗、结合化疗。菊花问这一套下来，她还有几年活？乐观估计三年。得花多少钱？手术费加上后期治疗的费用，得先准备三十万。三十万？三十万够付我儿晓刚的房款了，我到时候头发掉光了，人不人鬼不鬼，还是一个死。没有别的办法吗？可以试试中医，也许会有奇迹。专家的学生抬头看了看菊花，平静地说。那孩子很年轻，大概和晓刚差不多大，他说这话时，他的老师看了他一眼。

不能就这么死了，这好日子才开了个头。两个孩子每月都给她钱，说妈，你苦了一辈子，现在我们大了，你就不要在地里刨食了。

孩子们在大城市站住脚，展开和上一辈人完全不一样的生活，她深感欣慰，她觉得她这一辈的使命完成了。可还没看到孙子、外孙，算是有点小小的遗憾。

她得癌症的事不能让孩子们知道，以免影响他们的工作，也不能让村里谁知道，传到孩子们的耳朵里，还不得炸窝呀？老杨的下一代还指着他们发扬光大哩。那就不能听大夫住院、手术、放化疗那一套。不是说自然之中常有奇迹吗？也许真可以试试中药，一定会有办法的。这一大家子这么些年不也是菜菜草草这么就过来了吗？

在年轻医生的建议下，菊花嫂子加了个抗癌俱乐部群，这一点那个年轻大夫的老师是认可的，他说，保持心情愉快，意志力往往可以创造奇迹！

也就是说，她还有别的活路，这真是个好消息！在群里，菊花嫂子认识了一位山东的曹病友，说"鸡爪草"对直肠癌有效，他用鸡爪草当茶叶喝了三年，前几年去复查，医生说病灶正在缩小，各项生化指标都朝好的方面转化。曹病友详细告诉了她鸡爪草的种植注意事项，还寄来了种子，为此菊花嫂子专门请教了农技站的小刘，满心期待地在院子里种下了她的救命草。

05

杨前村的人发现，每天下午四五点钟，菊花嫂子就打扮得整整齐齐，戴上宽檐遮阳帽、穿上防晒袖套、骑着电动车，带着她家旺旺出门了。去哪里了呢？有人在县城体育场看见过，有说跳广场舞，也有人说跳交谊舞。

"看人菊花多好命！"

"人家俩娃都在省城哩。"

"眼气你们也麻利加班，生几个出息娃就享福了。"

"给你男人买瓶汇仁肾宝，晚上麻利加班。"

"走走走，加班去。"几个四十来岁的妇女碰在一起，一阵调笑之后散去，走向各自的场院。

天麻麻黑的时候，菊花回到自己院门前，她打开门，平静地扫视了一遍院里的红叶石楠、金钱草、水仙、鸡爪草等一帮青葱的"亲人"们，用庄严的目光掸去它们身上的灰土，在心里拥抱了它们一次，回头看看脚旁的旺旺，向对门的灵霞家走去。

亲们，我要请人看管你们几天。3201医院的那个专家来电话说让我去大医院再确诊一下，我得去。

真好，明天又可以见到儿子了。

师 者

图力古尔（王锁柱）老师手心里结结实实地捏了一把汗。

演出已经开始了。尽管这首曲子已经练习过 121 遍，可孩子们平时吃的是汉堡包，穿的是耐克鞋，上学放学都是汽车接送，对于马、草原、草原上的风，见都没见过，只是在我平时的描述里，建立过一丁点印象……

还好，16 把琴我都亲自系了一束蓝哈达，每把弓我都仔细挑选过，琴弦都是我亲自更换的，每一个马头我都一一抚摸过，每一个琴箱都用鹿皮用心擦过好几遍，进场的时候已经要求过孩子们每人备一包纸巾，把手擦干净。哈达已把长生天的力量注入每一把琴的血液里，保佑 16 把琴活色生香，白鹿加持过的琴箱自有草原的灵魂存在。我的孩子们，我的手上还留着你们手掌的温度，一个握手的仪式足以让我读懂你们对音乐的热爱，我相信你们！

海淀演完了，下来应是朝阳，再下来是丰台，完了以后就应该是我们"呼斯勒"马头琴乐团了。也不知道哈思这孩子准备得怎么样。一早忙忙叨叨光顾着孩子们的早餐，也没顾上问，该不会像上次一样中间断片儿吧？应该没问题的，前天、昨天我特意检查过。可是上一次也是她很熟悉的曲子，反复合练过，关键时刻还是卡壳了。

哈思她爹非让给孩子取个蒙古名字，希望我起的这个蒙古名字能给哈思带来好运！

这次不同于以往的友情演出和普通的展示，上届艺术节我们获得了金奖，这次我们不能拿个银奖回家。

演奏曲目，散板部分是哈思的独奏。这是一个冒险的决定，原本还有一个更为稳妥的方案，但必须给哈思一个机会，为了让她尽快从上一次失误的阴影中走出来，这个险必须要冒。尽管这一次演出很重要，我也赌了，把一个有潜质的孩子培养成一个马头琴演奏家，比我的前途和金奖更有价值。

金帆音乐大厅外，正当图力古尔老师内心万马奔腾，紧张地来回踱步的时候，××市第二十届学生艺术节器乐展演正在有条不紊地进行。这次比赛是封闭式的，除了参赛队员和专家评委以及各级教育部门的领导，指导老师和带队老师都不允许进入比赛现场。

从金帆大厦的楼顶举目望去，大望京公园里一片银杏，叶子已经泛黄，和奈曼的胡杨林颜色倒是接近，不同的是，高大笔直的银杏和这里一幢幢叫不上名字的高楼大厦统一维持着一种姿势，傲慢冷漠地俯瞰着来来往往的车辆和行色匆匆的人群，一点都不及可以攀爬的柽柳来得熟悉和亲切。从这里看不见西辽河、教来河，也看不见青龙山，有限的视野里塞满钢筋水泥，雾霾把太阳赶到了看不见的地方，图力古尔不明白，这是怎样的一个生态系统。

如果站在包古图沙漠，天就在不远处，羊群从云端流下来，一点点晕染开，牧羊人和群羊配上生动的绿草就构成了一幅幅活的山水。落日斗大如镜，照着河边正在梳理羽毛的丹顶鹤，龙尾沟的蒲苇草丛里一只黄鼬，箭一样一闪而过，一切都是那么恰到好处。《诺恩吉雅》的旋律在图力古尔的脑子里响起，此刻，他有点想家了。

图力古尔深深地懂得，马头琴是草原文明的精华。要让这群从来没见过草原、没有在草原生活过的孩子们，把对先祖的致意，对苍天、对自然的敬畏，对人和其他物种和谐相处，来自游牧民族原乡的精神准确地演绎成音乐，是一件多么不容易的事。没有文学、哲学、神学修养和深厚的人生感悟，单凭简单的乐理要想把马头琴这种根植于草原，站立在草尖，灿烂于蓝天的音乐拉出味道，简直就是缘木求鱼。今年暑假一定要组织让孩子们去草原上住上些日子……

金帆大厦的楼顶上，图力古尔在内心垒成一个敖包，找了一块彩色的布条结在一根树枝上当做经幡，面向遥远的腾格里，深深地膜拜。

"王老师，咱们的孩子要上场了。"带队老师的提醒打断了图力古尔的神游。好像经过了一个漫长的冬季，图力古尔从楼顶下来，找了个靠窗的位置，刚好可以远远一览演出大厅全貌，听得清大厅里的音乐。摸了摸上衣口袋，幸好，昨晚的烟还没抽完，剩了两支。

"同志，这里不准抽烟。"

"好，好。"刚要打火，保安过来提示，他只好把打火机收起来，留下烟卷放在鼻子底下嗅一嗅，稳一稳心神。

哈思演奏散板部分的第一个音就直接触动了图力古尔敏感的神经，令他仿佛又回到了草原。看来这孩子走出来了，图力古尔长长地舒了一口气。

这十六个孩子，每一个都将会是马头琴的种子，把他们带出来就等于收获了一季荞麦种子，就像最初的 8 颗种子一样。这些种子全撒下去，明年、后年、十年之后，一定会长成更大片的荞麦。到那时候，在这个蒙汉杂居的适宜地带，一定会有更多的人了解马头琴、喜欢马头琴、欣赏马头琴音乐，师父交代下来传承马头琴文化的任务才算开始……

老哈河水，长又长，

岸边的骏马，拖着缰，

美丽的姑娘，诺恩吉雅，

出嫁到遥远的地方。

当年在父母的身旁，

绫罗绸缎做新装，

来到这边远的地方，

缝制皮毛做衣裳。

海青河水，起波浪，

思念父母情谊长，

一匹马儿作彩礼，

女儿远嫁到他乡。

《诺恩吉雅》的旋律响起,这是他的手机铃声。

"我妈头疼得很厉害,起不来床。"是马跃。

"别害怕,别哭。北京这么大,这么多的大医院、好医生,我一定把咱妈给治好了!"

"演出完了,我马上就回。"

妻子马跃的电话给正在紧张倾听弟子们演奏的图力古尔更增添了一份忧虑和担心。想起悦(他对马跃的专属称谓),他有种说不出来的痛惜。想当初和悦相识相爱的时候,他一个月的工资才2600元,一年的工资才够一平方米的房价,除了工资没有别的收入来源,学校宿舍的条件相当简陋,好在奈曼严酷的冬季和凛冽的风早把他练出来了。很多人劝他往市里条件好的学校调一调,他都只是抿嘴笑一笑。没有人知道,他真正放不下的是他的孩子们,虽然只有8个,可那是他手把手培育出来的8颗火种,还有亲自去内蒙古请他的老校长:要把这个蒙古族小学办成民族文化传承的基地。这点困难比起草原上的雪冻,厚厚的雪冰锁住了草场,人和牲畜的口粮眼睁睁没了着落算得了什么?就这么走了,还能算是个蒙古人吗?

悦的到来就像是初春的阳光。冻雪融化,万物复苏,牦牛河水吟唱起《草原蒙古人家》,她听他拉马头琴时眼睛里有一团火,温暖湿润、闪闪发光。托着的光洁下巴,如端庄的圣盘,盛满了会心的陶醉和神圣的敬奉。她说他拉马头琴的样子最帅。

从那个时候开始,图力古尔就不再只是一个会拉马头琴的蒙古人了,他多了一个特别的听众。之前有人称赞他的琴声里有岁月的时候,他都会谦虚地说,我只是个会拉马头琴的蒙古人。

这么多年过去了，作为一个蒙古人，一个蒙古男人，马头琴除了给自己至爱的女人一个"帅"的剪影之外，还给过她什么呢？

他每个假期都在义务教马头琴，学琴的人是越来越多，陪悦的时间却越来越少。今年工资是调到了5000元，可房价也涨了，要买一平方米得半年收入才够。

清贫而寻常的日子，有马头琴和悦的陪伴便有了味道。心情晴朗时，马头琴是诗是酒，可以尽情地享受音符在指尖舞动的优雅、魅动，让思绪乘风，向远方的远方一路狂奔。不顺心时一曲马头琴曲足以抚平起伏的草浪，弓和弦的沟通就可以看得见来时的路，那九曲回环、大河一样唱歌的路带着他回到奈曼，他就能见着大青山和大青山上的柽柳……

为了马头琴的传承，他可以把自己全都搭进去。可连个钻戒都没给悦买上，她的首饰都还只是银的。若在草原可以以银为圣洁当个借口，可悦毕竟是个汉家女子呀，作为她的男人，他欠她的还少吗？

面对灰茫茫的天空，图力古尔点燃一支烟，深深地吸了一口，焦急地等待演出结束。

户　口

01

姜清扬一出正安县公安局城关派出所户籍科的门，抬头就看见于小娴领着一个漂漂亮亮的小姑娘，从走廊的另一端迎面走来，于小娴低头给小孩子整理衣领的一瞬间，他顺势拐进了男厕所，他还没有做好和十年不见的旧情人不期而遇的准备。他是来给刚满月的儿子上户口的，他看见于小娴也进了户籍科。

十年，时间改变了一些东西，也留下了一些东西没变，比如他还是能够仅凭一个背影或者侧面迅速辨识出熟悉的人，每次面对于小娴时，他心跳的频率也还和以前一样。

于小娴并不是正安人，她是从外县投亲靠友过来的。至于是什么原因，老家还有些什么人，姜清扬并不关心。他们最初认识是在月亮湖休闲中心。在东海打工的发小伍建请姜清扬泡个脚顺便做个保健，更多的是为了找个私密的地方叙叙旧，店家给他安排的技师就是于小娴。技师手法很细致，穴位拿捏得也准，姜清扬很快就舒服地睡着了，醒来后觉得神清气爽，他要了技师的服务号38号，一有空就去月亮湖消费，渐渐他迷上了这种享受，迷上了这个技师，一来二去就知道了她叫于小娴，每次来都点她的名。

正安是个只有二十多万人的小县城，他和于小娴交往的消息很快就传到父母耳朵里了，老两口虽然对于未来儿媳的工作性质颇有微词，但明面上从来没有提起过，只是提醒儿子对一个来历不明的女子要多留个心眼，要尽早给姜家把种子种上，把那块田占上。姜清扬觉得父母的想法没有错，姜家到他这一代两代单传，父母年纪大了，想早点抱孙子，也在情理之中。他一直很努力地想满足父母的愿望，可奇怪的是，他和于小娴同居了两年，竟然什么情况也没有！于小娴坚称自己没问题，他自己也偷偷去省城的医院检查过，医生说他这方面没有任何问题，很正常。

今天于小娴领着的那小姑娘，看眉眼分明就是她的孩子，说明于小娴在这件事上并没有骗他，问题出在哪呢？于小娴领着的孩子的父亲是谁？不是听说她在东海过得很好吗，她回正安去户籍科做什么？上户口吗？

东海是个直辖市，附着在户口上的福利全国人都眼红，干嘛不上东海的户口？当初于小娴离开他的时候，不是嚷着尿尿也不向着正安这破地方的吗？看穿着，她应该在东海混得不错吧？

太多的疑问，容不得他多想。红英来微信催问他在什么地方，怎么还不回家。他赶紧发了定位，路过利民路菜市场时买了一把芹菜，匆匆向屋里赶。

消息很快传开：于小娴领着女儿于珊回正安落户，因为没有出生证明，孩子的生父不清不楚，所以没落上。姜清扬觉得疑窦重重，他很想知道于小娴这十年在东海的情况，伍建是唯一的途径，因为他在东海打工。

话说姜清扬偷偷回了一趟乡下老家，打开他和于小娴住过的屋子，一股霉烂的味道扑面而来，冲得他一连打了好几个喷嚏。打开灯，房间里扯满蜘蛛网，一层说厚不厚说薄不薄的灰尘湮灭了生命的气息。那张双人木板床兀自孤零零摆在窗边，像一艘不用的舢板靠着废弃的码头。自从于小娴十年前的深夜离开这间房子之后，这间房子再也没有进过人。这一次，他在一条床板缝里意外发现了四分之一还少一点的一枚白色药片，药片没有完全崩解，留下一块小核，周围有些粉末，姜清扬找了根细枝小心地挑出来，用纸把剩下的细粉一起小心地包了起来。

02

白承心领着于珊从春晖幼儿园回家，一进门于小娴就发现不对头：女儿于珊手抹眼泪，一脸梨花落，白承心黑着脸窝在沙发上一根接一根抽烟，问啥也不应答。于小娴只好讨问女儿到底是怎么回事。女儿说今天老师当着全班同学的面，说她没有户口，是黑户、盲流。

于珊问："爸爸，为什么我没有户口？"白承心转头不答，起身离开。于珊又问："妈妈，我为什么没有户口？"于小娴大张嘴想不出合适的词，只好把女儿揽进怀里，紧紧地拥着。

这一夜白承心出去很晚才回来，于小娴一个人在床上盯着天花板想自己的心事，男人一身酒气地回来，抱了一床被子去沙发躺着，翻来覆去一直没睡着，后来就招呼她去了客厅商量事情。

白承心有个兄弟白承印住在城郊，是个聋哑人，四十多岁了尚未娶妻，白承印和于小娴商量：让于小娴名义上嫁给白承印，于珊改姓白，把户口落到白承印名下。

看起来这是最好的解决办法。东海市户口的含金量很高，住房、入学、高考、就业、养老、医保等附着的福利令全国人羡慕。从乡下农村奔波出来混到大城市，再能拥有东海这样的一线城市户口，是无数人梦寐以求的，是另一种形式的成功人生。除了正常的投资、人才引进、婚迁途径，据说操作东海的户口很早就成了一种特别高端的产业，非一般人可为。在官方收紧了人口流入规模以后，东海市户口的价值更是千金不换！

对于小娴来说，白承心是东海的土著，在海成区委上班，人脉广，能借这棵树在东海市扎下根，完全是有可能的。所以当初伍健把她介绍给白承心时，她明知白承心有妻室，有个上大学的儿子，她还是选择跟他在一起，不在乎别人说她是小三还是小四。白承心为她租了房子，每月给她一万块零花钱，他们一起生活了三年就有了于珊，她从未想过孩子的户口问题，她相信在这种小事情上，白承心这样的区委干部一定有办法搞定。

选了个周五，白承心早早下了班，带上于小娴、于珊回了一趟城郊接上白承印去城郊镇委，打算给于小娴和白承印办个结婚证明，也就等于于珊户口的落实走出了第一步。

年轻的民政干部小刘接待了他们,说知道这事,之前副镇长来过电话了。小刘看了看村上开的介绍信,指着于小娴问白承印:"你们认识吗?"白承印点头表示认识。

又问:"你们认识多久了?"白承印伸出两个手指头。

把材料放进抽屉的瞬间,小刘又问了白承印一句:"你们是什么关系?"这次白承印伸出两只手快速摇摆,还加上摇头。

小刘就疑惑了一会儿,看看白承印,看看于小娴,又瞅了瞅门外站着的白承心,说:"你们回去吧,你们这个办不了,你们就不要再来了。"

白承心一把夺过材料,愤怒地撕成碎片,手向身后一扬,任凭飞舞的纸屑飘洒在空中又落满镇政府的大门口,头也不回地独自走了。

03

于小娴给伍建打电话,伍建说:"好,正好老熟人托我打听你的情况,出来吃顿饭呗,你说地方,我去找你。"

东海市河滨路一个烧烤摊上,伍建借着酒劲对于小娴说:"你可别天真地信了白承心这个家伙,我看他就没成心打算给于珊办这个事,不然就不会弄成今天这个局面。前几年那么好弄不弄,非得拖到现在不好弄了才想起来,也不知道你们是咋想的。闹他,让他跟老婆离婚娶你,这样你成了东海人,于珊的户口不就顺理成章地解决了吗?让你跟他大哥这个半傻子结婚,这么恶心的主意也只有这老东西想得出来。陪人睡了这么多年，你以为自己挺会算计，生个孩子拴住老东西，利用他的资源弄个东海户口，这样就能华丽转身了？就能乌鸡变凤凰了？想得美，老王八蛋心里清楚得很。我估计要不是怕你去他单位闹，他会丢了饭碗，就你这块烂抹布，他早就想扔了。"

于小娴说："伍建你他妈真不是东西，你们这些男人没一个好玩意儿，你把我玩腻了丢给姜清扬，姜清扬玩腻了又把我丢给白承心。"

伍建说："别他妈在老子这里炫贞节牌坊，你是个什么东西你自己不清楚吗？别埋汰人家清扬，也就是他托我打听你哩，听说你混得不好，叫我多关照你。这小子是个情种，可惜让你给糟蹋了。你不就是嫌正安地方小，容不下你吗？其实退一步说，正安也不错，至少还有一个姜清扬想着你。实在不行就把孩子的户口落在正安得了，越早越好，眼看着于珊就要上小学了，不能一直当黑户吧？"

于小娴说："伍建你个王八蛋，专门来羞辱我是不是？既然已经出来了，我死也不回正安。"

事实上，伍建的话还是对她有所触动的，或者说是给她指了一条明路。

听说姜清扬在打问她，有那么一瞬，她甚至心怀愧疚，想回到正安去，带着于珊过一种简单平淡的日子，这几年白承心给她的钱她攒下来一大部分，足够维持她和女儿在一个小县城的生活了。但是，当着伍健的面她是绝对不会承认的。

04

关于于小娴，姜清扬意外获得了两条消息，一条是月亮湖的洗脚妹告诉他的：于小娴早就不想待在正安了，她从巴山腹地的一个小村来了正安才一年就发誓，要离开这鸟不拉屎的小县城，这辈子走不出去下辈子也要走。现在他和老相好在东海，混得不错。另一条是，那一枚旧床板缝里的白色药片和粉末化验结果证明是紧急避孕药，这一检测结果来自在省城药检所工作的表姐。听到这两条消息，姜清扬有一阵子想骂人，看来于小娴从一开始就没有打算和他生孩子，他只是她一段路上的一部分。我在她眼里，算什么东西呢？现在，她于小娴在外面混不下去了，要把户口迁回正安，她有了于珊，我也有了红英和儿子，我是理还是不理她呢？

表姐说："这个于小娴也不简单，她想的事，成与不成，也努力过了。你呢？就这么打算一辈子待在正安这个巴掌大的地方，守着你的老婆和孩子过一辈子吗？"

汪 生

汪生是一条大白狗。我不是汪生的主人，它的主人叫它大白，汪生是我给它起的名字。我一叫它，它就会跑过来，用温软的腹部蹭我的裤腿，前爪搭上我的膝盖，耳朵跳动着，眼睛水汪汪的。我摸摸它的头，捋捋它背上的毛，它立马嘴里呜咽着听不懂的狗言狗语。我在它家场院上踱步的时候，它就在我的两腿之间来来回回穿梭跑"8"字。

汪生是别人家的狗，我对它的好，好像只是给了它几片干腊肉。我从来没抱过汪生，不能不说是个深深的遗憾。

我与汪生结缘是三十年前的事了。想必它在另一层轮回的褶皱里沉淀而不曾沉没，借了这记忆聚积而成的情分，我与汪生不时在梦中相见。汪生永恒地伫立在梦家坡坡头，而我只留给它一个决绝的背影，它知道我一旦下了梦家坡，进了黄金峡步道，便再也不会回来。

三十年前的秋天，我被分配到山里教书。学校在六十里之外的深山里，去有两条路，一条是从金水镇出发，步行穿黄金峡翻梦家坡过李家庄村到达目的地；另一条是乡级公路，同样是从金水出发，经良心乡过李家庄村到目的地。汪生和我就是在李家庄村不期而遇的。

  区教育组人事科科长送我到金水镇，安排我在金水小学等待来接我的人，这种特别的待遇是拜我要求到最艰苦的地方去锻炼的豪言壮语所赐。因为适逢雨季，小道被暴涨的河水阻断，乡级公路也几乎无法通行。等了两天，人事科科长几经周旋终于找到一辆向山里工程上运砖的卡车送我去报到，还说我的运气好，免了步行六十里山路的辛苦。可后来发生的事，让我宁愿步行一百里也不愿坐车。

  那时的乡级公路，全是人工开凿出来的。山路窄，弯道多，盘山上下而蛇形迂回。路基外全是看不见底的深涧，复杂的拐弯处只容得一辆车小心地回旋，过不过得了弯全凭经验和运气。坐在副驾的位置上，我无心看路边的花红草绿，任凭年轻的心脏在道路的颠簸里上下震荡。司机一路上的冷笑话苍白得一点颜色都没有。这家伙有说话的爱好，上嘴皮下嘴皮一搭，句子连着句子生生往外蹦。似乎生怕停下来，别人会插了空似的，他言语间的停顿、抽烟、换挡都不耽搁，一气呵成。他和王寡妇或是郑婆娘的故事，我一点兴趣都没有。我只知道我和他一支接着一支抽烟，我们都在试图麻痹神经，以期减轻对凶险路况的恐惧，我尽量想象着远处云雾中山里的神仙，而不去看路基外的深沟。

  "快到李家庄了。"

  "过了这个弯就是。"

  我不愿搭腔，更害怕不当的言辞甚至是不合适的语调会冲撞了这神秘大山里某位正在静修的神灵，承受未知的灾祸。尽快脱离危险区，安全到达目的地是我此刻最迫切的愿望。一路上我在心里已默念过各种咒语无数遍。此刻我很讨厌司机的喋喋不休和无聊解说。

一瞬间，只觉身体急速下坠，脑子里一片空白。

"坏了，车翻了。"这时候了还有劲儿贫。

我想我是要完了。我闭着眼睛不敢睁开。死亡是一片无边的黑色深渊，我只觉得心脏在失重状态下急速地下沉。贯穿脊神经的惶恐向脚底迅速集中，即将脱离身体。三魂七魄打着旋顺着通道就要流到未知的深处，父亲、母亲，等来世，儿再向你俩尽孝吧。

突然右臂一阵刺痛，我睁开眼，竟然还活着。公路拐弯处被人堆了一堆沙，车左轮失去摩擦力整体平移、侧翻，自由落体过程中所幸被一块凸出来的巨石和一堆厚厚的灌木丛接住，没有掉下山涧。我动了动四肢，身体完好，知觉健全，大嘴巴的司机也没事。他闭上了臭嘴，我们相视着惨笑了一番，我这才发现右臂上扎了四根野枣刺。我们小心地从车里爬出来，他点了三支烟，面向虚空拜了拜，这一拜完全改变了我之前对他的印象，我觉得他除了话多，面目并无多少可憎之处。环顾四周，除了面对四方空间里未知的神明虔诚地致谢之外，就是寻找逃生的出路。这时候，我听到了崖上面"汪、汪、汪"的三声狗叫，我用擦过冷汗的毛巾包了一块石头用力抛向"汪生"（从那一刻起，我便认定了它叫汪生）。

大约半个小时左右，汪生叫来一帮人，我们得救了。坐在汪生家的场院里，大嘴司机一言不发，吃不下饭，只是抽着烟，一口一口灌酒。汪生的主人端给我一碗面，我也咽不下去。趁人不注意的时候，我把碗里藏着的几片腊肉挑出来，偷偷丢给汪生。它抬眼望了我几秒钟,便不再犹豫地吃光了肉,对我摇摇尾巴。我小声地叫它"汪生",它鸣了一声,像是应了我。

　　有了这样惊心动魄的经历以后,我后来回家、返校都是老老实实地走黄金峡、梦家坡小道,再也不敢图方便了。这样,必然要路过李家庄村,要从汪生家房后经过。我每次都在汪生家打尖,住一晚,第二天才到校。这样见着汪生的机会也就多了。因为汪生的主人是一位好客的同校代教,每次经过必留我在他家吃住一宿。一来二去,汪生熟悉了我的气息。知道我要来的时候,便会在我翻过梦家坡走向李家庄的途中等着我。看到我,它就会跑过来,在我脚前折返,用它毛茸茸的尾巴扫一扫我的裤管,然后它在前面走,我跟着它。一路走到李家庄,它的主人家。

　　有时候我在想,汪生是如何提前知道我要来的讯息的?难道仅仅是靠天性的嗅觉吗?如果有前世,也许我和它前世是一对心有灵犀的朋友?或者是祖先的灵魂派它来陪伴、救赎弱小的我,帮度过那一段艰苦的岁月?

　　是不是汪生怕我迷路,担心沿途我会遇到不可知的危险,故而特意在途中等我,给我带路?或是汪生的主人生怕我拒绝他的盛情而刻意派汪生前来迎我?我本寻常毛头小伙一枚,又不是二郎神,哪来的福气消费哮天犬?总之,对我来说,汪生一直是个神秘又令人动容的生灵。其实说来惶恐,给汪生的那几片腊肉并非为了表示对汪生的感激,事实是我生来吃不下肥肉,而李家庄的这位同事每次都会在碗的最下面埋伏几块大肥肉片子。我深知这是那时的山里人最贵重的食物,只献给尊贵的客人。我无法推脱如此质朴、厚重的情义,所以每次吃饭时，我都会谎称场院里空气好，趁人不注意，把碗里的肉偷偷地夹出来抛给汪生。汪生每次都欣然笑纳，一点不剩，然后满意地绕着我转圈、打滚、撒欢。

情深义重的汪生和它的主人、有情的大山终于没能留住我。

山里学校条件实在太苦，在那里工作了几个月之后，我就深刻领教了现实中的艰苦比语言上的艰苦来得扎实得多。学校是原来山顶上一座庙改建的，雨季一来，四面都是山洪，学校就成了孤岛，雨不停没法出去买菜，就饭的只有干辣椒加盐兑酱油。想换个饭，吃了三顿煮鸡蛋，第二天呼出的气都有股鸡粪味，更要命的是鸡蛋吃多了，肠梗阻胀得肚子痛。

梦家坡是当地老百姓的叫法。是说坡太陡、太长，不歇气，徒手走到山顶上最少得一个钟头，然后从坡头下到沟底的路上又得一个钟头。要是拿点东西，一个钟头根本不够，实在累得走不动了，就在半山腰小憩一会儿，弄不好这一小憩就会睡着了做起白日梦。梦醒了接着走。三十年前，交通不发达，老百姓就是这样用肩膀和脊背从金水镇一路背着油盐酱醋，背着化肥种子，背着山外的信息，背着一家人的希望，背着数不清的岁月一路走过来。当时的我，要不是因为有了汪生这个想头，我估计真的会在半山腰做个梦才能爬上坡头。

才一年，豪言壮语没能经得起环境的锤炼，我要求调到山外教书。我当了逃兵，我感到羞耻，无颜面见汪生和它的主人，我必须绕开李家庄村，我不敢回望淳朴的山山水水。再见了汪生！再见了李家庄村！

我以最快的速度扑向梦家坡。"汪、汪、汪"，好熟悉的声音，凭声音我知道一定是汪生。我听得见青冈树叶窸窸窣窣响成一片,空中的云不安地涌动,我知道一定是汪生发了疯一样在追我,脚下的山路似乎有无数的蚯蚓在地面下蠕动,我每走一步都像是踩在一颗跳动的心脏上。不知谁家的唢呐没来由地嘶鸣,我听得见汪生的喘息一浪大过一浪冲击着我孱弱的后背,我不敢回头。不知道一旦回头,我还能不能走出汪生的视野。这一次是我在前面小跑,汪生在后面紧追,我连滚带爬终于下到了梦家坡通向黄金峡的路上,找了片茂密的丛林躲了起来。

梦家坡坡头似乎成了边界,界内是种生活,界外则属于另一种完全不同规则的陌生,而汪生莫非生来只是属于界内的生灵,无法或者不能跨越边界?追到那里后汪生不再向前跑了,它只是伫立着大口地喘气,呜呜咽咽地发出不清楚的声音。空中响起庄严的音乐,晶莹硕大的水珠从树叶上滑落,一只大黑蚂蚁从我脚前溜过,悄无声息。

我感觉到汪生知道我藏在哪里。那一刻空气似乎停止了流动,山噪声、虫噪声,偌大的山野中只有我和汪生的呼吸此起彼伏。

来福的一天

凌晨四点,很多人还在睡梦中,来福已经驾车在高速路上了。

比起起得更早的垃圾清运工、做小买卖的、卖菜的、24小时不打烊的快餐店服务生、夜班出租车司机,来福觉得自己算是好的了,好歹他还在床上睡了几个小时。三点半被闹钟叫醒,快速洗漱完毕,看了一眼安然熟睡的女儿香香和妻子婷婷,来福开始了一天的工作。

今天要做的几件事,他昨晚睡觉前就已经想好了,并根据轻重缓急分别排好次序。高速路上除了几辆赶时间通过六环的货车外,并没有多少车。秋末,今日有风,有点冷,来福打开暖风,开了天窗,点燃一支烟。想起N年前租住在梨园,每天也是这个点起来赶312、322路公交去市里,冲锋一样往上扑都挤不上,只能在冷酷的秋风中等待下一班。因为实在太挤了,来福丢过两次手机,等于三个月的生活费,来福觉得自己是这世界上最苦逼的人。其实当时和来福一样,来S市寻找梦想的人一堆一堆的,当时的S市还没有地铁,私家车对当地的普通家庭来说还是奢侈品。对于S市这样跨度非常大的特大型城市来说，挤公交出行便是唯一可选的方式了，被挤很正常。就连售票员的职业用语一律都是"往里挤挤，往里挤挤"，而其实车厢里面想再挤进去个完整的馒头都一定会被压扁。S市的外来人口还在大量涌入，现在虽说已经开通了数条地铁，但交通状况改善并不明显，有个有意思的说法是：被挤成"相片"了。

辛苦了几年下来总算有辆车，虽然不比豪华锃亮的悍马、路虎能彰显身份，但也不用再承受风雨之苦，不用再当"相片"，来福觉得生活还是公平的。比起刚入行的、现在也许正在地铁里从头体验的同行小弟、小妹们，还有点小幸福。

一辆开着大灯、不断鸣笛、明显超速的车从后面呼啸而来，不等来福骂出口就已经超车了，是辆外地牌照的车。来福也是外地人，不过挂个本地牌照，后面那辆车这么早出门还这么着急，定是有不得已的急事，这样一想来福也就平息了怒气。

突然，前方飞来一不明物体，"啪"的一声，砸在挡风玻璃上，玻璃上砸出一个小坑，周围有些裂纹。是前车抛出的一个铁制易拉罐，自己120千米的时速，加上前车更高的速度，这小铁块巨大的动能没有击碎挡风玻璃实属万幸，但巨大的声响足以让来福心惊肉跳，他使劲拍了拍因睡眠不足有些懵懵的头，提高警惕、专心行车，他换了首《大悲咒》，并且把音乐音量开到最大。他是香香的天，不能有任何的闪失。当初来这个城市是为了让香香上最好的学校，接受最好的教育，现在香香才上六年级，离目标还很远，万一自己出了问题，婷婷改嫁，香香得管别人叫爹，一想就不得劲，来福不敢再往下想了。

快到三环，路上的车明显多了。看起来在这个城市生活轻松的人并不多，还有相当一部分和自己一样都要赶早去往目的地，都知道七点半以后，路就没法走了，都是车。

六点二十，来福及时赶到，在金泰大厦附近路边找了个车位，把手机闹铃定到六点五十，熄火补个小觉。阿泰包子六点五十开门，半小时早餐时间，然后上个卫生间，稍稍打理仪容，差不多七点四十五，这时候科长也该到办公室了。给科长道个早安，等他稍事整理，泡好早茶，打开电脑，趁科长脑子清静，别的同行还没有来给他"站岗"烦他之前，把自己的想法说出来，让科长给抻一抻，顺便关照一下，这是今天最重要的工作之一。这一单合同千万不能出任何差错，这是他收入来源的一大块。现在又不招标，下一个标期还不知道什么时候，如果失去这个合同，香香的钢琴学校怕是上不成了。

七点五十五，刘科长比往常来得晚了几分钟。程式化的问安，估摸着科长完成上班前一系列前奏之后，来福小心地敲门。寒暄之后，进入正题，该说的话早就背熟了。

"别一大早站我门口，我不需要站岗的。"

"不是……你错……"

"什么？我错了？大早上站我门口让别人看见以为我欠你的！"

来福本来是想说"你错怪我了"，可被刘科长的火气打断了话头。看起来刘科长今天心情不太好，昨晚和他老婆吵架了？还是遇到了什么事？

"科长，是我错了，您没错，您永远都不会错，都是我的错。"一看上帝发了火，来福急中生智赔着小心，这全靠多年的磨练。

"算你小子会说话，你的事我会向田局长汇报，看他的意思，最后还得会上定。"

"那会什么时候开？刘科长能给露一嘴吧？"来福尽量让笑容显得自然一些谦恭一些。

"等消息吧。"

"好，好，好。我下次一定注意。"来福连说三个好，知趣地退出科长办公室，把门轻轻带上。

这是最好的结果了，刚才要不是凭经验平息了刘科长的怒火，像以前一样因说错话被骂个狗血淋头是小，惹恼了上帝，所有的努力都得归零。努力过了，其他的看造化，来福想。这一次肯定不行，还得多来几次，才有门。如果遇到的事都那么如愿，那自己也不至于在圈子里混了七年，还是个屌丝。人家凭什么帮你？你是谁的谁的那个谁？

今天的第一件事办得还算可以，开了个好头：总算见到了刘科长，把想说的话说了。这还是拜访三次未果之后，秘书小田出于同情告诉他的内部消息：今天院周会，刘科长作报告，他一定会来。为见刘科长，来福连着三天每天早上八点前都在科长办公室门口候着，秘书小田都熟悉了，知道他找科长有要紧事情，看他站着累，招呼他去秘书室喝水，坐着等，都被他笑着推脱，因为他生怕一不留神错过见科长的最佳时机，也担心给领导一个不恭敬的印象，这单合同对他来说太重要了。

从刘科长办公室出来，来福觉得胃有点难受，才想起刚才在车里睡得有点贪，闹铃响也没听见，一觉醒来快七点四十了，生怕耽误了拜访刘科长，竟然连早餐都忘了吃。八点多了，阿泰包子铺只剩两个素包子，找小卖部买了瓶矿泉水，凑合着吃完早餐，来福钻进车里点支烟定了定神，准备赶往下一个目的地。秋末的S市，有霾是常态，虽然有点风，奈何霾太厚，小风根本刮不动。一早起来到现在，来福记不得抽了多少根烟了，他必须时刻保持头脑清醒。

九点多，S市彻底醒了，流动在大街小巷的各种车辆和行人，办事的、旅游的、看病的、和自己一样跑生活的，稠密地搅在一起，来福盘算着去下一个地方的路线。有张五万块钱的发票必须要今天拿回公司换一张新的。再过两天发票就过期了，八千五百块钱的税款可是他两个月的工资，他可赔不起。照现在这个车流程度，不精心规划行车线路，想在上午完成计划是不可能的，下午还有别的事要办。

取发票的地方在南五环外，按照既定线路，二十多公里的路，来福整整开了三个小时，没办法，路上车太多了，五环上还坏了一辆满载的大货车，货物把三条车道都占了，等路政人员清障完，一看表都十一点多了，来福心里那个苦：这一上午又白搭在路上了。好在余下的路还比较通畅，十二点匆匆赶到，对方单位已经下班了，他只能下楼，四周找找看有什么合适的地方先解决肚子问题。转了一圈，几家饭店都人满为患，还有排队等候的。来福找了个小卖部，买了包饼干一根火腿肠一瓶水对付了顿中午饭，回到车里补个觉，他实在太困了。

下午一点半，拿了发票送回公司，被财务人员一顿埋怨教育完，已经是三点了，来福得去计划中的下一个地方：信息大厦，他要去商标事务所注册个商标。这个事他已经琢磨了好几年，不能再拖了。他必须干点自己想干的事情,他不能就这样只是活着,他要活得有质量、有尊严。像一早小心着小心着,还被刘科长训孙子似的训了一通,刚才又被公司财务数落一顿,这样的日子他受够了:刘科长是"上帝"也就罢了,关系单位赖账不结,他催过不止一次,还因账期被公司扣过奖金,这和工作责任心、大局观有关系吗?愣是让人给扣了顶帽子,还不敢回嘴。因为来福很清楚,惹恼财务的后果就是:到月底了以各种理由不给你结算,让你没钱花,干着急!他可不想让房东上门催要房租,那种时候尊严扫地,会严重影响他在女儿香香心目中的形象。

在香香给同学的叙述中,她父亲是个很厉害的大老板,没有什么搞不定的事,每天找他的人得排队等。他喝着茶,腿翘在大办公桌上,只要一打电话,钱哗哗就来了。他不愿也不能破坏自己在女儿心中的高大形象,扳倒一个小姑娘心中的神是残忍的、不可想象的。香香好几次提出要去他办公室看看,他都搪塞过去了。哪来的办公室?他就是个跑生活的小业务员。

来福想把老家原生态土特产弄到 S 市来,以 S 市的消费水平和消费观念,一定可以得到认可,卖上好价钱。有了商标,打出自己的品牌,以自己的经验诚信经营,他相信要不了多长时间完全可以走出一条活路。自己有老家的乡亲做后盾,站在食物链的顶端,摆脱看别人脸色吃饭不是什么难事。虽然开拓一个新领域远比在熟悉的领域扑腾要难得多,可自己赚了钱既可以养家糊口,老家人也能跟着沾光,一举两得的事岂不是更高尚?他这么多年之所以能在 S 市立足,全部的本钱不也全是靠起得比别人早一点、吃得差一点、睡得晚一点、头低一点、嘴甜一点、腿勤一点？这些是安古城的父母亲教下的，他一点没忘，一直执行着，都成习惯了。

想到这些，来福信心满满地驱车赶往信息大厦方圆商标事务所。此刻S市的各条城市主干道没有一条是轻松的，形形色色的车辆铺满了城市的脉络，像一个富奢的贵族打开栅栏开放一场盛大的招待会，竭尽所能展示他所拥有的庞大财富和地位，路上的行人渺小成一双双围观的眼睛。等红灯的时候，来福看见路中间的隔离带上斜靠着一个乞丐，晃荡着脚尖，播放着随身听，音乐声很大："今天是个好日子……"

这个秋天不太冷，这个城市不太冷，来福回味着刚刚的一幕。商标事务所在繁华地段，车流量很大，后车鸣笛，绿灯亮了。来福打起精神开车，一旦出现什么剐蹭事故，晦气不说，主要耽误事。过了五点，高速路上又得车辆排队，今天的事还没办完，明天要去的地方已经安排好了，怎么也得五点上高速，抓紧到家睡几个小时吧？

出四环主路，辅路上有四条车道，信息大厦在最外侧，连续违章并线三条车道进入停车场入口是最节省时间的路线，否则就得走小路抄便道或者绕远，不知道交通设计者当初是怎么考虑的。上次违章并线时被后车一片鸣笛声叫骂声淹没，最后还被执勤交警科普了一回交规，来福记忆犹新，无论如何不能再犯同样的错误。信息大厦就在不远处，这次他凭感觉抄了一条近道，绕远情况不明时间也不够。路是条单行线，两边停满私家车，而且越来越窄，不时有电动快递小哥、百度、美团外卖呼啸而来，右眼皮跳个不停，他感觉要坏事。果然前方道路被几个水泥墩子封闭，有工程车在施工，一看后视镜，后方还跟着三四辆不长眼的,来福暗暗叫苦。

倒车途中,只听见咚的一声,一辆送外卖的电动车撞在了右侧倒车镜上。忙中出错,后方的奔驰"亲"上了来福的车!

好在事故不算大,也许因为大家都是跑生活的人,没时间扯皮,也许因为堵在胡同里都想尽快脱离困境,外卖电动车赔了二百块钱,来福把这二百块赔给奔驰车主,便利解决,各开各车。到达信息大厦的时候,已经下午四点二十了,赶在事务所下班之前,五点二十,来福终于办完了商标注册的所有手续。

这一天下来去了四个地方,行程三百多公里,见了多少人来福记不清了,办成了两件半事(刘科长那边合同的事算半件),基本完成了预想,眼前一浮现出香香雀跃的笑脸和婷婷满是关切和疼惜的深邃目光,所有的疲劳一扫而光,来福盘算着憧憬着上了回家的高速路。

六点,抽着烟小心地驾车,来福一阵咳嗽。医生已经严重警告过他,想把血压降下来就必须戒烟,他也深知抽烟这个恶习给身体带来的危害有多大,等什么时候不这么辛苦一定得把它戒了。

"嗖"的一下,一只晚归的猫掠过大灯,横穿高速公路,来福有意降低了车速,拍拍快断了的右倒车镜说:走,伙计,咱们回家。

非常丈母娘

"都说中国房价噌噌涨,罪魁祸首就是丈母娘,结婚这把刀,刀刀见血光,没钱还想找对象,纯属耍流氓。都说中国女婿最难当,要车要房要哄丈母娘,她的心肠硬,她的嗓门响,最怕她的无情,打散了鸳鸯。"

一首《中国丈母娘》红极一时,戳中了不少适婚男士的泪点,丈母娘成了绝情的王母娘娘,过不过得去天河就看你有没有实力置办得起通天梯。经济学界甚至已经出现一个新的戏称,叫"丈母娘经济":买车,买房,酒席,聘礼。这得拉动多少 GDP?房价疯涨的一段时间,物质现实赤条条地裸奔,丈母娘甚至成了推高房价的罪魁祸首。可万事万物总有个例外。丈母娘们,这些二三十年前的花季少女中总有一些兰心蕙质、世事洞明,一双绝顶透亮的秋眸,搭眼就能发现最适合的女婿。深谙婚姻生活之道的她们了解自己的女儿就像了解自己的左手,她们的眼力可以穿透熊熊燃烧的爱情光焰和俗世的屏障,帮助女儿找出配合最默契的那只右手,她们是"非常丈母娘"。遇到她们，是你修来的福分。

农历癸未年腊月二十三，北京开往丹东的2251次列车深夜停靠在辽西一个小站，我和我的女友在这里下车。"山城宾馆"，最亮的几个字先行跳入视野，这十多年在外面跑惯了，每到一处陌生地，先找安身的地方已经成了我下意识的习惯。暗暗打定主意：有什么变故的话，可以先来这里住下，再做打算。来之前，我反复追问过小兰："如果你妈不同意咱俩在一起，给我脸色看，我转身就走，你跟不跟我走？"她不语，只是哭，我明白她的心思，所以我必须做好万全准备。不同意很正常，同意了才"非常"，其实我心里还是暗暗期望奇迹出现，为此我不止一次向各路神灵祈祷过，当然这些事情我不会跟小兰说。她还很单纯，我不想给她任何压力，被我伤透心的亡母是我心中永远的伤痛，我更不愿我爱的女人违拗她母亲的意愿、伤害另一个母亲的心，更不想在年跟前给别人家里添堵。在婚姻的江湖中打过滚的我明白：婚姻是两个家庭社会关系的综合，滚烫的热恋只是前戏，并不代表美满生活的全部，所以我坚信，没有父母祝福的婚姻是不会幸福的。我和小兰……我不敢细想。"山城宾馆"的霓虹灯异常明亮。

我比小兰大八岁，年龄的悬殊是第一道坎；第二，我之前已经有过一次失败的婚姻；第三，我既没存款又没住房。横在我们之间的"三座大山"，哪一座都不容易翻越。小兰的家在东北。之前传言说，在东北订婚光走个亲戚，礼品就得准备一卡车，七大姑八大姨落下谁都不行。我摸摸瘪瘪的钱包，心里就打响鼓。小兰的家人包括直系亲属都在铁路系统工作。小时候被公权和国有垄断部门工作人员的傲慢、任性深深刺痛过的一个农村穷孩子的心理阴影还在，我对此行前来求婚的结果没有任何乐观的考量。只是禁不住小兰的央求，我决定冒一次险，平生第一次做出没有任何把握的决定。

除了自己，我本一无所有，大不了还是个一无所有。

精神上的阿 Q 并不能让我觉得丝毫轻松，以我的年龄和经济条件，留给我试错的机会不多了：三十几岁，父母双亡，上无片瓦下无卓锥，没个正式工作的低端人士。哪个丈母娘会明明看着是个火坑还会把闺女往里推？平日里和小兰因为同在一个公司工作，我始终把善良、简单的小兰当成妹妹看待，她提出要跟我处朋友时，我觉得简直就是个成人童话。

小城夜晚的天空不一样的干净，干净得像一片纯净、令人惊叹的海，没有一丝云，下弦月弯曲的弧度异常优美，北斗七星指着我来时的方向，间断响起的火车汽笛声提醒我，这是个我并不熟悉的环境。

来接站的是小兰的父母，叫完"叔叔、阿姨"之后，我找不出更多合适的词，只是一路跟着走。小兰的父亲坚持要接过我的包裹，我不好勉强，只好由着他。小兰和她母亲一路又说又笑，上了一面不大不小的坡，我又回头看了看"山城宾馆"，很快就到了。

已经后半夜了，简单洗漱之后就上炕了。头一次睡炕，尽管眼皮都快睁不开了，但还是折腾了好久才艰难入睡。是夜，我做了个梦：到处流浪的我，要饭到了一个矿区，高台上住着一户矿工，男人下井了只有女人和闺女在家，见我饿得不成样子，邀我到家里好一顿吃，还留住下来，男人回来啥也没说。后来我们竟然成了一家人：我成了他们的女婿。

第二天一早醒来，我着急打量四周的环境，一开门，被院子里拴着的一条大黄狗吓了一跳，奇怪的是，狗只是很平常地望了我一眼，并不吼吼也不嘶唤，似乎早就认识。在一段斜坡之上的缓冲地带，无序地坐落着一些小平房，房子上电线零乱交织，依地势而建高矮错落的建筑，高处看就像一枚枚随意散落在棋盘上的棋子。这里是叶铁站南的职工家属区，还没有统一供暖，家家都是自建的土暖气，用煤烧火取暖度过寒冷的冬季。正是白天气温较低的时候，几乎每座房子的烟囱都在冒烟，平添了温暖的生活气息。可能是因为这一群建筑临近铁路煤场，又是用煤高峰，空气中弥漫着的二氧化硫气息，既像老家农村烧秸秆的味道，又和梦中矿区的味道有些类似。

小兰的母亲是下岗女工，自己和人合伙开了家棉絮加工厂，父亲在车站烧锅炉，非常朴实的一户人家，倒是她哥、她三个姨，还有她舅全在铁路工作，有的还是不大不小的干部，和这个层面的人打交道，我一点心理准备也没有。在那个重要日子之前，我每天的日程无非是吃饭、散步、睡觉，想着帮干些家务、做做饭，小兰的父母坚持不让我插手，我也不得要领，只好顺其自然。有时我会尽量延长散步和睡觉的时长，时不时远远地看一眼"山城宾馆"，尽可能把空间留给小兰和她父母，让她们就我们的事详细沟通，我也不问小兰和她父母商量的结果，砧板上的肉，费心思明白后果有什么意义呢？

这样难熬的日子过了不久，等到大年三十，重要的日子终于来临：按照她们家族的年俗，所有人都要去她姥爷家吃团圆饭，特别邀我参加！

席间，我和小兰的父亲、姥爷、哥、舅、姨父等男人们一桌，小兰和她母亲、姨们女的一桌。

男人们一起吃饭,几杯酒下去,气氛就不一样了,有个姨夫问我:

"你一个月挣多少钱?"

"有房吗?"

我不好意思说出真实的数目,只好小声说:"没多少钱……"

"没多少钱是多少钱?"

"四五千吧。"我把声音又调小了一号。

"我们这铁路上,随便一月也开个四五千,将来退了休也能拿个四千多。"

我知道这话是说给我听的,因为在座只有我是个打工的,没有养老保险。

"我们这外甥女要是在铁路上找个,将来就不用愁了……"

我给自己倒满一杯酒,一饮而尽。为了不至于让自己太尴尬,我又满了一杯,起身想敬小兰的哥哥一杯。

"我喝不了。"

这回我是真尴尬了,幸亏她舅打圆场:"来来来,我提议为新年全家团聚干杯!"

所有的男士都干了杯中酒,包括小兰的哥哥。女人们那一桌离得并不远,席间的声音不时地能吹进我竖起的耳朵里。

"这还离过婚?不能外面有孩子吧?"

"可不能让咱姑娘上当受骗呀!"

"这比咱姑娘大这么多,又是跑业务的,咱姑娘这老实人别让人给卖了,还帮人数钱呢!"

"咱姑娘是黄花大闺女,又不缺个啥,不能往火坑里推。"

过后我都佩服自己在这场语言的暴力中竟然可以坚持到最后,事实上人家说的都属实。饭局即将结束的时候,女的那桌过来个姨,架势一看就是个干部,端着酒杯对我说:"××啊,党的十一届三中全会以来,各行各业都发生了巨大的变化,人们的生活质量显著提高……你拿什么保证我们小兰跟了你能幸福?"是啊,我拿什么保证呢?我说不出来。

"是我嫁闺女还是你们嫁闺女?我的闺女我说了算!"小兰母亲的声音铿锵有力,关键时刻就是宣言,打断了所有的杂音。

"我看这小伙人不错!"

现场一片寂然,瞬间小兰母亲的形象在我心里长成一棵参天大树。

"我也看这小伙人不错。来,大家共同干杯,新年快乐!"小兰姥爷的及时力挺,让这一顿惊心动魄的团圆饭终于结束了。

癸未羊年,本命年发生了我人生中一件重大事件,漂泊的心终于得以安顿。一切看似偶然,而我认为是幸运之神的偏爱。农历甲申年5月,丈母娘向所有亲朋好友宣布:用儿子娶媳妇的仪式和规格把小兰嫁给我!一梦成真,是年小兰和我在小城成亲了,丈母娘全资全程操办了我们的婚事。

如今十四年过去了,事实证明小兰是我相爱相守的归宿。

在最潦倒的时候,捡到了天上掉下来的爱情,我上下求索细数先祖找不到可以跪拜的神灵,内心深处感激着丈母娘无尽的深恩,是她的坚定成就了一段世俗看起来不可能的感情。丈母娘名字里有一个字和母亲相同，小兰的名字也和我们全家人都押同一个韵脚！

　　上天安排的宿世的情缘，三十年苦修方成正果，难道，这些都是幸福的密码？

霜染白路

白路这个地名有两个传说。

其一：传说很久以前，白姓一支为躲避战祸，从关中大地沿傥骆道向南迁徙，穿秦岭、折酉水、过槐树关四五里，发现一处远看有山，近观临河，地势有隆起有低洼，衔接如意、起伏有致，黄泥巴里掺着沙子还有料礓石的种沙瓤西瓜和蜜桃的好土。时值农历二月，数十里满山遍野都是热情灼灼的桃花。

就是这里了。

头领选定"石卡河"下游，临近官道一处面阳背风的地方作为族人的聚集地。安居下来的白姓人们忘不了魂牵梦绕的原乡，就会溯石卡河而上，到崖沟的山顶最高处向北眺望，遥望来时的路，把说不清道不尽的思念无限延伸进密林深处。因为太多人走，山上逐渐被踩出一条结结实实、历历在目的路。远远望过去，像一副枯干的动脉血管。白姓人的路？白色的路？说不清，也没有人去深究。

其二：传说很久很久以前，在石湾这个地方（也就是现在白姓人聚集之处），有一株千年的银杏树，树上迁来白鹭一家：鹭爸、鹭妈、小鹭四兄妹。小鹭长到二十岁的时候，鹭爸鹭妈找来一罐黑色的染料，要小鹭把羽毛染成黑色。

"为什么呀？"

"我们观察过了附近的鸟都是黑毛，我们是外来户，带着一身白羽出门讨生活容易被视为异类。这些年我们就是这么过来的，出门时把羽毛在淤泥里浸得变色才出去，回家前再在石卡河里洗干净，小心翼翼才没有别的鸟找我们麻烦，你们兄妹才能顺利长这么大。现在你成年了，该进入社会了，和周围环境一致才能活得安生。"

鹭爸鹭妈语重心长，可小鹭无论如何也无法接受父母的观点，它爱自己天生的白羽不愿屈意涂改，它不相信这天下只有这一种活法。

鹭爸鹭妈坚决要给小鹭染羽毛，小鹭坚决反对，决定离家出走，换个环境生活。一个深夜，它乘着月光，沿石卡河偷偷飞向北面崖沟方向的密林中。天亮了，鹭爸鹭妈赶去追，只见到通往山顶的道旁洒落的一地羽毛。乌鸦说，小鹭被鹰隼当了宵夜，骨头渣子都没剩下。喜鹊说，小鹭玩命地飞了一夜，翻秦岭去长安了。

小鹭的生死未来，无鸟能知。只是从此后，从银杏树下北望，崖沟的山上多了一条羽毛一样光滑洁白的路。

杨自强来报到时，是三月的一个中午。

学生还没有到齐，未正式开课。几个老师模样的人，或蹲或站，在白路中学校门前的高台上，下望着国道上去长安、过成都的车辆，以及沟沟壑壑里淡淡的山岚，论些家常。和他一起出现在校长面前的，还有一位据说是大型厂矿子校转地方的老师，姓柯，正在问一些问题，杨自强只好站在旁边听。

"咱这学校有电话吗？"

"……"

"有食堂吗？"

"……"

"有医务室吗？有图书馆吗？"

"……"

"有屎哩。"一个路过的中年人搭腔，众人大笑。

"这人谁啊？"杨自强没忍住大笑。

"加工厂老翟，老没正经的，在学校西院墙外边坡底下。"

巧得很，安排给杨自强的宿舍，紧邻学校的西院墙，从窗户里看出去，正好可以看见老翟的粮食加工厂，加工厂前面就是石卡河。

原以为还像以前一样只是做英语代课老师，没想到学校给他安排了班主任，这对杨自强来说无疑是个考验，责任重大。因为以前没做过，没有经验，又是个新环境，学生的情况不清楚，他要求考虑两周，校长答应了。

初三年级有三个班。三（1）、三（2）班是有希望升高中的，剩下的三（3）班升学基本无望，学校和家长们的最高愿望就是这帮孩子平平安安"读"到毕业，拿个初中毕业证，这学就算上到头了。只要这帮孩子在这期间不出事、不闹事、平平安安到毕业，就算求到了上上签、阿弥陀佛了，至于学习成绩好坏，是最最其次的事情。而这高危的初三（3）班班主任则要杨自强来担任，校长说只有他最年轻，和学生好接触。想一想倒也是。

周六，附近的老师都回家了，杨自强没回，他想快一点融入工作的这个地方，于是沿着学校的围墙四处闲逛，在中心小学操场的西北方向，遇见了手里提了一吊血糊糊的什么肉的老翟。

"杨老师，没回去？"

"没。"

"一会儿来吃肉啊，好东西哩。"

"嗯。"

"真的来噢，我喜欢跟年轻人待着，特别是你们这种有文化的年轻人。"

沿着石卡河向崖沟方向走了一段，坡上坡下种满了庄稼，不是油菜就是小麦，路边稀稀拉拉几棵白杨，石湾方向也不见传说中的银杏树。农家的场院上桃树、李子树正开着粉的、白的花。土地被寄予厚望，人的欲望满山遍野，很少有空隙，少见大一些的树，也就少见了令人惊叹的风景，无差异的审美疲劳把杨自强的脚步带向老翟的粮食加工厂。

"咱爷俩肯定有缘，菜刚炒好，正念叨你哩，你就来了。我弄了点好东西，咱爷俩喝点？"

"行。"他能感受到老翟的真诚，是他喜欢的类型，一上来就熟。

"欺负新人哩。听说你要接三（3）班班主任？"

"这你都知道？"

"你别看我不是老师，一墙之隔，学校里的事我门儿清。三（3）班原班主任是我的堂兄，这家伙连自己娃都管不住，他还能管别家娃?"

"娃没一个是坏娃,就算再坏的娃也千万别往坑里推,做老师和做父母一个道理,要有底线。"老翟几杯酒下肚话就多了,不过刚刚这一句杨自强深以为然。

"这方圆十里就我一个加工厂,谁家娃咋样我比老师清楚,我看着他们长大的。说不好谁会惹些事,但本质都不坏。谁捣蛋你跟我说,我和他们大人都熟。"

张海是初三(3)班出了名的,初一初二初三都蹲过班,一个初中上六年,他父母是打算无论如何也要让他读完高中的,现在看来只能是个愿望了。原班主任悉数罗列了他从初一到初三的种种劣迹,所以杨自强特别留了心。昨天三(3)班轮值小操场大扫除,他就看见刘老师在后面撵张海在前面跑,别的学生喊着口令:"一二一、一二一!"这不是在遛老师玩儿吗?刘老师跑得接不上气了,张海才停下来。

"杨老师好!"张海见新班主任过来,立即变立正姿势,这让杨自强很愕然。初三(3)班的学生很给杨老师面子,自从他接上新班主任以后,什么出格的事都没有发生过。这其实得益于杨自强从来没把自己当老师而是当作他们的大哥看,陪他们一起劳动、一起出操、一起课间活动,利用一切机会混迹于他们之中。这一切都是他有意而为的,他很清楚,这个年龄的孩子容易逆反,但很好面子,他是他们的好朋友兼大哥,他们怎么可以让好朋友和大哥难堪呢?

刘老师自从交了班之后,就很少见着了。三(1)、三(2)两个班的班主任特别提醒过杨自强,根据往年的经验,临近毕业的前两个月是最危险的时候，学生很容易闹出些事情。果然他最担心的张海出事了。

张海家住张山村，每个周末回家取粮食时都要路过王湾，王湾村有个疯丫头，家在路边住，到底疯没疯，没有人知道。很多人看见她衣不遮体，在沟里、崖上、河道、坡上、坡下到处跑，人们就以为她疯了。

王湾村有人报案，说看见白路中学的学生张海和疯丫头在草丛里滚过，未经允许做了一回"露水夫妻"，犯了"流氓罪"，上面来调查情况！

刘老师表示这种害群之马应当直接开除，免得坏了学校的名声。他后来还把"露水夫妻"这一段编成一则故事到处传播。刘老师还另外检举、揭发了一年前发生在这里公路上的一起飞车偷窃货车货物案件，也是张海领头干的。

老翟听说惊动了上面，觉得兹事体大，主动到学校要求以知情人的身份加入调查，他说和张海他爸是老哥们，老张家都是老实人，这几年生活过得不容易。张海这孩子是他看着长大的，没有那么坏，就算犯了事，也得给娃机会。

学校领导认为张海是未成年人，应以教育为主。上面同意学校的意见，表示有关情况需要进一步核实并向当事各方征询意见，对张海暂不批捕。

"老刘你个老瞎怂，对个孩子落井下石你配当老师吗？娃扒车偷东西你哪一只眼睛看见了？屋里头大人们之间的龌龊别连累孩子。"上面的人一离开，老翟就炸腔了，他的一番话让杨自强觉出这背后可能还有别的故事。

张海两天不见来上学了,为什么?别的同学都表示不知道,为了弄清楚情况,杨自强决定去一趟张山村张海家。

张海在坡上放牛。"杨老师好!"看到他,张海从地上爬起来,拍拍裤子上的土,慌乱地向他问好。

"坐坐坐,别拘谨。"他按下张海的肩,陪他在坡顶的地上坐下。

"杨老师,谢谢您来看我,我不念了。"

"……"

"偷货车那些事不是我干的,刘老师媳妇是我们张山村嫁过去的,和我们家有世仇。"

"不念书了以后打算怎么办?"

"我想出去打工。"

"……"

"我妈早就不在了,就我大供着我们兄弟俩,去年我大得了肾炎,出不了力气,种不了庄稼就没收成,一天一服药得好几十,哪来的钱?你看我们这地方,到处都是埋人的黄土,我怕我大一个人奔波不出来就被埋了。我弟弟学习比我好,我出去打工挣点钱,先把我大病治好,供我弟弟将来上大学,也算完成我妈的心愿。我和我大这一辈算完了,积修下一辈吧,老张家一定能翻身。"

说些什么呢?杨自强自己也是从农村打拼出来的,现在每月工资是137.5元,最多能够支撑张海他爸吃三天药。按当时县城500元一平米的房价,买个60平方米的小两居,得18年不吃不喝。而这是青梅竹马的英子答应和他在一起的最低条件,这一直是他心中的一个结。

此刻，隆起的坡头自脚下向远方奔涌、绵延，陷入苍茫的雾岚中，越过汉江，越过巴山，化作一条游走的土龙，翻转起一片浑浊的浪花。

一周以后，杨自强鬼使神差地接了一份与教学无关的差事：坐拖拉机去县城接上级学校捐赠的旧课桌。返程时遇大雨道路塌方，他不得不在县城找地方住了一宿，而这一住，错过了英子专程来见他的最后一面！从此英子去了省城，永远从他的生活中消失了。很多年后，他还经常在想，那一次，如果见着了英子，他和她后来的故事会不会是另一种结局，人生轨迹、命运会不会因此而不同？

可惜生活永远没有如果。

一年以后，杨自强永远离开了教育行业，离开白路中学去了南方。很多年以后，在一个本县外地工作人士的聚会上，杨自强遇见了张海，张海也一眼认出了他。

"杨老师好！"还像以前那么恭敬有礼。

"早就不是老师了！"

"一日为师终身为师。"

张海已经定居珠海，办了个模具厂，把他大也接过去了，他弟弟正在哈工大上学。提起当年的事，他说，疯丫头的事是他干的，当时太年轻太冲动了，一念之差给学校和老师脸上抹了黑，他很后悔。是他大后来给人跪下，还赔了精神抚慰金，那家人才撤销了控告。

他一点都不恨刘老师，要不是因为那件事，刘老师又那么一逼，他大觉得事情大，才不得不同意他出去打工，他也不会有今天。那些年他们家在张山,真的是穷怕了。

这次聚会,让他忽然很想回白路去看看。于是,他便选了一个早晨太阳还没出来的时候独自驱车前往。

其时秋既浓,有大片白杨树叶落下,沾染着稍带寒意的秋露。昔日的学校还在原址上,围墙也还在,只是改成了中心小学,从校门口的栅栏望进去,新建的教学楼很气派,旁边营养食堂的匾赫然在目,窗台上有部老式的电话机不知道还能不能用。

西墙外老翟的加工厂虽然悱悱惶惶,也还没有倒,墙上隐隐约约还能看见只言片语的语录,只是被夹在钢筋混凝土的小楼之间留下时间的痕迹,破败的木框门楣上挂着陈年的蜘蛛网。站在这两间陈年的屋子前面,神秘的让杨自强流过口水的肉香似乎正从里面飘出来。据说老翟已经去世多年了。

石卡河的水流比起那时候要细得多了,但还没有断流,得亏一念间来看过,只怕是时间再久些,便会如一缕飘远的云彩再也看不见了。

炼 金

01

此刻，杨自强是浦口人民公园门口最吸人眼球的风景。

浦口人民公园本是市民纳凉遛弯、休闲娱乐的场所，里面多是挺拔的椰子树、婀娜的夹竹桃、风姿绰约的芭蕉和其它一些杨自强不认识但本地人见惯了的热带植物。

公园门口的花坛里，杨自强光着上身只穿着一条三角短裤，半裸的他不年不节的日子出现在这里显得很突兀，走路的、骑车的、开车的很多人忍不住停下来看热闹，杨自强就成了风景。

自动喷灌设备喷出的串串水珠像机关枪射出的子弹冲击着他单薄的身体，摧残着他的思想。

属于热带雨林气候的浦口，一天不洗澡都是不可想象的，杨自强在天桥下已经过了三个晚上了，他观察到浦口公园里浇花的地方有水，凌晨的时候无人值守，他想趁着没人看见的时候简单洗个澡，可是有一双眼睛盯上了他：联防队员抓了他个现行，他在"作案"的现场被罚站、示众。

毒辣的阳光敲打着杨自强的头骨，他微微扬起脸，让水幕把眼睛里的江河埋起来，埋得深一些、再深一些，这样，不管是鄙视、唾弃、同情、怜悯、惋惜还是陪泪，任何一种复杂的表情都可以停止流动，当它从来没有发生过。此刻花坛就是杨自强的个人舞台，他是唯一的演员。他咬着牙在心里唱崔健的《一无所有》："我曾经问个不休／你何时跟我走／可你却总是笑我／一无所有……"虽然已经初春了，而且是在南方，平均气温在25度左右，水激着却有点冷，他把歌曲里的最后一个字狠狠地咬一咬能好一些，不那么冷了。他的脑海里出现了离家时在后面追了他一路的炊烟，他想起父亲颤抖着的手中永远捋不直的廉价纸烟……想着想着，一座火窑在心里面亮起来，自己就是一块薄地里出产的料僵石，四面都是空洞，一无是处，即便是这样，也要把它扔到这个窑里面锤炼、煅烧，他不相信炼不成点像样的东西！这样想着，他觉得身上有了一些温度，不像刚开始冷水击打得身体生生地疼。

"让暴风雨来得更猛烈些吧！"

02

望海国际对面的天桥下面，是杨自强选的一块风水宝地：地处商业中心，近海秀中路和龙华路。众目睽睽之下安全是应该没有问题的，万一一时半会儿找不到合适的工作，但只要挨着这么繁华的商业街区，即使要饭吃也不至于饿死。还有一点，这里离东湖人才市场很近，初次上岛的人都在那里找工作。还有就是他想趁空闲的时候好好看看这座城市。因为这是南方之南他最后活命的地方，他必须想尽办法融入这座城市，他想在这里活下来。当初借助老许的一张介绍信，他平安地上了岛，没有被关进铁笼子里面，押去陵水筛砂石，已属贵人相助，剩下的事情得全凭他自己了。

在东湖人才市场泡了一天的杨自强没有等到一个用工的老板。回到宝地，他发现多了一个伴儿：一个大叔也相中了这块风水宝地，大叔提出资源共享，杨自强懒懒地表示同意。天桥下的地又不是他家的，不同意又能咋？

第二天，又是一天，杨自强同样没有等到用工的老板，回来的时候，大叔还在，太累了他也懒得打招呼，就睡了。

连续好几天，杨自强一早赶去东湖人才墙那里守着，一看到有车子在路边停下来，他就随同人群，轰的一下围上去。每一次打开脸上打褶子的皮肤，舒展笑容都像是动物亮出自己最美丽的部分，刻意要讨好谁，很下贱的样子。可看看周围的人们讪讪开着的脸，似乎没有这样的感觉，杨自强暗自思忖是不是自己思想出了问题。招的工大部分都是建筑工，招工的都是工地上的小老板，这可不是他想干的活。

天黑了，杨自强无精打采地回到"住处"，强迫自己快点入睡，免得心里难受。

表哥儿子娶媳妇，四品四盘，按村里历史最高规格大操大办：粉蒸肉、红焖、滑肉……上的全是他平时爱吃的，出来这一个多月，每天一想起来就会流口水。整个村庄充满浓郁、温暖的香味,躲在角落里的小虫如蚂蚁、蚯蚓、蚂蚱,受不了美好食物的诱惑,全都出来舞蹈、歌唱,庆贺村庄的盛典。池塘里的青蛙也不甘寂寞,自弹自唱。

哪是什么池塘里的青蛙叫,分明是自己的肠鸣音。杨自强醒来,擦了擦嘴角的口水,很不好意思地瞥了一眼"邻居",邻居大叔含着一口饭点头示意,他们这算是第一次正式打过招呼了。

邻居吃盒饭,还是趁他睡着的时候,这意思明摆着的。说实话杨自强也很饿,他身上只剩下最后的60块钱了,一份盒饭得10块钱,照这标准他最多只能支撑一周时间,总不能真的去要饭吧?他现在的策略是每天只吃一个3块钱的面包,上卫生间时偷偷喝点自来水,这样可以维持三周以上,多一点时间,机会就多一些,他相信好机会就快到了。此刻饭菜的香味,刺激着味蕾,拷打着他脆弱的肠胃,痛苦挨饿的细胞咆哮着,可杨自强想保住尊严,他决定先出去转一圈。

浦口的夜空,镭射灯光交错,把闪烁的星星和月亮挤到了天幕的边缘,漂亮的光线里,无数漂浮的尘埃似一只只贪恋世间美好的彩色蝴蝶,翩翩起舞,挺拔的椰子树只负责眼睁睁看着这一切无关的美丽。树下走过穿着短裙的女子,一队队移动着的白腿像匆匆逃跑的生鲜大白萝卜。杨自强更饿了。

回到天桥下,杨自强在自己睡觉的席子边上发现了一份盒饭。

"吃吧,是给你买的。"

"我明天要回福建老家去了,咱俩在一个桥下睡了几个晚上,也算是有缘。"

说完这些话,大叔就出去了,杨自强狼吞虎咽地吃了这份饭,他觉得这是他出门以来吃的最好的一顿饭,美味程度甚至大于梦中表哥家婚宴上的四品四盘。这天晚上,杨自强睡得格外香,格外踏实。第二天早上醒来,大叔和他的席子都不见了,杨自强心想他一定是回福建老家了。

"起开起开,收拾东西,马上走!"

"猪崽!"

"看什么看?再看把你们这些盲流都抓起来!"

福建大叔离开的当天中午,杨自强的安稳日子也到头了。三名城管队员查抄了他的"住处",勒令他马上离开。所有的行李都在一个包里,他把席子一卷,和包系在一起,他在前面走,城管队员开车在后面一路送他。大踏步从龙华路上了龙昆北路,又拐上滨海大道,一路迎风,人格外清爽,杨自强滋生起了唱歌的欲望。一折《斩单童》在心里响起:"喝喊一声绑账外/不由得豪杰笑开怀/某单人独马把唐营踩/直杀得儿郎痛悲哀/直杀得血水成河归大海……"前面就是秀英港了,他想去碰碰运气。从小生活在农村的他,凭力气挣一口饭吃,这点自信他还是有的。

03

一艘货船在卸货,他走了过去。

"老板,要干活的吗?"

"就你？这身板能行吗？"老板上下打量着他。

"行不行试一试不就知道了吗？"杨自强努力说服着老板。

"这些货是我的，提前说好，连卸带码一包五毛钱，计件。"

"兄弟们抓紧时间啊，天黑之前要卸完。"

"老张，你过来下，带带这个小兄弟。"老板招呼了一个刚放下麻包的高大男人到跟前。

"跟老张去，他给你安排。一定要注意安全！"

"小伙，这一麻包60斤，可不轻哩，白皮细肉的，你确定自己能行？"老张说。

"能行！"不就比一袋尿素重点嘛，没进市里上学之前，他在家扛一袋50斤的化肥到地头是常有的事。

"过舣板的时候千万小心，一定得挺住了，这不比在岸上干活，掉到海里可不得了！"

第一袋货物上肩，提心吊胆通过舣板上岸，把货码上垛，杨自强真正体会到了老板、老张对他的怀疑、叮嘱是多么的有温度：因为是民用船舶临时租借泊位，没有专业装备，依靠人工装卸，连接码头的舣板宽不足两米，距离海面15米以上，从船舱堆货的地方到岸上的垛，目测这段距离有100多米。负重通过舣板时不但要克服身体对高度的恐惧，要承受船体颠簸对胃肠和食物的特殊考验，还得防止随着海浪起伏，自己从上下左右不规则运动的板子上滑倒，失足坠海，这种完全陌生的体验，他以前从来没有经历过。他很难受，胃里翻江倒海，小腿肚子几度痉挛，有几次没走稳差点掉进海里。他咬牙坚持着，背东西过板的时候尽量不去看冰冷、浑浊的海水，他不想让别人看出来。

也许挺一挺，等身体熟悉一阵就过去了。

"小伙，小伙，来来来。"他刚放下一个麻包，老板紧步迎了过来。

"走，陪我出去买包烟。"

"可……"

"走吧，有跑腿费的，不耽误你挣钱。"

他抬头看了看老张，老张冲他摆手。他就随着老板向货场外面走。

"老家哪里，小伙子？我山东的，出来好些年了，刚出门的时候跟你一样，也是吃苦力饭的。我看出来了，你身体太单薄，不是干这活的料。你一上船我就一直盯着你，好几次你的腿打哆嗦我都看见了，踩空掉海里事情可就大了。"

"老板，我……"

"你不用说了，出了门，谁都不容易。我算了下，你一共搬了26袋，按咱讲好的，应付你13块钱工钱。我给你200，算是老哥赞助年轻人，你另找活干吧。把你叫出来是怕别人看见。"

杨自强抬头看了看天，下午5时，浦口市艳阳当空，天上并没有落雨，可他却分明感觉到两股咸咸涩涩的细流滑到了嘴角。

04

"哥，有火吗？借个火。"

杨自强正在万绿园靠海边和他的石头朋友一起喝酒，凑上来个陌生的女人。

自从发现这块平滑可亲的大石头，他就认定了这个朋友，在心里它已经被杨自强叫作"我的石头"了。每个周末，他都会带一瓶红星二锅头来会朋友，陪它坐上大半天，一起怀想些什么，或者什么也不想，就这么坐着，茫然地面对对面的海安，那是和陆地相连的地方，也是他当初乘船过来的码头。就是在那里，他曾经发下誓言：此生尿尿都不回头尿。可现在，他却经常回望那个地方。

女人点燃两支烟，递给杨自强一支，打火机就放在他们两个人中间。

"我也是从海安上的岛。"

海水撞击在礁石上，溅起浪花，发出"哗哗"的美妙声音！辽阔无边的大海，雄浑而苍茫，相比之下，生活的况味，城市的狭窄、拥挤、嘈杂全都像个渺小的笑话。听着大海的声音，让时间停住，他听得见自己的心跳。神圣如太阳，该沉沦时就得沉沦，明天一早再升起来便是了。

远处渔帆点点，那晒得发光的皮肤，敏锐的海鸥一样的眼神，漂亮、娴熟撒网的有力手臂，划出的是另一种生活方式。他们同样无暇欣赏旖旎的风景，因为你看，在那片蓝与远天的衔接处，缓缓隆起一块块蓝色大陆，闪着远古洪荒般的琉璃光泽，撑开无限的空间，如同老家那片苍茫的土地一样，凝聚着无法言说的神谕，超越自然地深刻着。

"我叫阿华，江下的，有时间联系。"女人话没说完起身就走。

杨自强甚至都没看仔细这个女人长什么样。说实话，他没那个心思。等人走远了，他拿起打火机，才发现旁边用石头写着一串电话号码。

办事处副主任

正月初八，北京。琼州霞光食品添加剂有限公司办事处，除了杨自强，其他的人都还没有来。

也许是因为大量外地务工人员回家过年未归，几乎每辆公交车都有座位。北京的道路高度通畅，路上很清静，并不像传说中的那样拥堵，杨自强很容易就登上了一辆开往市区的公交车。

小时候老家过年是很有氛围的，这种浓烈的节日氛围一直要维持到正月十五之后才会慢慢消退。家里亲戚多，长辈晚辈，迎来送往，总是热气腾腾，吃完这家的元宵，那家的饺子又好了，三把手工挂面加一包饼干在几家之间转来转去，亲缘的纽带就在传递中源远流长。

然而杨自强总是对那样的日子有说不出的厌倦。它打乱了规律和安排，没有节奏感，让人感到身心俱疲却找不到解决办法。它会动摇独立的信念，使他对于世俗的超越变得没有价值。他更无法面对短暂狂欢对物质积累和时间造成的巨大浪费，这样的日子和面朝黄土背朝天在土坷拉里扒拉了几辈子也没有出头之日的父辈们没有什么区别，他想要不一样的人生。

于是他扔掉了教书的铁饭碗,在十年前的这样一个日子,在人们还沉浸在节日的余温中享受的时候悄悄离开了熟悉的生活。在没有亲戚、没有好友的陌生城市过年,已经是他生活的常态。唯一不同的是,这一次是在全国最大的城市。

广场上,护旗的卫兵站得笔直,红旗迎风舒展,这是一种对信念的坚守而传达出的力量和美,杨自强坐在靠窗的位置上欣赏风景,他突然喜欢上了这座城市。趁着有空,他打算今天去公司最大的客户那里看一看,至于要看什么,他心里并不明确。

没有找到目标人物,杨自强在西直门外的一个巷子里的小店吃了一笼小笼包子,又要了一碗鸡蛋汤。到处随便转了转,然后坐车返回办事处。

电视节目实在没有什么吸引人的,不知道是因为坐车累了还是因为在发烧,他迷迷糊糊睡着了。他进入了不知名的含混的世界里,漫无目的地走着走着,就被陷在一片看不到头的沼泽地里,蚂蟥爬满了小腿,无数锋利的吸盘嗑开了他的皮肉,贪婪地吞吸他的鲜血。吸完浅表的向纵深,吸完纵深向大腿挺进,不光是血液,连组织液也不放过,他的腿快变成两截没有水分的枯木了。可他不能向前走,也不能向后退,他恐惧地大叫一声,使劲地睁开了眼睛,看见自己躺在床上。他心有余悸地回想刚刚梦中的经历,口渴得厉害,浑身发烫,他拍拍沉沉的脑袋才明白自己发烧了。他挣扎着想爬起来找口水喝,可身体泥一样贴在床上,像是没有了脊椎。他试图握住床头的扶手,但失败了,平日里有力的手此刻感觉要离他而去。职业经验告诉他,他必须尽快补充水分，但他只是一堆泥。

窗子是关着的，但不知什么地方有风，很冷。一下子给他微弱的意识增加了几分清醒，他用全部的力气支撑着，借助桌子、椅子和墙壁的帮助，终于找到了卫生间的水龙头，灌了几口生水，给干渴的生命之泉续上命。然后摸索着回到了床上，他的身体有些颤抖，绝对不是地震，而是自己在动。冷，他囫囵地拉了两床被子盖上，还是冷。

算了，让它抖去吧，看它能抖到什么时候！

喝了几口水之后，身体开始放松，不知什么时候，不敢合上的双眼又垂下了，他又睡着了。

这一觉不知道睡了多久，他隐隐约约记得自己曾摸索着上过几回卫生间，喝过几回水。

醒来的时候，杨自强发现被子湿了，床单也湿了，分不清楚是身体出的汗还是洒落的水渍。床前的地板上，一地的呕吐物都干巴了，散发着令人作呕的气味。他平静地躺着，总觉得有什么异乎寻常的事发生了，但想不起来。看看手表上的日历，似乎他这样躺着已经三天了，他在头脑中努力地寻找着蛛丝马迹，想搞清楚事情的来龙去脉，但他发现他还是泥一样的不堪。

一种不祥的阴影笼上他的心头。不能就这样玩完了吧？他还有好多要紧的事情没做呢，还指望不一样的人生从此展开呢。在厂里当了十几年工人，眼气那些坐飞机来来回回的销售人员西装革履、人五人六、目不斜视地路过他们这些干粗活的人身边，杨自强觉得那才是他应该过的生活。他好不容易争取来的改变命运的机会岂能就这样白白放弃？还有他肩负的使命还没完成，不能给对他委以重任的总公司财务总监和对他有知遇之恩的唐总一个交代，他死也不安心！

机会是唐总给的：总公司认为北京办事处的账目不清，特别任命一位办事处副主任前往督查，唐总把这个机会给了认为诚实可信有想法的他。

才来几天什么工作还没开展，现实就给了他一个严峻的考验。看来，想要在这样一座大城市干出点名堂出来绝不是件容易的事。想到这里，他的倔劲就上来了，他用尽所有的力气扶着能扶的东西挣扎着起来去了厨房，打翻了好几只碗，终于找到一口锅，抓了一把米，给自己熬了一碗白粥。喝完粥，杨自强感觉好多了，只是还有些瘫软，就又睡了……

正月十三，霞光办事处第一个归来上班的同事小闫，发现了杨自强的状况，及时给他买来了退烧、抗菌药物，加上细心的生活照料，正月十五，杨自强终于闯过了这场艰难的生死大关。小闫是江苏人，他说小店里包包子的肉来源不明，他从来不吃。

正月十六上午九点，办事处人都到齐了，刘主任宣布了他的任命，接着安排新一年的工作。形势如何好，任务怎样重，总公司的期望和要求这些纲目一类的东西，杨自强听着了但并没有记住多少，发烧持续的时间太长，耳朵起鸣，头还是有些蒙，不过刘主任给他安排的工作他倒是听得一清二楚。

"杨副主任今天就不用出去了，把宿舍卫生搞一下。瞧瞧你们这住的地方，闻闻这个味，这是人住的地方吗？简直就是猪圈！"

虽然在他来这里之前，在厂里唐总给杨自强引见过这位身材高大的女主任，此刻他还是第一次认真打量起这位自己最直接的上司。宿舍是昨天他和小闫刚打扫过的,他们还特意开了所有的窗户通过风。刘主任转身回了对面那套自己的办公室,重重地关上了门,留给杨自强和五个同事一股风。

"这女人就这德行,我们都习惯了。"小闫小声说。

"我们去拜访客户,您先歇一歇,把身体养好是真的。"

"出门在外,大家都不容易。"所有同事都知道了发生过的事,男人之间的关怀点到为止。

日子就这样一天天过去了,大部分时间,办事处就只杨自强一个人,同事们都在外面联系业务,偶尔小闫会在周六时回来住一晚上,周日出去和女朋友聚会。只有每两个星期开业务例会时,同事们才回办事处聚齐,其间刘主任出席过一次,安排杨自强做过一回会议记录,之后就再没见过她人。他不知道该干些什么工作,怎么干,他向小闫打听过办事处的业绩情况,小闫三缄其口,他说他们只负责拜访客户拿订单,其他的不清楚。他打电话给唐总请示工作,唐总说刘主任会安排的。打电话给财务总监,总监说听唐总的。

无所事事的杨自强,除了看电视,就是翻翻自己带来的《曾宪梓传》,实在无聊就下楼在办事处所在的小区到处转悠。东旭花园小区不算大,十六幢楼,高层六幢,剩下的都是一梯两户的板楼,小区有个小菜市场,一家商店,两个小饭店,一家叫"北京爆肚",另一家只写了"饭店"两个字。小区周围是荒芜的空地,杂乱无章地长着些矮灌木和荒草,离公路两三公里开外,另一端不远处是个差不多规模的小区,不知道叫什么名。看起来这一带是个刚开发等待升值的地产板块。书看完,就到了月底,主任出现了,说是到了盘点的日子,领大家去仓库盘存。

办事处有辆三菱吉普,似乎是刘主任的专车。副驾上放着主任的包,小闫和三个同事坐后排,杨自强只能和其他三位同事挤后备箱了。一路上刘主任好像讲过一个笑话,没人笑,也许男下属们不便于和他们高大的女主任交流家常。

霞光公司和北京星光共用一个仓库,在售一共六大类食品添加剂,十四个品规。盘点前刘主任给了个清单,分为发货数、已销售、库存,盘存的目的是要按照"已销售+库存=公司发货数"的公式,分品规一一对上。杨自强和小闫、小罗、小孙几个人一人一个大类反复核数,忙了一上午,发现有三个品种木糖醇、谷氨酸钠、木瓜蛋白酶怎么也对不上,就是说三个大类有四十件货没有下落,不知所终!难道它们会飞?

"这三个品种是市场上卖得最好的!"小闫说。

"差不多二十万的货!怎么办?"

"等刘主任来了再说吧。"

久等不见的刘主任突然出现,大家赶紧站起来。

"这么点东西,六个大活人一天还没数完?你们没学过数数啊?!"

"盘完了,差四十件货。"

"不可能,重新清点一遍!"布置完任务,主任又不见了,杨自强只好领着同事们又清点了一次,还是三个品种差四十件货。说实在话,杨自强对这位女上司趾高气扬的姿态实在看不习惯,但他也不便说什么。

待到天快黑,主任出现了。"怎么?你们想晚上住这仓库里是吧?"

"四十件货对不上……"

"小闫,锁好门,把钥匙给我。"

杨自强觉得自己被当成了空气,但其他人似乎已经习惯了他们这位女上司说一不二的工作作风。

这一晚,办事处又是杨自强一个人,看了一会儿电视,想着今天盘存的事,他觉得有些奇怪,下楼转了一圈,找了个清静的地方给唐总打了个电话,想汇报一下今天的情况,唐总好像被从睡梦中打扰了,沉吟了一阵,说:"按刘主任说的办。"就挂断了。

这一晚,他和上次发烧时做了同样的一个梦:他陷进一片偌大的沼泽里,既不能前进,也后退不了。

"还睡呢,都几点了?厂里养成的坏毛病!"刘主任不知什么时候开门进来了。杨自强忘了她有钥匙的。听小闫说,办事处实际是刘主任买的房子,他们以前住通县,去年才搬过来的。两套两对门的房子,一套办事处用,对面的一套主任自己住。

"今天抽空把账报给公司,现在公司只信你,你把账报过去,销售费用才能给。"

"库存的账呢?"台账里当然包括货物。

"晚上说。"这是个什么样的女人呢?进出一阵风,如入无人之境。"风"一刮,又走远了。杨自强听到对面的防盗门砰的一声后,才开始洗漱。一直到晚饭前,账也没做完。

他无法处理"飞"了的四十件货。门锁在响,"风"要来了,杨自强赶紧站起来。

"吃吧。"主任从一米之外把几包方便食品扔到会议桌上,杨自强觉得自己像条狗。

"这是销售出库单,上面都有客户签字。"

他快速把木糖醇、谷氨酸钠、木瓜蛋白酶的出库单分拣出来汇总了一下,不算其中一张没有客户签字的单据,刚好相差四十件货,和盘存的结果一致。他看着手里的那张有些新的单据。

"数目还是对不上……"

"所有的都在这儿了。""风"又一次走远了,他不知道接下来该怎么办。

"差多少都做成样品!""风"又来了。

"……四十件,一万两千袋样品?"

"差多少都做成样品!听不懂中国话?"

"你们这些人在厂里舒服惯了,没有我们在外面跑,你们吃什么?"

"都做成样品,我签字!"这一次"风"是咆哮着离开的。来去无常的"风"刺痛了一个男儿的尊严,破坏了他一贯坚守诚实做事的准则,出于对使命负责,对自己负责,杨自强下决心搞清楚一些事情,从不翼而飞的四十件货开始,从那张可疑的单据开始。

他去了云江食品厂,那张没有签收人的单据上的地址,被告知从未和他们公司有过业务往来。他又去了趟仓库,给看门大爷买了包烟，大爷说，星火公司的仓库中间打了隔断，两家的货物是分开存放的，也没有听说过有货物被盗的事发生。临了又补充说，仓库刘主任有钥匙，在他们盘存的前几天刘主任还来拉过货。

"你看，这是她那天来时给我买的苹果，我还没吃完哩。刘主任是个好人。"

连着好几天，杨自强脑子里都是四十件货的事情，折磨得他寝食难安。向不向上报呢？报给谁？财务总监还是唐总？报给总监不是把恩人唐总给晾在岸上了吗？还有报表怎么办？按刘主任说的差额做成样品，不是做假账睁眼说瞎话吗？这么大数量的样品谁会信呢？白纸黑字的账是要负法律责任的。业务员等着领工资，他的账还没做好，小闫问了他好几次了，他都没法回答。他痛苦不堪，规则、底线、良知、情感交织在一起，纠缠不清，无数小蚂蟥吞噬着他瘦弱的心脏。

正当他打算先把自己了解的情况和心中的疑虑向他信赖和尊敬的唐总汇报时，唐总来了北京，事先杨自强并不知道。

"风"突然开门闯入成了经常的事，所以杨自强养成了早起的习惯。有一天，他开门准备晨练，对面门正好也半开着，他看见屋里有个只穿短裤半裸着上身的男人在走动，是唐总！他为自己这个不经意的发现吓得心跳不已，慌慌张张向楼下跑，半道上差点和穿着睡衣提着早点的刘主任撞个满怀，刘主任不是单身吗？

这一整天，他不敢回办事处，因为他不知道该如何面对刘主任和对他有知遇之恩的唐总，他想了很多。晚上，唐总打电话叫他去裕龙大酒店陪他和刘主任吃饭，他不想去，但最后还是去了。裕龙是个四星级酒店，富丽堂皇，第一次来这种高档消费场所，杨自强有些不自在。

"大方点，像个卖菜、卖布的似的，怎么搞销售？"唐总的话，他觉得没有什么。本来在老家，他的上辈人就是种菜的，虽然他教过两年书，又在厂里当过几年工人，做人处事、行为方式还是脱不了庄稼汉的本色。这一点他深知自己的不足，要求做销售，来这里不就是想拼出另一种不一样的生活吗？更何况是给了他机会的唐总说他，他自然是当作关怀来听的。

"刘主任是你的直接领导，以后有什么事直接跟她汇报，她的意思就是我的意思。"

"你是副主任，派你来是协助她工作的。"

"刘主任是个女同志，男同志要多些担当多些理解。"

唐总边讲边和"凤"碰杯边吃，杨自强吃得很少，他觉得大酒店的菜不如一碗兰州拉面的汤有滋味。

他觉得已经没有必要向唐总汇报什么了，离开霞光办事处的时间就要到了，会很快。

奔忙在北京

01

　　杨自强选择在一个中午，把辞职报告和整理好的账目放在会议桌上之后，离开了东旭花园霞光办事处。他打算当晚在外面好好睡一觉，放松一下纠结的心情，然后另找一份工作，再也不回那个地方了。

　　这算什么？不算逃跑吧？他并没有拿走办事处的任何东西，就算是战略性撤退喽。他历来是个做事清清楚楚的人，包括那张确定很有问题的单据，他也只刻意地折了一下，还放在账册里原来的地方，至于那点可怜的工资就只能不要了。那一晚在裕龙酒店和唐总吃过饭之后，他就已经下定决心，不想再看见"凤"和令他难以面对的唐总。至于以后去哪里，干什么，跟谁干，他还没有想好。不过他确信，这么大的京城，小闫他们能活下来，他也一定可以。

　　地铁1号线转2号线，他在积水潭站下了车，为什么会在这里下车，他也不知道。此刻杨自强正在人群中被裹挟着向出站口走去。

　　正午的京城二环主干道并不轻松，像一个巨大的停车场，摆满了车。形形色色的车辆还在不断地汇入，快成一锅粥了，一股生硬的钢铁洪流，粗暴地涌动着。这种时候不管什么出身、来历的车，除了一辆跟着一辆爬行，不可能做第二种选择。杨自强沿着辅路漫无目的地向前走，他想起个听来的段子：世界上最悲哀的事情就是，上午我在二环，你也在二环。下午五点，你我依然在二环。

　　在西直门的一个地下通道，他被一阵音乐声吸引，不由自主地走了过去。是个年轻的自由音乐人在弹着吉他吟唱，面前放着一顶翻过来的帽子，里面放着几张零钞。正好走得有点累了，他索性靠墙坐在地上，这一坐竟然睡着了。

　　一片茫然望不到头的沙漠，他在里面走啊走啊，翻过一座沙丘还是一座沙丘或者沙漠，总也看不到人烟或是绿洲，干涸得一个水泡子也没有。他渴得嗓子冒烟，嘴唇掉皮，毒辣的、火球一样的大太阳好像不把他身上最后一滴水分烤干誓不罢休。

　　"喂，喂！"有人用胳膊碰他的肩膀。

　　"你没事吧？"

　　"您是？"

　　"我看你有点眼熟，咱们好像在哪里见过。"

　　在哪里见过呢？面前是个清瘦高挑的中年男人，杨自强挠头皱眉在记忆里快速地检索。

　　"您是旷总吧？是不是在天津的展销会上见过？"

　　"对对对，你还记得我？咋坐地上了呢？"

"走累了。您这是?"唱歌的青年不见了,地下通道就剩他们两个人。

"这地方我熟,来看看。还没吃饭吧,我请你吃饭,咱边吃边聊,顺便给你讲讲我的故事。今天在这地方相遇,说明咱俩有缘分。"旷总真是个善解人意的人,他一提说,杨自强觉得是真饿了。这一小觉醒来,五点多,也该是饭点了。

他们在一个小饭馆里点了菜,要了两瓶燕京啤酒,一人一瓶不用杯,对瓶吹。

旷总说,男人兜里没钱狗都不如。他原是内地一家国企的办公室主任,有一次他看见有人给厂长送礼,虽然用报纸包着,他也知道那是条烟。那人来了好几次,厂长都不在。就在走廊上晃悠着走来走去,从来都没向他这个主任屋里瞅一眼,他心里特别不舒服。后来知道这个人想要通过厂长把侄女弄进厂里当工人,在会上研究的时候,他挑明了说贿赂领导走后门进来的人坚决不能要!厂长一怒之下将他下放到车间锻炼,他就不干了,干脆辞职下了海去南方做生意。结果被坑了不少钱,还欠了一屁股债,天天被人找上门,姥姥不亲舅舅不爱。最惨的时候,他去找他弟借两万块钱打算东山再起,他弟很明确地告诉他:有钱也不借!他一气之下来了京城,找到初中同学,同学也没有钱借给他,但给了他五件货,说,把货卖了当本钱吧!为了省出来几顿饭钱,他在地下通道里睡过好几个晚上。今天他来怀旧,看见有人睡在他睡过的地方,就想起自己那时候。没想到是熟人。世间事就那么巧,就这样碰上了。

杨自强简要地向旷总介绍了自己的情况,他谈到了"风",但刻意隐去了唐总。

"愿意跟我干吗？不过我那里基本工资低，主要靠提成，销售人员靠工资吃饭不如饿死算了！"

"好，我明天就来报到。"他狠狠地喝了一口酒。

一面之缘，一顿便饭，就找到了新工作，杨自强觉得还是很幸运的，比那些举着简历在招聘会挤来挤去的新人强多了。

不过旷总给的工作并不那么好做，头一天他就领教了。好在都做的是食品添加剂，同一个行业，知识储备还算熟练。

旷总并没有一上班就让他去开发客户，而是让他先熟读自己撰写的营销教程，然后让他谈感受。第一章，什么是勇气？勇气就是克服恐惧。他说，搞营销举手去敲客户的门，先要过的是自己的心理关口：你不是去求人，而是去跟对方合作，提供新的选择项。三天时间里，旷总禁止他单独出门，亲自陪杨自强出去买了两条像样的裤子、一件衬衣，还让他把带来的衣服全部熨烫整齐，用他的话说，形象是一个营销人员的活名片，没有人爱看一张难看的脸。那一天，可能旷总的心情不是太好，让他复述教程中给客户送礼品前的语言铺垫，杨自强把"这是一点心意"这句话多加了三个字，变成了"这是一点小小的心意"，旷总一听火冒三丈，腾的一下从座位上弹起来，吓了他一跳。

"把你刚才的话再给我复述一遍！"

"这是一点小小的……"

"停，小小的是什么？难道还有大大的不成？"

"你平时是这样说话的吗？说人话！"

旷总的脸色非常可怕，脖子上青筋凸起，嘴唇发紫，用匕首一样的手指着他。

"你们这些文人啊……"他大概是察觉到自己有些失态，喝了口水，控制了下自己的情绪，接着说，"和客户说话要用口语，否则人都不愿听你说话，生意还有的做吗？"

旷总教了他很多做生意的道理和技巧：比如时间管理、目标管理……最重要的一点是，要站在对方的角度思考，找到解决问题的办法。遇到困难的时候，总是要给对方一个帮你的理由！

凌晨四点半，很多人还在睡梦中，杨自强已经在最早的一班公交车上了。路上还有更早的垃圾清运工、做小买卖的、卖菜的、24小时不打烊的快餐店服务生、夜班出租车司机、车上这些和他一样赶早班车出行的打工一族。这就是这个城市的节奏。无法决定命运走向的人，就只能把自己的时间打折出售。

理论学完了，还得在实践中落实。没有现成的客户，这一点杨自强从下海开始，就有心理准备。从来就不会有什么便宜事主动落到他头上，他没那么好的命。母亲去世后，父亲指着母亲光秃秃的坟头对他说过："娃，先人坟上没松柏，往后你就得靠自个！"

旷总给他指定了一个半年前合作过一两单最后被竞争对手撬走的客户，剩下得靠自己的本事了。昨晚他翻了行业黄页，圈出几个潜在的目标。

今天要跑的几家，昨晚睡觉前他就已经计划好了。根据轻重、时间、距离最优原则排好次序，建开刘科长这一单他决定优先处理，毕竟曾有过合作。今日有风，有点冷，他想起一年在霞光办事处赶312、

322路公交去市里，冲锋一样往上扑都不一定能挤上，只能在冷飕飕的风中等待下一班。因为人挤人实在太挤了，他还丢过两次手机，等于丢了几个月的生活费，那时他想，要是有部车就好了。对于京都这样跨度非常大的特大型城市来说，挤公交跑业务实在既不方便也没效率，虽说已经开通了数条地铁，出行仍如战斗。几千万人争夺有限的资源，谁都在全力以赴。

这一单要能成，就可以在旷总这里站住脚，也可以给后面新客户开发建立信心。

七点五十五，掐着时间赶到刘科长门口，杨自强小心地敲门。

"你谁呀？干什么的？"

"我是旷总那边……"他按照培训要领，简要说明了来意。

"谷丙酸钠都烂大街了，你们还做这种破东西？能有点高科技的东西吗？"聪明人从责骂中总能听出弦外之音。

"有有有，独家最新膨松剂。"

"单价？"

"320一公斤。"

"烂，有没有贵点的？"

"？？？我打电话问问旷总。"

"旷总手下没人了，派你这种生瓜跑业务？"

旷总训示过：客户永远正确。

"把资料放这，你走吧，我要开个会。"

没等他想明白刘科长为啥想要价钱贵的，刘科长已经下了逐客令，杨自强只好悻悻然退出，小心地把门带上，心里一万匹泥马上下左右冲腾。

　　下一个地方在南四环外，经过两次换乘，他搭上了去南郊的414路公交，倒霉的是，路上遇见一辆满载货车撞在隔离带上，遗落的货物把两条车道都占了。等路政人员清障完，他一看手机都十二点多了。他心想，这一上午又白搭在路上了。对方单位早下班了，只能等下午上班才能找到人，他想在四周找找，看有什么合适的地方先解决肚子问题。周围几家饭店都坐满了写字楼的职员，还有排队等着的。只好就近找了个小卖部，买了包饼干、一根火腿肠、一瓶水，找个背人的地方对付着算吃了中午饭。

　　下午两点半，终于等到龙源食品公司开门，递上名片登了记，却被前台告知，销售科长出差了，下周一才能回来。一种失败的情绪袭上心头，他不知下一个客户那里是什么情况，会不会又是赶山打牛似的好不容易赶到地方，又吃个闭门羹？三点了，他顾不上悲伤，得抓紧去往下一个计划中的地方——荣科大厦。步行一段到花乡桥站，他搭上了去往定慧桥方向的840路，没有座位，只能站着了。在沙窝桥上，因五棵松体育场重大体育赛事交通管制，足足堵了将近两个点，幸亏以前的经验足，上车之前少喝水，不然堵在路上几个小时，膀胱憋胀的滋味可不好受。啥时能弄辆自己的车，就不会这么受罪了。想到车，他不由得苦笑了一下，摇摇头：早晨下楼的时候电梯里连他一共五个人，四个都去B1，很明显是要去地下车库开车，他不想让人看出来他是个没车的穷小子，就没按F1，而是随着人群下到地下，然后走楼梯再上到一层。什么时候才能过上有尊严的生活呢？

　　等他赶到荣科大厦的时候，荣田公司马上要下班了。找到销售部时，钟经理正在打电话。他的腿很痛，办公桌前放着两把椅子，未经邀请他不敢落座，想站着等经理打完电话。等了一会儿，电话也没有很快结束的迹象，他只好小心地退出，站在门外候着。

他倚着门框，尽量想给自己发酸的腿多一个支撑点。听着电话好像打完了，正准备敲门，门开了，钟经理胳膊夹着包从里面出来，要下班的样子。

"你哪儿的？什么事？看你站了有一会了，进来快点说。"

"我是旷达食品添加剂公司的。这是我们的资料。"

"放那里吧。"钟经理并不像打电话时坐得那么自在。

"钟经理，这是我们公司做的纪念品。"杨自强一看钟经理要走的样子，急忙从包里把提前准备好的纪念品掏出来，放在办公桌上。

"这是干啥？快拿走，拿走、拿走，我要下班了。"钟经理起身把他往外推。

出了荣科大厦，天彻底黑了。杨自强想起小时候父亲曾经找人给他算过八字，算命先生说：前世他是一个弃婴，被遗落在荒野的路边，大雪覆盖着襁褓，一个骑马上京赶考的书生发现了他，带他进了皇城，后来他一切顺利地生活在了大城市。难道这里就是他宿命中的大城市吗？

京都夜晚的灯火璀璨又充满迷幻，远处的如梦似幻、灿若繁星可望不可及，高处的奢华耀眼，像一根高贵而冰硬的针要刺破这单薄、孤独的夜幕。他现在还只是个跑生活的小业务员。偌大的城市亮着的无数窗户，哪一扇是为他开着的？时间不早了，杨自强不允许自己沉溺在自怨自艾的情绪里，耳边响起旷总常说的话：男人兜里没钱，连狗都不如。明天还有明天的事，他只好拖着疲惫的腿走向公交车站。

02

"上周都去了哪些地方，见了谁？都说说。"

旷总需要知道每一个细节，他正是通过这些细节来了解业务人员的工作进度和状态，所以每周一次的业务例会，只能照实说。在翔实的细节面前，任何虚构都经不起推敲。况且谁也不愿承担谎言被拆穿的后果。

"杨自强，说说你的情况。"

旷达是个小公司，或者说是旷总全资的私人企业。包括杨自强，一共四个业务员，汇报很快轮到了他。

"建开那边刘科长你接上了吗？"

"刘科长嫌咱们的膨松剂太便宜了。"

"说细节，你报价多少？"

"320。"

"刘总怎么说？"

"他嫌便宜，问有没有贵点的。"

"你怎么回答的？"

"……"

"你没话接是吗？就知道你没话接！给你们说过多少遍了，听话听音，生意就在这交流中产生。"

"我想打电话请示您来着……"

"刘科长当时没什么别的话？没表情？"

从旷总脸上的表情和他显著提高的音量可以看出，他正压着怒火，杨自强更不敢复述刘科长当时说过的旷总手下没人之类的话。

"你呀，你呀，简直就生瓜蛋一个！"

"小谢，你说说，你遇到这种情况会咋办？"

"先答应下来啥都有，把话接上，再详细沟通。"

"咱们真没有贵的只有便宜的咋办？"

"要是咱真没有的可以从市场上买，或者把价钱调高。"

"听到没？杨自强，送上门的钱都不会赚，你还做个狗屁生意！"

杨自强的耳边又响起旷总常挂在嘴边的那句话：男人兜里没钱，连狗都不如。业务汇报在另一位同事吴近东的汇报后结束。

周末了，同事们各自散去，外出放松或者办些私事，吴近东约他去网吧打游戏，他俩刚走到门口，旷总叫住了他。

"杨自强，你留一下。"

"你保重，兄弟，我先走一步。"吴近东小声地对他说，面露诡秘的笑容。

"知道为什么把你留下吗？"屋里只有他们两个人的时候，旷总抛过一支烟，他双手忙乱地接住，看旷总点上，他也点上了。

"看你是个有想法的人，跟我弟弟年龄差不多，咱们都在海南待过，教你点做生意的技巧，一般人我是不会说的。像前几天刘科长问你的话：有没有贵点的，你明白他话里的意思吗？"

"明白。"

"我看你不明白。你说说，你认为他是什么意思？"

"他想要高品质的膨松剂……"

"你呀,你呀。狗屁高品质,他是想要试试你有几成熟。建开是个大公司,刘科长能在这位置待一辈子吗?这种人谁不想趁自己在位置上的时候多捞点?他用这个问题一是试试你的反应如何,你应对得当,说明你是个成熟的业务员,跟你打交道他心里有底。二是看你有没有拍板的资格,和有拍板资格的业务员打交道才能很安全、方便地实现他自己的利益。三是让你明白他想要自己的那一份!你半天没反应,一看就是生蛋,他不会跟你合作的。这种人最好对付,那天空了我自己去,这一单你不用跟了。"

"荣田钟经理那边你送纪念品了吗?"

"咋送的?东西放到哪了?"

"办公桌上。"

"唉……跟你说了多少回了,要学会送礼、学会送礼,你,你把东西放人办公桌上,有人推门进来看见咋办?你置人钟经理于何地?虽然只是个水晶摆台,不值几个钱,可别人不一定这么想。算了,算了,也跑了一星期了,出去换换脑子。我说的话你自己仔细琢磨下,把自己摆在对方的位置上好好想想。"

本来他想解释一下,但旷总的话关爱大于责备,他再多说半句都是很愚蠢的。

夜晚的城市被灯光包装得通体透亮,绽放的霓虹灯,编织着夜的繁华,亦真亦幻。路上,车辆如长龙,忙着奔跑。永不熄灭、交替闪现的红绿灯不知疲倦地映射着这城市夜歌中绚丽的部分。行色匆匆的行人擦肩而过,鲁谷大街两旁路灯清幽的光散落地面,对面亮灯的窗子里有人影走动，星星像飘在远海里的灯火，孤寂而冷清。

　　杨自强漫无目的地走着，咀嚼着旷总说过的话。过去看很多《营销之道》类的书希望得到答案，结果只得到可口可乐,《通用电气的前世今生》，只得到一堆看也看不懂的词语。怎么找到顾客并且让顾客买单，没有一本书里写过，这些照本宣科的东西一点作用也没有。什么历史，什么战略，都不是有用的答案，至少目前不是。他需要的是绝学、套路、救命、出世的绝技！有了这些，他才会向财务自由更进一步！这些家族里没有流传，学校里也没人教。他觉得对于很多东西，不是他不够努力，而是没找到窍门。很多人，包括他自己，之所以生活得辛苦和悲催，完全是因为长时间固化在固定模式下，思考问题的方向出了问题，而旷总正在帮他转换一些固有的思维，帮他揭开人性的面纱。这些似乎才是看家本领，才是真正的生意经。

　　付出，然后获得报酬，用金钱计价，购买想要的东西。一切似乎很公平，但杨自强好像很难接受这个结论，甚至有点隐隐的痛，就像通过X光片透视一个绝色美女，看见的只是森森白骨，没有美感可言。

　　想着想着，一些繁杂的思绪，或多或少的感伤随着夜的透凉缓缓渗入。当他感到即将被一种负面的情绪袭击的时候，他果断地切断了思想，把低着的头慢慢抬起来。他很清楚，从他离开那些把几代人的命运都拴在庄稼地里的乡亲们开始，他就发过誓一定要换一种活法！

　　鲁谷小区只有一个网吧，他很容易就找见了吴近东，他正戴着耳麦，在语音聊天室里大声地骂仗。点头示意过，杨自强自己找了个安静的角落，打开一台电脑，随意地浏览起了网页。

"你是计时还是包夜？"

看一部电视连续剧，渐渐入戏了。管理员过来问，他一看时间，都夜里两点多了。

"咱俩这半夜回去，旷总肯定会骂。"小吴过来，挨着坐下。他说工作压力太大，他经常用这种方式给自己放松。旷总四十多了没结婚，一直一个人过，跟他们住一个宿舍，这大半夜回去影响他休息，也不合适。

"那就包夜吧。"他和小吴各自付完费，一人要了一碗泡面，算是晚饭加宵夜。小吴教他申请了QQ，取了个网名"花花二少"，进入聊天室，还分享他找合适的聊天对象、撩妹的经验。在洼城聊天室，他试了一下小吴的方法，还真管用。和一个叫"欣晴"的女网友有一搭没一搭地聊上了，聊到两人都觉得累了，他们便相约玩牌类游戏，一对心意相通的好搭档一路高歌猛进，玩得很是开心。

新的一周，旷总打算亲自带一带杨自强，他认为一个新入行的员工从送纪念品开始，是展开陌生业务的良好开端，而杨自强在这方面并没有深刻地领会，而且技巧上明显很笨拙。旷总选择了完全陌生的华达食品公司进行他的现场教学。来旷达四个月了，一份订单都没有拿下，虽然每天都起早贪黑地跑，也反反复复地琢磨语言、注意礼仪、提高拜访的频次，可他总觉得像是水面上的浮萍，没有进入到行业的节律里。对于一个没有业绩的业务员来说，一切都是零。他怀疑过自己的选择、运气、能力乃至旷总的方法，但最终都被他一一否决。他执拗地认为：他只需要一个零的突破，一个开始，后面的路就会越走越宽。

在楼道里，旷总从一个清洁工阿姨口里打听到了华达公司的营销总监姓王，并很顺利地敲开了王总监办公室的门。只在进门的一瞬间，总监从电脑屏上端翻了他们一眼之后，就一直忙自己的事。旷总递上名片，总监没起身也没接，旷总就把名片放在桌上，拉了一张椅子坐下，杨自强就站在他身后。

似乎是不经意地，王总监握鼠标的手碰了一下名片，那张小卡片打了几个滚跌落在了地上，他刚要去捡，旷总已经把名片捡了起来，吹了吹上面沾着的灰尘，重新放回原来的地方。

"啥事快点说，我一会儿要开会！"

"王总监，我们是旷达公司的，这是我们的资料。"

"我们不需要，需要的时候自会联系你们。"

"王总监，这是我们公司的纪念品，表示个心意。"旷总把资料和公司定制的水晶摆台一并隔着办公桌递过去。

"哗啦啦"一声，资料和碎成渣的摆台散落一地。在王总监的手刚要接触到的那一刹那，分明是旷总先松手故意让东西掉在了地上的。

"啪"的一声，旷总一掌拍在王总监的办公桌上，总监脸上的肉跳了几下，很明显是被吓着了。

"你可以不要我们的产品，但不能侮辱我们的人格！"怒不可遏的旷总说完这句话，不给王总监任何反应的时间，"我们走！"摔门出了华达公司，跟在后面的杨自强一时有些发蒙。

"下午你自己跑吧。"那天下午，惊魂未定的杨自强始终没太明白旷总为什么会发那么大的火，他看见明明是旷总故意让东西掉在地上的。

京都从事食品添加剂业务的公司并不多，而且杨自强从来也不认为自己有那么好的命，一次就可以办成一件事情，所以他很快就又去了荣田公司。这一次，钟经理不在。公司里只有一位管财务的副总，黄总。既然大老远来了，无论如何都要碰碰运气。一听黄总说话的口音杨自强便判断出他是广东人，经验告诉他，对于在外打拼的人来说，聊家乡是最容易切入的话题。果然，一聊起家乡徐闻，黄总就放开了。不断地给他续水、点烟，间或插上自己的一些见闻，很快气氛变得融洽起来，杨自强也放松了绷着的神经，他觉得他和黄总已经成了多年的老朋友，正打算就着热乎劲，向黄总介绍一下自己的产品，可黄总似乎谈兴正浓，根本没有停下来的意思，他只能耐着性子听任别人用温馨的毛刺不断刺挠着他脆弱的心膜。像他这样"苟活"在别人的城市里的蝼蚁，没有资格谈论故乡。在故乡，他的父母，曾经卑微如一丛草，草的儿女就是草芥。但他不愿做草芥，他要拼命长成一棵树，谁都靠不上，至少还有自己可以依靠。

黄总的怀念还在继续，杨自强不争气的肠子却在这时候隐隐作响，他赶紧跑出门，在楼道里悄悄地把一个屁分成几小段放完，然后快速返回黄总的办公室。黄总的水杯见底了，他提起水瓶想给他添满，却没水了。正好黄总又递过来一支烟，他只好又点上，继续吞云吐雾。说实话，抽烟太多了，他也有点想喝水润润嗓子，一想到这一点，嗓子好像马上就要冒烟了，但黄总一直没招呼，总不能在客户办公室里自己给自己倒上吧？正在这时有人敲门。

"黄总，我来给你们打壶水。"

进来的是个脸上长了几颗青春痘的姑娘，胖胖的脸，厚嘴唇。姑娘很快灌满水瓶回来，还拿了个一次性纸杯，给黄总水杯续满，顺带给他也泡了一杯茶！

只有仙女脸上才长青春痘！美丽的胖脸！美丽的厚嘴唇！天使！

"这是我们公司小崔。"

"小崔是哪里人？"

"怎么，看上小崔了？来我们这儿干，就能天天见着小崔。"趁着黄总开玩笑的空档，杨自强拿出资料，简要说明了此行的目的。

"我回头跟老钟说，给你下个单，你就可以又见着我们小崔了。"

感谢黄总，感谢天使，感谢胖姑娘小崔给他送来好运！辛勤耕耘的土地终于长出了像样的庄稼，他说不出来的兴奋。

从黄总办公室告辞出来，荣田公司的楼道早已没了胖姑娘的影子，他微微有些失落，不过也只是一瞬间的事。

到午饭时间了，这一次他打算找个像样的饭店，吃点好的犒劳一下自己。

03

在这行干久了，杨自强渐渐看得很清楚，像他们这种做中间商的公司，产品才是核心竞争力。营销的艺术和业务人员的努力程度只是一方面，会说话的产品会让销售变得简单，过时、缺乏竞争力的产品被市场淘汰是早晚的事。由于上游供应商提价，严重影响了旷达公司的利润空间，使得原本就产品单一的公司经营出现了困难，加上竞争产品的出现，连续三个月没有订单。旷总的脾气变得越来越不好，一次轮值，杨自强做饭盐放重了，也被旷总拿来在业务会上和工作能力、工作态度联系在一起作为反面教材讨论。说到激动处，唾沫星子越过会议桌溅到杨自强脸上，旷总脖子上暴起的青筋像一条吐着红信子的小青蛇。吴近东低头玩手机，小谢看着膝盖，小张正在画一张表格。他们都是老业务员了，每个人手里掌握着七八个合作多年的老客户，杨自强一年多了才开发出三个半客户，其中这半个客户是荣田公司的黄总口头应承的，还没有兑现，其他的三个，都才要了两笔货。杨自强觉得是自己能力不行，拖累了公司，对不起手把手教他的旷总。可就算这样，他的业务才不过占很小的比例，从心理上他终是无法接受旷总的咆哮。他担心再这样下去，迟早有一天，钱没挣上，惹旷总生气气坏身体，自己也不舒服。

荣田公司的黄总真是贵人，和他一顿神侃换来一个订单。6月的一个周一，杨自强接到一个陌生的电话，荣田公司的钟经理通知他去签合同，膨松剂200公斤！当他把这一单合同交到旷总手上的时候，他决定正式提出辞职。在尊严还没有碎成渣，彻底掉到地上之前，他要用这一单合同体面地说明自己并不是吃白饭的，他的价值够旷总所付的薪资。他很重视这段经历，虽然打算离开旷达，但不是离开这个行业和圈子，在这里他学会的是任何教科书上都不会有的人生智慧，这比什么都重要，旷总不仅是他的老板，在这个没有亲友的大都市，更是他一生的朋友、老师。

生活有时候总是会给人出难题。在老家的时候，杨自强不擅长、最烦的就是处理复杂的人事关系，可现在的工作偏偏是要跟人打交道；祖上几辈子明明都是在地里刨食的农民，可他不得不进城讨生活；自己这一辈好不容易摆脱了土地的束缚做了"读书人"，自以为可以靠学问吃一碗饭了，却要学着做生意，为"万恶"的金钱拼死拼活。

路是自己选的，怪不得别人。吹过的、离开时的万丈豪情，现在想来就是狗血。当年离开体制时没办任何离职手续，现在想退回到老家，靠那点半死不活的香火钱续命，苟且一生也不可能了。就这样像一只斗败的狗回到家乡种地？还不得给那帮等着看笑话的乡邻们笑死？自己丢人不说，还会让整个家族蒙羞，父母的在天之灵能安生吗？

可也不能让旷总认为自己是个靠施舍活着的乞丐！

对杨自强的辞呈，旷总似乎并不感到意外，只是抬头看了他一眼，露出在西直门地下通道里他见过的那种熟悉的笑容。

"晚上我请你吃饭。"

"不着急搬，公司的宿舍你可以先住着，等你找到新的住处再说。"

杨自强也想让自己静一静，认真考虑一下今后的出路。走着走着就来到小区的网吧，看看时间还早，大中午的也无处可去，就开了一台电脑打开网页随意地浏览。聊天室里又碰上了"欣晴"，他们开了小窗口单聊上了。

欣晴说自己是个小旅游公司的老板，希望他可以在京城为她的公司联系一份业务，杨自强口头答应工作之余可以试一试。他觉得食品添加剂这行，他干了这么久，还是有一些心得经验，还是要做熟悉的行业，才是在做加法，人脉和经验的积累才能发挥最大的价值，欣晴的旅游业务，他时间富裕的话先尝试一下再说。

他很快在教子胡同租下一间 12 平方米的地下室，翻出前阵子已经看完的那本《曾宪梓传》。出门在外近十年，每当自信心不足的时候，读一些成功人物的传记便成了一剂强心的药，屡屡有效，也就成了一种习惯。是不是鸡血不重要，对他有用就行。

书中写的这位大佬，离乡背井去香港创业时，已是三十多岁的人了。卖领带，每天必须卖出五打共六十条领带，才能养活一家人，一家人一天的菜金只有一元钱。被别人赶出来、一进门就被轰走是常有的事，还被人骂过。可他还请人喝咖啡，给骂他的人道歉。非常人行非常事，最终骂过他的人成了他的客户。曾宪梓的汗水洒遍了香港每一个角落，只要是有机会卖领带，什么样的地方，他都不放过，甚至是马路上的地摊小贩，他路过时，也要顺便做做他们的生意。他说："有难关，自己过。""再难，忍一忍就过去了。"

放下这本书，走出出租屋的时候，已经是下午了。杨自强打算在周围转转熟悉一下周边环境。长时间待在地下室，刚出来眼睛对光线的适应性不是太好，他不小心踢到了一条小狗。这种叫泰迪的宠物犬个头小，加上这条狗毛色土黄、戴着金项圈、穿副小黄马甲，和周围的灰尘容易混色在一起，注意力不集中不容易辨认。他还沉浸在大佬的励志故事里，小狗一叫，狗主人也叫了。

"长眼睛了吗？踩伤了我们宝贝你赔得起吗？乖，乖，宝贝不怕，啊！"

主人揽狗入怀，摸着狗头抚慰着她的宝贝。

"对不起，对不起，实在对不起。"

"下次小心点儿,我们这纯种的泰迪,好几万呢!"

"一定一定,下次一定注意。"他努力地堆出一个讨好的笑容。狗和它的主人走远了,杨自强还留在原地,他又想起了旷总常说的那句话。

地下室便宜,而且气息和乡野间的泥土非常接近,所以自从住进来之后,每一晚他都睡得很沉,不好之处就是楼上和室外的动静很容易传进来。一天,一阵稀稀拉拉的水声,惊醒了熟睡中的杨自强。他以为下雨了,揉了揉胀痛的太阳穴和因为明显缺氧而发沉的天灵盖,他才发现水是从楼上洒落下来的,二平方尺的小窗玻璃上也有水渍。原来,他住的这栋楼正在清洁外墙。十点多了,得出去觅食了。

高楼的清洁工还在从顶楼向下擦,用一根绳子系在身上,脚下戴着吸盘。绳子不是用铁圈一个一个扣起来的专业设备,而是普通的麻绳。麻绳要是不够坚固,断了怎么办?吸盘能克服地球引力撑住他们的生命吗?这些从农村出来的男人,此刻,在他们的眼里是京城的蓝天白云还是乡下地里弯腰收麦的女人和上学路上雀跃的孩子?

和这些吃苦力的庄稼汉比,杨自强觉得自己的情况好多了。很多和自己一样的人都在这个城市努力地活着,没有谁比谁不幸或者幸运。

他找了个专卖茶叶的店,精心挑选了一个大红袍礼盒,他记得黄总喝的就是这个牌子。今天他要去感谢他的贵人:荣田公司的黄总。

在楼道里,他一眼就认出了上次给他倒过一杯水的胖姑娘小崔,相视一笑算是打过了招呼。黄总很客气地接待了他,问起他的近况,他照实说了,黄总说他们正在扩大业务,需要有经验的业务人员,问他愿不愿意来。当然愿意了！

晚间的时候，旷总打来电话说，旷达的大门永远为他敞开，随时欢迎他回来，他委婉地拒绝了。荣田公司拥有完整的产业链，产品线也很丰富。得益于在旷达的营销实践和对人性的认识、体悟，杨自强的工作很容易就上了轨道，成为公司的业务中坚，并且很快被提拔为销售经理。直到这时，黄总才告诉他，通过上次的神侃，他看出来他是懂得感恩的人，所以才给了他一个膨松剂的订单，布下一个局，他们一直在等他来加盟！这种常用的添加剂，荣田自己的工厂就能生产！原来自己还以为撞大运、遇贵人了呢。不过，单就为了这份赏识，说啥也得好好干出点名堂出来，才能对得住信任和这个平台。

活在城市，忙是常态，特别是底层业务员。忙，说明还活着；有得忙，说明你还有价值；只有忙，才能创造更多的财富、升级生活，向梦想更进一步。做了营销，他又一次领略了"时间就是金钱""身体是革命的本钱"这些话的另一层意思。周一到周五尽可能多地拜访老客户、开发新客户。有时候为了等一个关键人，得一直守在人家办公室附近，生怕一不留神，人错过了，这一天就等于白跑了。像昨天，为了见龙源的马经理，他从早上八点半上班开始，一直守到下午两点半，马经理才从外面开会回来。楼道里没地方坐，只能一直站着，时间长了，脚后跟锥心地疼，脊椎像要被折断的树干，撑不住僵硬的身板和昏沉的头了。实在饿得受不了，现下载个百度外卖App，叫了一份饭刚吃了几口，一看马经理到了，赶紧把餐盒放在地上，惹来保洁阿姨一顿白眼和暗骂。

忙累一天，晚上回公司将就工作餐是经常的事，遇到周末，他想尽可能自己做顿可口的,保养保养自己的"本钱"。好在公司的炊事员乐得向他们开放餐厅,自己安享清闲,杨自强自己从市场上买些菜回来,做些"家乡饭":焖芋头、糊塌子、洋芋蒸饭、扯面……做饭的时候,只有胖姑娘小崔会过来帮他择菜、洗菜,做些前期准备工作。吃的时候,住在公司的同事都会来享用,直夸他厨艺好,他和小崔也只能吃个半饱,笑一笑了事。时间一长,他有时也懒得弄了,就邀请小崔去外面吃。

他发现胖姑娘小崔其实并不胖,只是略显丰满,这可能和她爱吃零食有很大关系。一个姑娘家穿着很普通,普通到没有特色,与她的年龄和性别极不般配。看见她的时候,不是提着一袋水果就是一包鸡爪、猪蹄之类的。有一次打羽毛球休息中途,杨自强跟她开玩笑。

"小崔,啥时候去你家乡旅游去?"看她不吭声,他又说。

"我背一编织袋馒头,一箱榨菜,再背一口锅。"等到小崔红着脸,一扭腰走远,他才觉出玩笑开过头了,自己话里有些问题。跟人姑娘啥关系呀,就去人家里?还背吃的去,不是变相骂人吗?

做业务的前提是要客户高兴,光有产品知识远远不够,千奇百怪的要求一样都不能拒绝。龙源公司马经理要杨自强给他弄份半年工作总结,这可够难为他的:他打心底里对那种空洞虚假文字充满抵触,一想起那种格式化表忠心的文章,他就恶心得想吐、头晕,可谁让他是个业务员呢?"上帝"的要求敢不答应吗?还想不想做生意了?

他花了整整两个晚上的时间,终于炮制出一份中规中矩的总结,可还要打印出来,他就有些头大了:办公软件他不熟悉呀!好在小崔及时出现,帮他编辑、排版,打印好。他特别感激这个姑娘,总是能在他需要的时候恰好就在身边。

他们这个行业经常需要用资质文件来说明产品的来源、合法性。本来这些文件应该是由办公室准备的，可办公室新来的小姑娘脑子老是缺根弦，资料里不是少个检验报告，就是缺个代码证书，要么就是工商年检过期了，弄得他有时不得不为一张纸来回折腾好几趟，大热天的一天下来跑出一身的火气。小崔本来是公司负责质控的，他只跟她拿过一次，文件全齐！一张不差！而且装订得漂漂亮亮！这种和谐、默契、顺手、舒服的感觉他从未体验过，这大概就是那种"贤内助"的感觉吧。

为了表达内心的感激，顺带帮她改善下生活——她的工资还不到他的三分之一，还那么爱吃零嘴，他时常有意识地请她下饭店。一来二去，公司里有了一种说法：说他们好上了！天地良心，他只是把她当作一个懂事的妹子，从来没有朝那方面去想过，也不敢想。小崔家是东北的，传闻中东北丈母娘很现实的：结婚不买房，就是耍流氓。自己才刚刚够着温饱，在这个大都市买房？想都不敢想。仓无余粮，屋无片瓦，娶人家姑娘为妇，就算人家愿意跟你，你又拿什么给人家幸福？不是害人家吗？好在小崔似乎并不在意这些风言风语，他和她就这样心照不宣地平淡地交往着，直到有一天小崔被一个外来的男子约出去吃饭。

平常晚饭后的日子，他会约小崔在公司的院子里打羽毛球。这一天久等不见她人，他觉得心里有点空，心不在焉地和别的同事打了一局便没了兴致，一个人蹓跶着来到南四环边上，上了高架桥，沿着京广铁路线外侧向南走。因为四环路上车多，两边人行道上灰尘大，他

137

和小崔有时会来这里散步。

小崔的家人都在铁路上工作，京广线列车从这里向西南直通杨自强的老家，他们选择这一特别的路线散步可能只是一种巧合。

两条钢轨兀自向前延伸，没入茫然的夜色中，也许他们会在思念无法企及的远方产生交集，也许就这样一边一条永远平行，只把忧伤、惆怅留在这寂寞的木枕上，任滚过的铁龙揉搓、碾压直至粉碎，有谁会在意此地曾留下过一行无足轻重的足迹？

生命中那些令人动容的瞬间

2005年夏天，对于车鹏来说注定是个不寻常的季节。

从业以来第一次科室会，总算勉强对付下来了。出了亚泰大厦的门，摸出一根长白山才点上，贪婪地吸了一口，还没来得及吐完一个完整的烟圈，厂家林经理的电话就又打进来了。刚才在会议室，当着专家的面，车鹏已经两次挂断他的电话，现在再不接不礼貌，也得罪不起。对于像他这样的小代理商来说，处在食物链顶端的厂家就是大爷。

"四环沙窝桥西亚泰大厦门前，我等你。晚上给你接风。"车鹏尽量让语气显得热情一些，绝不能让对方觉出他的不耐烦。

"我找不到路，刚出北京站，你能不能来接我一下？"

"打车过来吧，出租车司机认识路，车费我出。"

产品不行，谱倒是挺大，车鹏心想。要不是看在这是自己代理的第一个产品，他真不愿意搭理这位大神。产品实在太烂了（也怪自己经验不足），推广很费劲。

林经理拖着一个大箱子，圆领衫汗涔涔的，脖子上搭拉条毛巾，身上散发出一种偏胖的中年男人热天特有的味道，这身打扮和这个城市显得格格不入。寒暄了几句，他们拦下另一辆出租车，车鹏让林坐后排座，他坐副驾，顺手把投影仪和幕布放在林经理身边并嘱咐他看管好。也许是因为司机大哥想尽快脱离林经理的体味和一路的喋喋不休，车一到目的地，付完钱下车，出租车快速驶离，既没打票，也没有职业性的提醒：再检查一下行李，看看落下什么东西没有？这在帝都出租车行业是极其少见的行为，屡次打车还从来没出现过这种情况。看着出租绝尘而去，车鹏问林："投影仪呢？"

　　"我没见着啊。"

　　"我不是让你看着的吗？"

　　车鹏的心跌入冰窖，心里暗骂了几百遍，一种撕裂的疼痛让他脸色发紫。那可是借来的一台最新款的 NEC 投影仪，价值三万多。这一年又得白干了！接下来的日子，车鹏无法面对喜兰：他不能让爱着他的女人知道他不但没有一分钱存款，现在还欠了新的饥荒。

　　大雨从半夜一直下，八点多了还没有停的意思。

　　很多路段积水很深，公共交通中断，从三营门到黄土岗，主辅路上私家车停满了。打公司电话没人接，老板手机不在服务区。今天就是下刀子也得去上班，车鹏心想。他和喜兰冒雨步行在去往公司的路上，雨水从他们额头上不住地向下淌，四环上只有他们两个行人，停着的车里一双双漠然的眼睛扫过他们这两个怪物。喜兰的衣服有三分之一被打湿了，她的嘴唇发紫，身体在发抖，车鹏抓紧自己的女人，深深地握着她的手。

必须有辆自己的车!

想起刚来帝都时,早上四点钟就得起来赶公交去市里,冲锋一样往上扑都不一定能挤上。下午五点半下班了,又得重复一次早上的战斗,差不多七八点才能赶到指定的地点搭上回住地的小巴,人挤人实在难受,喜兰有些不耐,说了句:"太挤了。"小巴司机接口呛声道:

"嫌挤呀?自己买辆车开就不挤了。你们这些外地人……"

想起这些,车鹏就觉得血气上涌。自己从农村来,吃过苦受过罪不算个啥。可自从有了喜兰,他觉得作为一个男人,他活得太没出息了,不能让自己的女人有尊严地活着,算个什么男人?

必须有辆自己的车!

父亲去世后,他在这世上再也没有可以商量和依仗的人了,所有的问题都得自己扛,所有的决定都得自己做,所有的困难都必须自己克服,总不能让女人去作难吧?

来帝都寻梦的人一堆一堆涌入,私家车对普通人来说还是身份和生活品质的象征。

生活在这样一个人口密集的大城市,业务区域又分散,要想在较短的时间里提高业绩、改善生活质量、给自己和自己的女人一份体面而有最低尊严的生活,有一辆自己的车对车鹏来说刻不容缓。

在花乡二手车市场,车鹏和喜兰转悠了一天,一辆白色的九成新的捷达车进入了他们的视线,晚霞洒落在前照灯上,折射出一种迷人的光线,像两只眨巴着、会说话的、纯净的眼睛,有一种一家人在一起时才有的说不清楚、道不明白的亲切。

卖车的老板很会说话。"这车放这里一个多月了,今天我才发现是它最漂亮的时候，就等你们两口子了。"

可以看出来喜兰对这辆车也动心了，她前前后后围着车转了好几圈，一会儿摸摸车门，一会儿摸摸后备箱，一会儿看看轮毂，一会儿试试方向，嘴里反复嚼着一句话：“是挺新的，是吧？"才刚看见，她三分之一个幸福美满的笑脸就别过去，又去摸别的部件，简直就像亲妈看自家孩子咋看咋顺眼，欢喜得不愿撒手，生怕一撒手，她的宝贝就飞了。

车鹏微微叹了口气，他也确实喜欢这辆车。可惜钱不够，等他们凑够钱再来，已经是半个月之后的事了，当时有个客户也正在打量这部车，老板一看他俩来了，笑眯眯地迎上来。

"你们再不出手，这宝贝可就归别人了。"

车鹏和老板重新确认了一下价钱，老板加了五千，车鹏也认了。他想让喜兰高兴一回，况且冥冥之中他也觉得这部车跟他们有缘，生怕被别人抢去。过户手续很快就办完了，车鹏一下子觉得在帝都终于有了一个可以信赖的、相行并肩的朋友、兄弟，他们的家里又多了一个新成员，满足感、幸福感、充实感无以言表。开上车的第二天，跟了两年的新客户下了订单，车鹏觉得车给他带来了不一样的幸运。

一切的选择似乎都来得那么自然，那么不由自主。

实现了第一个小目标，急不可待地把快乐分享给身边人，是普遍心理，车鹏也不例外。没多久就年关了，照例是要到丈母娘家过年。说实在话，也没有别的地方可去。父母去世之后，他对老家也就没了多少念想，兄弟姐妹各忙各的生活，同学朋友是另一种生活圈子，举家团圆的日子里打扰谁都是罪过，倒是喜兰一家从来没拿车鹏当外人。

　　穿古北口过承德、平泉，找了一条相对熟悉的路，车鹏和喜兰带着他们的家庭新成员回家过年。辽西多山，号称七山一水二分田，沟壑纵横，山路崎岖复杂，森林覆盖率较低，好在这一块靠近蒙古高原的边缘地带，断陷盆地内砂页岩有发育独特、丰富的丹霞地貌，红的土、红的山，如血如火，或孤峰独秀，或雄伟庄严，或游龙纵腾，或二郎打坐，或上仙采药，或老君司炉，或凤凰浴火，或万佛朝宗，或哪吒闹海，或如来说法，大自然极尽鬼斧神工，无遮掩的金石一如大地捧出的赤诚之心，滋养出另一番生命的光彩，装点着缺少绿色的空间，赋予当地人简单、率真、热情的个性。车鹏的心情格外放松，看周围的一切都和副驾上的女人一样如此熟悉、相融、贴切、可呼可吸。

　　不知不觉车至凌源地界，还有十几公里就到家了，前方出现了路障！远处似有工程机械在施工。

　　一公里处断桥，抢修中，工期不详。

　　"山上有条放牛的路，穿过下面的村庄绕过这一段就好了。"一位路过的摩托车司机告诉车鹏一条看起来并不存在的路。

　　"只要上了这面坡，山上的路你的车可以通过。"

　　"这坡这么陡，我这车能上去？"车鹏犯了难。目测这坡少说也有四十多度，要想上山根本不可能。

　　"哟，北京的车，这是回家过年吧？"

　　"不是的，回丈母娘家……"

　　"稍等啊，我去给你们叫几个人。"说话间摩托车司机把车停在路边，快步向村庄跑去。愁肠百结的车鹏抽了两根烟的工夫，从山下来了五个人。

"带烟了吗？每人给发包烟。"

"有有有。"喜兰给每人发了两包烟，车鹏坚持要每人再发一百块钱，司机大哥明显不高兴了。

"小兄弟，埋汰人呢是不？"

"就是就是！"来的人也附和着。

"上车，挂一挡油门踩到底，我们六个在后面推，听我数到三起步！"

六个人不由分说去了车尾，听到三，车鹏一松手刹，全脚掌放在油门上丝毫不敢松动，捷达车像一头憋足了平生之力的牛，吼叫着向山上冲去，车鹏的神经紧绷不敢有半点分神，从倒车镜里他看见六块硕大的巨石推着车一路翻滚着。终于，一丝凉风从窗外透进来，车到半山腰一方平坦处，可以看见那条没见过的路了，车鹏停下车，擦擦汗，稳了稳激烈跳动的心脏。

"你们跑得挺快呀！"摩托车司机追上来了。

"不会是来要钱的吧？"车鹏小声问喜兰。

"说啥呢？把我们这些地方人说的……"

"我在前面走，你们跟着我，村子里有岔道，怕你们走岔了。"听了摩托车司机的话，车鹏为自己刚才的小心眼而脸红。穿过村子，上了正道，来不及说声谢谢，摩托车就已经消失在视野里了，像刚刚经过的那些显而易见令人动容的风景。

听说女儿女婿开车回来了，老丈人特意在房子背后清理出一块空地，给他们做停车位。地方不是很宽敞，刚好够一辆车的位置。停车时车技并不熟练的车鹏不小心碰到路边的一块片石，丈母娘抱起石头丢到了一丈开外，那块片石少说也有四五十斤，不知道丈母娘哪里来的那么大力气，但他知道一家人也视他们的车为宝贝，和他们一样喜欢这个新来的"家庭成员"。车鹏找了一块白胶布，贴在保险杠被片石蹭掉漆的伤口上，拍了拍车头，像拍自己的战友和兄弟。

春节假期很快结束了，车鹏和喜兰不得不积极准备返城，喜兰的母亲刻意找出一条新毛巾给女婿擦车。喜兰也来帮忙，两人无话，各干各的活。不知道她心里咋想的，车鹏清楚自己是一边擦车一边和自己的"兄弟"念叨着、感谢着、祈祷着的。念叨它一路的辛苦，感谢它辅佑自己平安出行，祈祷它一如既往安全带他们一家人回到他们为未来奋斗着、拼搏着的京华。回来的时候，他就已经知道喜兰怀孕了，为此他特意挑选了节奏明快、韵律轻柔的民乐在车上播放，他希望她的女人开心、快乐，希望他未来的孩子也能带着精神满足来到这个世界上。

因为要赶时间，没法将就天气，回城的路并不顺利。沿京哈线急急回赶，一路走一路听天气预报，刚过山海关，天空就飘起了雪花，过了北戴河，雪越来越大，高速上积雪越来越厚，限速120千米/时的高速上，所有车辆都打起双闪，低速行驶。路边护栏和中间隔离带上，隔一段就能看见失控打滑，撞得焦头烂额的车，有些还是车鹏叫不上名的高档车，他努力屏着呼吸，紧握方向，心里默念咒语向自己的"兄弟"祷告。

在一个叫卢龙的地方，前方道路封闭，所有的车辆被劝离高速，从匝道驶出。国道上也并不太平，抱着冒险试一试的心态，沿国道开出去不到三公里，车鹏彻底打消了继续犯险的念头，他看到了翻扣在沟里的宝马 X3，侧横的松花江，还有一辆卡在两棵树中间挤扁了头的重汽大货。尽管对陪伴自己一路的"兄弟"很有信心，他终是不敢拿自己的女人和没出世的孩子做试验。

很多环境下，人并没有更多的选择，特别是像车鹏一样渺小的小人物。

其时，下午五点多。卢龙县城当道的旅馆家家爆满，问了十几家，好不容易找到一家偏僻的私人旅馆，只剩一间房，窗户上的玻璃全坏了，还没来得及重新安装。没有暖气，只能用煤炉子烤火取暖。车鹏他们只能住下来焦急地等天气好转。旅馆里只有一床薄丝棉被，还有一种说不清楚的气味，喜兰扛不住困倦，歪倒在床头上睡着了，车鹏把行李中厚一些的衣服都找出来盖在她身上，找了几张旧报纸挡住窗户上的空洞，自己又烧了一壶水，换了茶叶，坐等天亮……

不知道过了多久，车鹏感觉有些头痛，隐隐约约明白可能是煤气中毒了，他强迫自己睁开眼睛，扶着门框来到室外，冷风一吹，清醒了不少。

天晴了，雪也停了。卢龙大雪过后的早晨，天空湛蓝、空气清新而市声嘈杂，老远就能听见人声、汽车发动机的轰鸣声，似乎一切生物都在为这来之不易的好天气激动、呐喊、叫好，憧憬着、祝福着即将到来的、美好的人间烟火和行程，破败的卢龙因此平添了一点亲近的意味，车鹏觉得自己眼角有些湿润。

下午一点，街上的积雪被清理出一条通道，高速开放了，车鹏和喜兰顺利返城。这一年的8月，他们的女儿平安出世了。

想起他和这辆车结下的因缘，车鹏总是久久难以释怀，以至于到了报废年限不得不换了一辆新车，他还是忘不了自己的"老兄弟"。喜兰也是，看见白色的捷达从身边经过，总是说：这和咱家的车一样。后来他们的女儿没来由地喜欢上民族音乐，喜兰也说是车的功劳，是从怀胎开始在车里听那些光碟的缘故。研究《周易》的老朋友老闫说："你姓车，车自然是你本家，你五行属金，白色正好代表金，内在的比肩，正如你的兄弟。"

想想或许有些道理，这么说，车，一个机械的物件也是有灵性的？车鹏相信这一切都是真的。

扶都之花

梅

01

己亥年冬月初五，晚上八九点钟，正是平常镇上最热闹的时候，天上忽然间就洋洋洒洒地飘下大片的雪花，汽车、电动车、平衡车抢着往家赶，行人则不得不小心翼翼地看着脚下的路，调整着步幅和双腿的力量，以免滑倒。

远处高强度的激光射灯和电子屏不甘寂寞地宣示着这座城市的繁华与激情。

路上所有的足迹、车辙、落叶、垃圾、装饰市容的花花草草都被积雪盖住不见了真容。这场雪来得很急，就像这里热火朝天的生活。很快，路边的停车场、小区楼下停着的几万几十万的国产轿车和上百万的进口豪车顶上都覆了一层雪，从远处看不出什么高低贵贱。高端楼盘和老旧小区在茫茫的视野中界限模糊，天地间都在同一个色度上。今天真是个好日子。

梅找人看了，说是吉日，宜安宅、会友。所以她定在这一日搬上了新楼，我们几个朋友也来恭贺她乔迁，这瑞雪来得真是时候，像是为她的这一喜添个彩。

梅很高兴，我们也真心替她高兴，她喝了不少酒，然后大哭，哭得稀里哗啦。我们在旁边看着，没有人劝她。她说早晨五点多，她和老公端着锅进楼门的时候，天还黑着，楼道里就她和她老公，没别人。

喝。不知道谁提议的，在座的都是成年人，谁心里没一个半个故事？可谁都不愿先开口。

所有人情的冷暖世事的浮沉在每一个人心里的小舟上垒着，而酒精就是小舟下面翻滚的波涛。

梅说她们姊妹四个，她老公也是姊妹四个。从买房子开始，谁都知道，谁都假装不知道。我们说，没事，有我们这些朋友呢，有事情尽管吱声。

我和妻特意最后离开，想着醉了的她肯定有很多话要倒出来，才能让憋着的一口气平复，才能让翻江倒海的胃安静下来。在这以房地产为经济支柱的扶都，在她四十九岁本命年岁尾，她终于买了房，她自己高兴，朋友们替她高兴，我和妻也为她高兴，因为我们清楚，这么些年梅是怎么熬过来的。

梅说，搬家这事还没有告诉她在外地的闺女，房间给她留好了，等她过年回来就知道了。

02

　　梅是扶都本地人，高中毕业被招工去了酒厂，干活不惜力，领导常表扬。收入稳定，工作生活两轻松，到了该婚配的年纪，也没什么大的想法，就想在厂区附近找一个，上班下班、生活、工作离家近点。别人还真给介绍了这么一位。对方家境很一般，兄弟姐妹好几个，有个病恹恹的老母亲，房子住得不宽敞，但人看着很靠谱，是个厨子，有手艺。她自己好吃又不会做菜，男方家离厂里不远，走路十分钟就到。她就应了这门亲。婚后不久就有了个女儿，老公在饭店给人炒菜，自己在厂里三班倒，就在日子按照时间的顺序向前正常推进的时候，酒厂经营不下去了，要裁员，先裁的就是她们这些合同工。

　　梅的老公和饭店老板干了一仗，回家了，成天窝在屋里生闷气、砸东西。怎么办呢？日子还得过，梅决定自己在家酿酒，丈夫也干起了杀猪卖肉的营生。梅酿的苞谷酒很受附近几个村子的欢迎，丈夫的营生也上了轨道，梅空下来的时候也帮着烧开水、煺猪毛、翻肠子，凭着两双手，两口子把生活过得有滋有味，打算攒几个余钱把几间平房翻建一下，日子就按这个套路顺序下去也没什么不好。

　　可是不知从哪天开始，有过好几回，像中了邪似的，本来一刀把猪宰了，丢进大桶准备煺毛，可一转身桶里的猪竟然一跃而起，跳出来，扑过来要咬捉刀的人，众人一阵手忙脚乱，一顿棍棒才把猪制服，又抓到砧板上连捅了好几刀，确定猪彻底咽气才又投进滚水里。

　　猪濒死前的嚎叫像一只沾满罪恶的手撕扯着她的神经，常常把她从噩梦中惊醒,而那恶狠狠的猪眼,她想起来就毛骨悚然。更恐怖的是,有时滚水里烫了很久的死猪,任凭怎么弄也煺不下毛!梅就此被失眠和惊惧折磨得很痛苦,去医院看,医生说是强迫症,开了点药,说休息一阵,放松一下就好了。

有一次两口子晚上骑摩托车出去,回来得晚了,经过四大队二街一片无人的空旷路段时,在后座上的梅觉得后面有一群猪吭哧吭哧地追,她老公也觉得好像有什么东西,就把车开得飞快,前面来个车,远光灯一晃,两眼一黑,摩托车就直接撞上了墙,老公的头被蹭脱一块皮,耷拉在前额上,血糊淋剌地遮着一边眼睛,很是恐怖。他们把车停下,四周找寻,黑森森的啥也没有。奇怪的事情接连发生,梅心里就犯了嘀咕,请教修行人指点,说杀业太重,于是他们就停了杀猪卖肉的营生。

修行人(梅叫她师傅)开了家佛教用品店,请梅给看店。合适的时间里,比如菩萨的诞辰、出家日这些特殊的日子,师傅会聚拢一帮信众、香客去附近的庙里烧香、礼佛。时间一长,梅算看出来了,师傅不光做佛事,还做保健品的买卖,梅负责管理钱财。佛事聚人气,买卖赚利润,梅觉得拿佛当招牌敛财这事不纯粹,大不敬,就不想干了。梅说,任何时候她都感激师傅。不管咋说,也是师傅帮她从恐惧中摆脱出来的。

有朋友看中梅的踏实肯干,就开了家海鲜店,请梅做店长。梅把店当成自家的来经营,凡事亲力亲为,最早一个来开店门,打扫完卫生收拾完柜台最后一个离开,往往回家都九十点了。老公就说,海鲜店是你家的?老板一月给你多少钱?梅只是支吾一声也不应答。

梅是个有心人，自学了营养学的知识，遇见迟疑的顾客她会适度提出营养配餐建议，有时听得顾客都一愣一愣的。顾客真是感谢她，因为扶都号称睡城，大部分年轻人都在王城打工，晚上、周末、节假日才回来住，平时工作很忙，吃饭都是瞎对付，难得有个周末和家人一起，做顿可口的，听到如此专业的营养建议自然很开心，一高兴就会多买些，慢慢地都成了回头客。店里的业绩一天天好起来，老板笑起来都快成一朵花了。海鲜店开了四年多，老板却很少到店里来，因为有梅在，啥都不用他操心。

后来，老板要去外地发展，就把海鲜店转让了，新老板接手的条件之一就是不能换梅这个店长。梅干了一段时间之后，无论老板以怎样优厚的条件挽留，梅都坚决不干了，她说想好好休息一下。

此后，很长一段时间，没有梅的消息，有人说梅去了五台山找曾经指点她的师傅去了，也有人说，梅心情不好，啥也没干，天天在家里睡大觉。

03

突然有个周末，梅打电话说要请我和妻喝酒，我很欣喜。我说我安排，她坚持不让，说她难受，让我陪她喝点，她请。

我很乐意和她一起吃饭，我早已当她是我的好朋友了。我打心底里佩服和敬重所有靠自己的努力拼出一片天地的人，无论男女。因为我自认为和他（她）们是一类人。我们一直在永不停歇的路上，没时间忧伤和感叹，停下来一起喝口水、聊聊天也是为了互相激励、互相促进，在精神上帮对方一把。

梅说她现在在福成牛肉店当店长，我们吃饭的火锅店刚从她店里买了牛肉，她请我来祝贺她"重出江湖"，顺便鉴定一下她家牛肉的品质。

我知道梅不只是嘴上说说的，干一行就了解一行、深入一行，这才是梅。

"卖肉不还沾血腥吗？六根不净不利修行呀。"

"不还得活着吗？"说着说着梅喝了一大口酒，突然眼泪流了出来。

我说："好好的，怎么了？"

她说她很难受，想哭。

我说："那就哭吧，哭出来就好了。"

"……买这楼是内部价要全款，我不是没钱嘛，也没地方借，亲戚谁也不伸手，我就去找我同学，他开KTV的，就我们两个人在包间，我同学先是摆了一桌菜，要我陪他喝酒，然后就把门关上了，把我推倒在沙发上，说让我明天再去拿钱。"

这个王八蛋！梅没有提名字，但我知道她说的是谁。

"海鲜店不干了之后那段时间你干啥去了？"我和梅碰了一杯，故意想岔开话题。

"那段时间我在家睡觉，啥也不干，天天睡到自然醒。"

"我不信，这不像你的行事作风。"

"磨道里的驴似的我就知道干活，干到老、干到死、一直傻干，这就是我？我是个女人，我也想有人疼、有人呵护着。"

不还有你老公吗？这是我心里的想法，梅只是一直在诉说自己的事，她老公的情况，她似乎不愿多说，我也就不好提问。

"有时候真的感觉有点累了，想好好休息一段时间。"梅继续说，"我去找过师傅，有好多事想不通，想不明白，想让师父指点迷津。说实话，不想干了，一是觉得天天杀鱼还是在杀生。二是真的不知道自己这辈子是不是活错了，能干啥，会干啥？"

"好好的，你咋还哭上了？"

"哭是女人的权利，你说我有没有这个权利？我一个四五十岁只读过高中、相貌平庸的女人能干啥、会干啥？我闺女问过我，我能干啥，会干啥，我没办法回答。闺女放假回来都没个像样的地方待着，我是个没用的妈。"

"搭了点偏房本来想着放点杂物，刚好可以把里面的那间改成个洗澡间，这样能暖和些，院子里也能整齐些，家里来个人看着不至于乱糟糟的，闺女大了，体面比啥都重要，这我懂，可我就这么点能力，也不认识个什么人。前几天镇上拆违建，闺女放假回来一看遍地狼藉，一下就火了，问得我没话说。我也知道楼房好，可我拿啥买？就这几间平房，要不是当年一咬牙一跺脚，现在还不知道住哪里呢？"

"当年你们结婚，你老公家里没房吗？"

"哪来的房？分家分了上万元的'饥荒'，还有我婆婆，我们咬牙借钱才置办了这几间平房。"

"这里要是能拆迁开发，所有问题就都解决了，就好了。"

"谁说不是呢？我们都快五十了，再有十年就差不多该退休了，十年之内没有开发拆迁的可能，拆迁致富的这个梦我们这辈子怕是做不成了，人这一辈子有多少个十年等得起？"

04

我拿了季度奖，约梅在可心农场吃烧烤庆祝。农场就在一条河的边上，对岸就是王城，挺拔的槭树和银杏被夕阳镀上一抹金辉，闪闪发光，一幢幢高大的建筑如同镶嵌在空中不可忽视的巨大音符，演绎着堂皇而令人憧憬的生活。在这不同凡响的氛围里，酒喝得差不多了，我问梅：

"对面就是王城，你想没想过有一天王城扩张过河，小镇并入王城，你突然就成了王城人，工作、生活条件都上了一个台阶，或者你家的几间平房一拆迁，一夜之间你就有了上千万，就没必要这么拼了？"

"没想过。有吃有喝有工作，我觉得这边就挺好，那边再好也是别人的地方。"

"听说王城要在镇南边征一块地盖楼，听说王城专门给镇上留了个号段……"

"传说的事从我买四大队那几间平房的时候就有，几天一个花样，我从不关心，这对我没用，我只相信手能够得着的，眼睛看得见的。"

"你拜佛不是为来世吗？"

"我找师傅是给自己安神，我拜佛是替自己安心。我弯下腰是在放下傲慢，低下头跪下去是在放下执念，我通过这个仪式抚慰自己。

我每天都发个工作朋友圈,一是提醒自己从来没有什么便宜可占,工作、生活必须全力以赴;二是顺便可以拉拉客户,做做广告。庸俗吧?"

"你这境界,修行不到位呀。"

"所以呀,我还在河这边。"

"你买的楼是小产权,四十年吧?"

"嗯,管不了那么多,平房也是住怕了,先上楼再说,钱还是到处借的呢。"

"咋能买小产权的房呢?"

话出口方觉唐突,但收不回来了。

果然,梅喝下一大口酒,顿了一顿,眼睛望着远处,幽幽地说:"我只是平凡的女人,就这点能力,不会七十二变,不是什么都能,样样都可以做到最好,也没法让所有人满意,尝试了,尽力了,就够了。"

"像我这样普通的人多了去了,我们没读多少书,没文化,高科技的事干不了,可有手有脚有健康,只要还能动就饿不死。干一天活,下了班,看着星星一样的灯火,美丽的夜晚,就想着又可以找谁喝杯小酒了,想着有一扇窗是属于我的,就觉着特满足、倍儿幸福了。有伤口自己包好,继续出发,如此甚好,让别人去抱怨吧。像我这样的小女人,可能一辈子都过不了河,也没想过,其实河这边也挺好的。"

扶都之花

兰

01

到底收还是不收？看着面前的这位中年女士，张启东犯了踌躇。

从荣宝斋一个普通的学徒开始，几十年下来，在装裱这个行当他也是有字号的人物了。现在退休了，干不动了，但不能让手艺失传了。他对自己的手艺很骄傲，轻易不外传。原本打算将独门技艺、人脉、经验传给儿子，可那不肖子竟然说这行当落伍了，没科技含量，没心情学，要搞IT，干自己的专业。拗不过自家的那个犟种，他打算招生、办班，然后，从中选个好苗子做传人，把平生所学全盘托出。

招生广告贴出去一周了，就来了这么一个人。她说她叫何玉兰，鸡西人，住美院中专部东墙外，离这里不远。问她为啥要学这个，她说想学会了自己开装裱店，就可以卖老公的画了。

难道她老公是成名画家？不对呀，成名画家的女人，不可能来学这种费体力的技艺呀？问她老公叫啥，说的是个很普通的名字，书画圈稍有名气的他都有印象的，"白海东"这个名字绝对不包含在其中。问她啥学历，说是高中毕业。这就对上了。

一个高中学历、看起来足有四十岁的中年女人，懂审美吗？会颜色搭配吗？这将来如果出去说是他张启东的徒弟，活干得一团糟，让他的老脸搁哪儿呢？这就是张老师心里的顾虑。

"让我看看你的手。"

"另一只。"手指细长，看起来干活不会太粗。

"以前干过啥？"

"做过裁缝。"做过裁缝的人，有造型能力，基本的审美应该是有的。张老师心里多少有了底。

"明天过来吧。"

装裱培训班就来了何玉兰一个学徒，张启东老师也不在意。他是个很认真的老师，哪怕只有一个学生，该怎么教还怎么教。

按部就班地学，得从材料准备、工具选择开始，包括制浆糊、画心托底、托绫绢，具体到调试浆水、配托纸、上墙绷平晾干、分裁画心、取正方裁、画心与镶嵌材料的组合、定型，包括镶局、镶牙子、镶边、镶天头地脚、卷边或沿边、上钉角、配复背纸、裱件的闷水润性、刷复裱上画和排平，加辅料、上墙、绷平下墙、打蜡、剪边、挂网结带等等所有工序，张启东都一一示范一遍，再让何玉兰照做一遍给他看。

等到所有的程序都熟透了，张老师找何玉兰郑重其事地谈了一次话，问她，说他有个规矩她能不能坚守，要发下毒誓他才会开始给玉兰传授行业的要义。玉兰发誓说老师的信条就是她的信条。

张老师说这几十年成功秘诀就一个"信"字，客人拿来的字画，他凭经验一眼就能看出来价值和出处。有些来他店里的顾客，包括熟人，看到他店里挂着裱好的名人真迹，心生仰慕要求外借出去临摹或仿制，并愿意出很高的价钱，他一概拒绝，说这会坏了他的规矩。顾客说，你不说没有人会知道的。张老师说天地你我均知，怎无人知？别人说他死板，他心里清楚，正是因为他在圈子里的口碑，有些有名气的画家、藏家才把一些有分量的作品装裱、古旧揭裱的活给他做，当然费用也很可观，这是他干裱活重要的收入来源。那些广告画、印刷品的一般装潢，他是不屑做的。

他一直做的是传统裱，也就是手工裱活。浆糊的调制、淀粉的选择都是技术活，有窍门，需要多年经验积累。裱过的书画作品能否尽可能保持原有宣纸和绫绢的柔软、飘逸的特性，都和浆糊有关。

多层宣纸黏合后，其柔软程度下降，若淀粉黏合剂成膜性不佳（膜的柔软性不佳、抗拉力弱、脆性大、易断裂等），干燥后就容易变脆硬化，弄不好裱件就会开胶起皮。他将自己的绝活不藏私地传给了玉兰，还告诉她经验不能照搬，要因时因地制宜，比如要考虑南北方气候差异、不同地区水质 PH 值差异等。一幅装裱完的作品在悬挂的过程中会受到自然环境因素如烟尘、空气、霉菌、蝇虫、光线辐射等因素的影响，所以保管也是个不能忽视的环节。

古、旧、残损的书画作品修复是难度最大、也是利润最大的，不仅需要高超的揭裱技艺，对裱画师的经验、审美也有很高的要求，他希望玉兰加强有关方面的知识储备，记得誓言、恪守信条。

何玉兰的结业考题是装裱一幅张老师收藏多年的剪纸作品，要求裱成一轴直幅。天头地头用纸、轴的选材、色调搭配、画心、覆背的平整度，包括结带和宝盒的选择，玉兰完成得都堪称完美，张老师挑不出一点毛病，特别是天轴上的结带，何玉兰选的是一根带桃粉焕彩穗的绳，挂上之后作品平添了些华美之气，足见她天才般的奇思。传统中没人这么用过，但她就这么用了，而且恰到好处！张老师心里高兴，觉得这个徒弟没选错。

02

何玉兰很快在美院后门外开了家装裱店，张老师从附近路过时有时会过来看一眼，玉兰不忙的时候也会陪老师聊上一会儿，来了客人来了活就顾不上了，张老师就自顾自在楼下喝会儿茶就自己回了。有一回张老师来，在楼下没见着徒弟，见二楼有动静，就上去了，一台装裱机上一幅六尺山水正在托画心，玉兰手执电熨斗正在修整不平整的一角，张老师转身就走。玉兰当时并不在意，过一会儿回过味来，意识到老师可能生气了，就备了一盒普洱，打算晚上去找老师解释一下。

她知道老师为什么生气，这一段时间总是有急活，一家幼儿园、三家酒店、两家茶楼等着开业用，来装裱的也都是装饰画，工艺要求不高，手工裱实在做不过来。她想着这样的活是日常业务的一部分，扶都是个移民城市，大量的外来人口涌入，吹大了房地产泡沫，必然也有强劲的消费需求。这种活会越来越多，她需要钱，不想放弃这些业务,她知道机器装裱速度快,成本也低。

玉兰向老师保证手工装裱不可或缺,老师倾心教她,她不会把手艺丢下的,高端的作品或者客人有要求的她一定倾心把活干漂亮。她说,裱一幅好作品等于亲近了一次圣物,不光赚了钱,精、气、神都升华一个境界,她看老师露出笑模样才又说,机器装裱的好处是快、标准化程度高。老师说要在普通中干出高端,就得有在工作中修行的高度,玉兰连忙点头称是。

听说老婆在扶都站住了脚跟,白海东就不想在鸡西待下去了。玉兰说:"你来干啥?来给我打下手呀,滚犊子吧,就你?不添乱就烧高香了。过段时间再说吧,扶都这地方可不像鸡西,啥都贵,一把蘸酱的心里美就得四五块,就我现在挣的这几个子儿,除了房租剩不下啥,你再来了,多张嘴,两眼对两眼,咱喝西北风呀?我现在店里凑合住,你来了又得租住的房,吃手指头呀?"

"不行,我得去看着你。"白海东停顿了几秒钟又说,"我最近这心里慌得很,我不看着你,扶都那花花世界,有钱有能力的人一大把,弄不好你再跟人跑了。听人说有个姓张的老头老缠着你……"

"白海东你个狗东西,我跟了你一辈子,老得牙快掉光了,前几年不跑,现在跑?再说有钱有能力的找的都是漂亮的、年轻的,我这老菜帮子了还咬得动吗?谁要?谁缺妈呀?"

摔了电话,何玉兰好气又好笑,也不知道当初怎么会看上白海东这么个货。看上他人帅,看上他画得一手好宣传画?说不太清楚了,当时都在厂里上班时,白海东是宣传干事,干的都是动笔杆子的轻松活,不像那些出大力流大汗的,身上臭烘烘的。她喜欢穿得一身板正、散发着文艺气息的他，介绍人才开口，她就说她愿意，真是太不要脸了。一晃二十多年了，儿子都快高中毕业了，这些美好都是很多年前的事了。会画画、人长得帅、穿得干净利落，这些优点在厂子宣布破产清算的消息成为现实的那一天，显得那么微不足道。问白海东怎么办，没了厂子以后谁给发工资，日子怎么过？他说他也不知道！

这个狗东西一点也不想想，这儿子高中毕了业，上大学的学费、生活费从哪里来？将来还得买房子、娶媳妇，哪里不得用钱呢？他竟然说不用急，老天爷饿不死瞎家雀，他正好思考一段时间，准备潜心创作，等他成了名，他的画论尺卖，到时候财富自然就找上门来了，想要啥就有啥。啊呸，那时是啥时？这样下去恐怕到不了那时，全家人就得要饭吃。不过，老天爷饿不死瞎家雀，这个道理，她认同。

扶都就在王城脚下，一定可以找到立足之地，听说一河之隔还有个画家村，村里数十万像白海东这样的人，于是她从一个姐妹家的喜宴席上直接出走了，到了扶都才给儿子和白海东打了个电话。

03

何玉兰深深懂得老师张启东虽然退休在家，但在扶都这地界，在书画装裱这行当里仍然是块金字招牌，当初她之所以跟张老师学装裱，也是深谙这是一个靠信任吃饭的行业，大树之下有浓荫，跟对人也是个人奋斗者避开陷阱、直线跨越的技巧之一。一些高品格的作品不会随便拿给一个名不见经传的小店去装裱，所以她央求张老师给她题了一款匾，用作店招。

果然，凭着"德宏信"三个字，何玉兰的生意很快就有了起色，禁不住白海东的软磨硬泡，就把他和儿子都接了过来，一家人一心一意经营着"德宏信"画廊，接装裱的活，也寄售张老师推荐的一些画家的作品。

一日张老师到店，看着墙上的两幅四尺山水皱眉，问这是谁的东西。玉兰红了脸，问老师画得咋样。老师问，想听真话还是假话？当然是真话了。"那我可就直说了？这东西放在潘家园地摊上卖，五十块钱都没人要，浪费纸。"玉兰当时就红了脸，她当然知道这是白海东画了一个月时间，自认为最满意的两幅习作，头天晚上她才给裱出来挂上的。

这画的水平才到描图的阶段，离艺术创作还差十万八千里，构图里还有些很低级的问题：图里的和尚比他身边的松树高，喝水的碗比他的头都大，既不符合佛学精神，比例常识也有问题。再看另一幅花海的远景，随意用一团灰墨就交代了，既然要表达田园、电线、牛、农舍等元素不都可以用吗？这是纯心偷懒糊弄观众的作品，一看画画的人就没有生活感悟，凭心乱涂的，这种东西挂在墙上，进来个会看的顾客会咋想？有这种便宜货的地方，美学水准能让人放心吗？

玉兰把画拿了下来，保证以后不挂这么没水平的东西，并邀请老师留下来吃饭，张老师气冲冲地出门走了。白海东其实一直在楼梯口的，张老师的话他一字不漏全听见了。玉兰就什么也没说，只是招呼白海东吃饭。

这一夜，白海东和玉兰都没有睡好。白海东脸上火辣辣的，他头一次听人在背后这么直白地评价他的作品，在别人眼里他的画作简直就是一堆垃圾，不，连垃圾都不如。

"老婆，我的画真的像那个老张头说的那么不堪吗？"

"叫张老师，别老张头老张头的，对人一点都不尊重，那是咱家的恩人，衣食父母。没人家这块招牌，教我这手艺，你们恐怕现在还在鸡西呢。"

"……"

"咋，还放不下身架？人家张老师在扶都算是有字号的人，说你你只有听的份。"

"玉兰，你变了啊，以前你可不是这样的。"

"可不得变吗，要是不变，咱一家在老家等人救济？"

"……"

"我以前不懂，现在干了这行，名家作品经常见，张老师一有时间就给我上课，讲些鉴赏呀、美术史什么呀，什么构图、技法、意境我也大概学习了一点，你画的那些东西真的死板得很，不灵动、没思想，和咱老家的黑土一样一样的。"

"和黑土一样是什么玩意？"

"墨呀，山炮！"

"老骚货，出来没几天学会拽词了。"

一阵打闹之后，王兰郑重其事地对白海东说："老白，咱得学习。"

"是啊，我也知道，可成人学画画费用很高的，就我这资质，也不知道学不学得出来？"

"就冲你喜欢画画，也得学，我过去看上你支持你，现在也一样支持你,人活一辈子不能光为嘴,得活点精神出来,费用我来想办法!"

"玉兰……"

听着枕边人均匀的呼吸,何玉兰以为老公睡着了。

没有人看见黑暗中的白海东眼里有些湿润,他记起他娘临死前把他叫到炕头,小声对他说过的话:"海东,玉兰是上辈子先人的福荫,一个一门心思对你好的女人,任何时候不能辜负人家。"

04

一大早,德宏信门口停了一辆警车,何玉兰一开门猛地吃了一惊,待押下一个人,她就全明白了。

这是前两天半夜敲门来修画的那个人。当时,他神色慌张地打开一张《秋暝山居图》,她就觉得奇怪,好端端的画被拦腰撕裂了。那人说修补一下,十天后来取,工钱随便开价他都照付,最重要的是尽可能复原。她要写收据给他,他说不用了,德宏信三个字就是收据,就离开了。她打开看了一眼,不是真迹,是仿品,但绝对高仿,成品时间大约在明清之间。这是个大活儿,得慢慢细做,她奇怪的是,这么名贵的画作应该属于馆藏级别的作品,正常应该去像张老师那种大店,找高超的手艺人才能修补得好。来人行色匆匆,言辞闪烁,大半夜找来,画损坏得又很厉害,不会是偷来的吧?当时只是一闪念并没有多想。

警察拿走了那幅画,并登记了她和白海东的身份证,让她签了个保证书：店里所有东西不准动，四十八小时内不准离开扶都，保持手机畅通，他们可能还会再回来，或者传唤他们去问话，必须随叫随到！

白海东没经过这样的事，当时就慌了。警车一离开，他就在屋里转来转去，嘴里不停地叨叨："这可怎么办？这可怎么办？"

何玉兰烦了："老白，别转了，转得我头晕，该干啥干啥，咱没干啥亏心事不用怕。"虽然这么说，实际上她心里也不踏实，这怎么在家里坐着还摊上事了呢？

才过了一天，警车又来了，说要查封德宏信，限他们二十四小时从店里搬出去，玉兰问为什么呀？说这幅画的失主是齐河县文博馆，已经报案了，鉴于画作已经损毁，文博馆要求赔偿。偷东西的人说是德宏信的人让他去偷的，所以玉兰二人有连带责任。

"什么？就凭小偷一句话就要查封我的店？那狗东西人呢，我要找他对质！"

"他昨天在审讯过程中突发心脏病死了。"

"死无对证？这就坐实了我们背定这污名了？"玉兰有些冲动，向警察扑过去，白海东连忙拦抱住她。

"查封是暂时的，事情搞清楚了我们会来解封的。"

"等解封，我的生意咋办？偌大的扶都就没有个说理的地方吗？我不相信，我不相信……"

望着远去的警车尾灯，玉兰的声音越来越小，一屁股坐在了地上。

扶都之花
竹

01

扶都，邻近王城，是很多人向往的地方。挤不进王城，那就在扶都某一栋大楼里谋一份工作，找家大公司上班，有尊严地生活，既能解决温饱，又彰显自己的身份地位，是来这个城市的无数普通人的梦想。

此刻，银燕大街一栋大楼顶层的一间办公室里，宽大的老板椅上，一个女人正盯着一张纸一动不动，双腿交叉架在桌子上，从背影看如同一尊完美的雕像，线条凝重而端庄，一头栗色短发，逆光透闪着不同凡响的韵味，一绺秀发正在空调吹动下抖动，柔和的肩有节奏地起伏着。

轻轻的敲门声响起，秘书进来请示总裁一天的工作安排。

"李秘书，取消我今天所有的安排，我太累了想休息一下。"女人头也未回，秘书迟疑了一下，轻轻带上门退了出去。

桌上的手机响起，老板椅上的女人收起腿，整了整衣领，喝了口水，拿起了手机。

"喂，儿子，还好吧？"

"妈，我挺好的，您忙着呢吧？我就说几句，不耽误您多少时间，过几天是您和我爸的结婚纪念日，我用奖学金买了一个礼物，已经快递给您了。等我明年毕业了就回来，到时您就歇一歇，不用这么累了。"

"儿子，妈盼着你早点毕业回来，妈好想你呀。"

"行了妈，别那么肉麻了，不说了，我去上课了。"

挂断了电话，女人回转身，脸上挂着泪渍，她喃喃自语："老天爷，我赵欣竹做了什么伤天害理的事了？为什么让我得上这种病？为什么？"

赵欣竹，在扶都房地产界也算是有字号的人。她凭借聪明的头脑，敏锐的嗅觉，以及不服输的一股劲，在房地产市场这片红海里硬是蹚出了一条道来。她，是一名传奇女子。

她出生在承梁山区一个普通的工人家庭，家境一般，父亲给她取这个名字，希望她有竹子一般的韧性，笑对人生的苦乐酸甜。赵欣竹，她无愧这个名号，明明可以保送去上大学，她偏要靠自己成绩考，而且必须是名牌大学！好多老师同学说她傻，劝她想清楚，她说，我就是我，不一样的烟火，大火、烈火。嘀嘀，果然，大学毕业、考研一路过关斩将，本来可以留校任教，她又选择了回家乡承梁工作，惊了很多人一把。她说是家乡的皇天后土养育了她，她要回馈，死后要埋在家后面的山梁上和泥土融在一起，化成土地一样的黄色。才没几年，这又发了疯，说辞职不干了，要创业，还要干出一番事业来。

她自有一番别人说不服的道理：古人那里，竹为冬生之植物，扶都为竹之长生地，未来必旺她。选择房地业，是因为中国人的房子指定离不开竹木，她坚信这个行业将来定有自己一席之地。

闺女既然这么决定，一定有她自己的道理在里面，当父亲的管不了，索性不去管。别人在赵父赵青林跟前说他闺女的不是，老赵绝不答应：每一颗草草都有一个露水珠珠养着哩。这就是他的统一回复，别人都说赵家父女都不正常，赵青山不予置辩。

长得漂亮的女人，在哪都是热点。赵欣竹身边从来不缺乏追求者，不论是成功男士还是权贵富商，她都冷面拒绝，说自己暂不考虑个人问题，以后再说！别人背后叫她"冻笋""冰美人"。她没时间理会这些，她和一般女人不一样，她是竹，要站在人生的高处，她要用实力证明她是一枝竹，正当盛年的时间她得用在工作上。

为了达成和扶都最大的城建企业朝阳集团的合作，她十三次上门拜访，十三次修改合作方案，对方仍然不满意。她到邱董事长的小区门口等待面陈的机会，遭到别墅的保安驱赶，有一次争吵得激烈了，对方差点报警。她在没人看见的地方哭过，但那只是一瞬。终于有一天，一片全麦面包刚入喉，还没有完全进入食道，她刚喝一口水准备把它压下去的时候，小保安向她招手了，小保安透露给她一个重要的信息：邱董事长全家去三亚旅游了！她太兴奋了，风风火火地调头时，车子差点就撞在小保安的腿上。

苦心人，天不负！在三亚泰德酒店大堂，她终于见到了一脸惊愕的邱董事长。

02

每个人内心深处都有一处隐秘之地，不会轻易对外开放，里面也许是一段刻骨铭心的往事，也许是一个令人柔肠寸断的人，赵欣竹也不例外。表面上她一直是单身，只是别人不清楚她内心的秘密，她也没必要向无关的大众倾诉来博取廉价的同情。

很多年了，她一直在等，等她的初恋男友刘一显回国。还有十个月，就可以见到一显，到时他们就结婚成家，再也不分开了，找一处面朝大海的地方，过春暖花开的日子。欣竹每天都在开心的期待中入梦，她把婚纱和婚宴酒店都选好了，就等男友归来。

盘着指头算准一显归来的日子，那一天欣竹早早来到机场，可看见一显的同学手捧的骨灰盒，她当时就傻了，一屁股坐在地上。她哭不出来，活蹦乱跳的一显前几天还在电话那头叫她"达令"，此刻却躺在冷冰冰的骨灰盒里，谁能告诉她为什么，怎么会这样？

一显的同学说，三天前，他们一起去为她挑钻戒，商场发生了枪击案，一显中了流弹，没有抢救过来。一显生前经常提起他的欣竹，所以他们把他带回来交给她，包括他给欣竹买的钻戒。

一显走了，赵欣竹的生活失去了意义和光彩，她无心工作，每天过着行尸走肉般的生活。单位的领导知道她的情况，都很同情关心她，给她放了带薪长假，让她恢复好了再去上班。妈妈看到女儿的状态，每天也是忧心忡忡，既担心又无奈。别人的安慰只是止痛药，只能缓解疼痛却无法治愈创伤。还是当爹的有心，了解自己的女儿，说让她出去走走，好好散散心，他给女儿准备了足够的路费，虽然女儿手里有钱，但他觉得自己准备的意义不一样。至于去哪里，让她自己定。孩子都参加工作了，他相信自己的孩子，会走出来的。

扶都的一条老街上，满眼都是绿树青瓦，古朴而典雅，据说这里有过大清皇帝的行宫。时间在此处慢下来，街道两边稀稀落落行人散漫，一个中年男人席地而坐，面前的竹筐里是几把从山里挖的野蒜，他左手摇着草帽扇风取凉，右手划拉着手机屏幕，对过往询价者爱搭不理的，高兴时应个价，不高兴了就只抬头瞟上一眼，也不回话，自顾自又划拉手机去了，仿佛他那几把高贵的野蒜是只供展览而不卖，或者货只卖识家，寻常人爱买不买。几步开外的一家茶叶店老板在躺椅上晒太阳，睡着了，地下饭碗上的筷子早被一只偷食的小白狗扒拉到地上，从店里看完茶叶的顾客已进了旁边的店铺，老板浑然不觉。不远处四家店老板正在玩牌，各人脸上都贴着长短宽窄不一的纸条，看到这一幕，赵欣竹不自觉地笑了，她没来由地就喜欢上了这个地方。她想起曾经读过的一段话："等下一个轮回，你化作山，我化作海，你在我的怀里环绕，我在你的心里流淌。"这烟火情境中涌动着的温暖，像一股暖流，流进心底，慢慢浸润着她心里的冰冷，她感到身体的各种不适都消失了，特别轻松。

有个背书包的孩子，扛了一摞废纸板，卡在书店的门上进不去，很着急的样子，她赶紧跑上去帮了一把。

"老板，这些废品顶上回的书钱，您看行吗？我爸说这几天拉货的没来。"

"不用了不用了，我知道你们家不容易，我不是说过不要你的钱吗？"

"那不行，我爸说再穷也不能欠人钱。"

"好好好，那你放门后面吧。"

"您可千万别跟我爸说，他要是知道我捡废品，肯定会打我的，这是我放了学去捡的。"孩子边哭边说。

"不说，不说，这些书和资料你也拿走，跟你爸就说是我送你的。"

老板说，这孩子在九小上学，学习很好，和他儿子一个班。家是河南的，他父亲前几年在工地上干活受了伤，父子俩就在北方学院院墙外弄了个收废品的摊子。

赵新竹叫了辆出租车，跟着7路公共汽车到田园牧歌站，看见孩子走进马路对面蓝色铁皮围着的围墙里面，铁皮上用红油漆写着：收废品！

围墙里是个大院子，带两间简易防震棚。一间屋子里，一张差不多八十公分见方的饭桌上放着一个旧电饭锅，一个单灶头煤气灶，几只碗，桌子旁边一台落地电扇正有气无力地转着，另一间门关着，看不到里面。院子里码放着塑料薄膜、玻璃瓶子、废钢筋、废纸、饮料瓶、泡沫板等等。有些积水，有雨水也有淘米、洗菜的生活废水，太阳一晒，散发出令人作呕的臭味。废品存量不大，而且放置得很规整，也没见那种收购用的磅秤，赵欣竹判断这应该是一户以捡破烂为生的城市漂泊者，大部分的废品应该是在诸如垃圾桶、垃圾堆一类她这一辈子远远避开的地方捡回来的,她的心里说不出的一阵酸楚。她把在出租车上准备好的信封放在门口,信封里放了两千块钱和她写的一张纸条:给孩子买书。她用半块砖头压上,相信他们会看见的,她正要离开,那扇关着的门里突然冲出一条黑狗,吓得她大叫。

"回来,大黑!"出来的是一个瘸着一条腿的男人和那个孩子。

"爸爸,是姐姐——"孩子仰头去看那个男人,黑狗也仰起头,伸出了长舌头。男人低头用目光询问孩子,趁这个工夫,赵欣竹逃也似的跑了。

03

回到承梁,赵欣竹做了一个骇人的决定,她要去扶都发展!这个决定同事、朋友、领导都不理解,都认为欣竹是因为之前受的刺激,不正常了。不管别人如何看,老赵心里明白,他的女儿想换个环境生活,说不上有什么风险,说不定新的环境还能促使女儿快点从过去的阴影里走出来呢,至于扶都是个什么样的地方,以后自然就知道了。他对女儿说:"想好了就去干,干不成就回来,我和你妈永远支持你。"

赵欣竹拒绝了原单位领导的再三挽留,来到扶都,从房产中介干起,这地方仿佛就是她的福地,她一出手就拿下一个热门楼盘几万平方米的销售代理权。这样一家以前从来没有听说过的小公司,让不少同行侧目。要知道多少中介盯着这块肥肉,动用各种社会关系都没有拿下来的项目,就这么轻松地落在一个后辈女流手中,太不寻常了,流言就在这种情况下产生了，言之凿凿地说她和对方项目老总有好几腿。

解释是没有用的，她也没有时间浪费在这种无聊的事情上。这是她的第一桶金，来得太容易了，她感到背后似乎有一双无形之手，只是她在扶都，谁也不认识。她也盘问过老父亲，老赵家祖上和家门中并无显赫的亲属，会是谁在帮她呢？

赵欣竹功成名就，人又长得漂亮，惦记她的人不少，谁也想不到一朵鲜花会插到一个很不显眼的平凡处。他是扶都本地人，是个粮库的会计，叫李波，父母都是退休干部，家道还算殷实，但名不见经传。据说两人只见了两次面，赵欣竹就把终身定了，很多人摇头说，这就是命，没办法。婚礼上，赵欣竹见到了那个书店的老板，些微有些意外，李波说是他远房的堂哥，赵欣竹顿时有了人生真的很是奇妙的感觉。

李波心疼老婆，就说："别干了，我养你。"欣竹不答应，他也就只好随了她。不久，欣竹怀孕了，这个消息让欣竹、李波高兴得几晚都没睡好觉，欣竹的父母也来了扶都，四个老人加上李波争着照顾欣竹，欣竹觉得传说中的幸福一揽子全来临了。很顺利地生下一个男孩，欣竹在家庭中的地位空前高涨，这让她好好享受了一把世间的温暖、宠爱。孩子一天天长大，欣竹的心里充盈着满足和宁静，眼里闪着慈祥的光。她想，以后就这样了也挺好，陪着日子，不错过与孩子在一起的每一天，看着孩子哭、笑，看他长牙，看他爬，看他蹒跚学步走，跟着他跑，听他说话，哪一件哪一桩都是很快乐的事。

终于儿子上幼儿园了，四个老人加上李波，一人一天抢着接送孩子，就没她什么事了，她心里就有点空落落的，想工作，但是家人不同意，尤其婆婆公公坚决反对，说他们两个其中一个人的退休金全家开销都用不完，孙子将来娶媳妇的钱他们都提前准备好了。李波也认为欣竹应该多在家陪陪孩子、陪陪老人、陪陪他，实在闲得慌就美美容、健健身、逛逛街，还不行就养条宠物狗，带着玩。

这种多少人求之不得的生活，赵欣竹却不愿意过，她觉得还是自己的努力得来的一切踏实。另外在她内心深处，她很享受那种定好目标，经过算计、努力，达成目标过程中的充实感，在这个过程中她能感觉到自己的价值，随着这些目标的实现累积起来的自我肯定、自信和满足，就是她人生的意义。别人说她是工作狂人，那就是好了，她喜欢工作。

此时的房地产市场在国家严厉的调控政策作用下，买家和卖家大多处在观望中，交易日趋清淡，像她们这种以交易中介服务费为主要盈利模式的公司，营业状态用门可罗雀来形容一点也不为过，全国都差不多，扶都也不例外。上了一天班，打了一圈电话，同行们都互倒苦水，忧心忡忡。她没精打采地回到家，李波问老婆上班感觉如何，欣竹说烦透了不想说，就一掀被子捂上头，说她想眯会儿。

李波说，赵庄刚开发了一排的门面房，便宜得很，以他多年财务的专业眼光看相当有投资价值，公司代理、个人压几套都有利可图。如果看好扶都的长远发展，就趁现在便宜先拿下来，用时间换利润。赵欣竹说赵庄那破地方，周围是一片空地，啥也没有，银行、超市、学校、医院四不沾，房地产投资四要素一样都不具备。李波说，要用发展的眼光看问题，正因为周围啥也没有，发展空间才够，拆迁零成本，那种地方适合搞大型项目。所谓一张白纸好画最好最美的图画，至于画什么，你懂得。赵欣竹一夜没睡，反复琢磨李波的话，似乎有些道理，又似乎全是胡说。但是第二天一早，赵欣竹就出门了，李波问她去哪，她说去赵庄。

日月如水，一点一滴地在缓慢流走，赵欣竹赵总运势似乎总是好得惊人，风生水起想啥来啥，她以很低的价钱买入一溜偏僻之地赵庄的门脸房。半年之后，碧桂园就在对面开工了一个占地两千亩，以"生态、健康、休闲、绿色"为核心的全享型文化旅游暨住宅项目，其中涵盖师大附中、沃尔玛超市等稀缺资源。

当天，听到这个消息，赵欣竹差点就高兴得跳起来了，她关上办公室的门，在里面一个人独自跳了十八跳，算是按捺住了内心的狂喜，她已经私底下给李波起了个昵称：善财童子，她设计了无数私密的情节，打算晚上以最欣竹的方式跟老公亲热几番。

"刘叔，我们很好，欣竹也好，您放心……"

"事业已经上了轨道了，我向您保证这是最后一次，我不会让她知道的。"

"什么事瞒我？"欣竹推开卧室门，李波正在打电话。

"没事没事，刘叔打电话问咱俩的生活，我跟他顺便说说我单位上的事，再说谁敢瞒我们聪明绝顶的赵总呀？活得不耐烦了？"

"谅你个小会计也不敢造次！"

04

其实，她早就已经知道李波电话中的刘叔是谁了，省城建规划建筑设计院的总工刘依栋是她的初恋男友刘一显的亲叔叔，这极有可能就是那只看不见的手。

原来自己并没有看起来那么强大，她不知道没有了这只手，她赵欣竹在这扶都还能是谁。

李波，作为妻子，我欠你的太多了，这些年我工作上投入的时间远大于陪你和孩子的时间，家务都是公婆在做，我没有尽好一个儿媳妇的责任和义务，我对不起你们。我事业成功，活成了很多人羡慕的样子，就算都是我一个人的功劳，可这又有什么用呢？更何况还不是。

一张诊断书，打破了所有美好，宣判了所有的成功终将归零，我这一生就要止步于宫颈癌晚期这么个不知该跟你怎么说的病。

这几年一切似乎过于顺利了。如果说生活是一片海，那么我的船才出航就迎风张帆，都没怎么费劲划，好像就看见岸了，而命运之神却偏偏不答应，存心要来点周折，存心要让我在它的庄严面前恐惧和颤抖，难道说光明真的只是一瞬而黑暗必将永恒？

不是惯常的日子，小腹隐痛间或有少量出血，一般她用个暖宝宝就好了，有时一忙起来也就忘了。三四年下来病情没有发展，她都快忘了这回事。可最近疼痛发作的频率变高了，吃止痛药只能管几个小时，打一支止痛针也最多管十几个小时，不见减轻还有加重的迹象，她索性来了个全身检查。当时妇科检查取样还说要做病理，她就感觉不好，果不其然。

她向后摆了摆手，进来的秘书就知趣地退了出去。

窗外，城市的灯开放如星，缀满城市的天幕，电视发射塔顶端明灭的灯光，像黑暗遥远又睿智的虚空发出的启示，一缕细若游思的气息正从无限深远处向她渐渐迫近。她几乎是静止在椅子上一整天了，不吃不喝，仿佛一方碑。她要趁还有点时间，把自己这一生仔细梳理一遍，以便安排接下来的生活和工作。想明白了，她站起来，抹了一把脸，锁上办公室的门，甩了甩刘海，按下最底一层电梯的按钮。

明天和未来到底谁先到来，谁也说不清，现在，先回家，看看这个世界上她最牵挂的两个人，李波和儿子。

扶都之花
菊

01

"我呸！有什么了不起的，还不让吃了，我就吃，就吃，怎么着吧？"

"这是搞促销，每人试吃一块，您都吃了十几块了，做人不能太贪心。"

"说谁贪呢？我就吃了咋的，你个骚娘们！"

"老不死的！"

扶都学院大街天客隆超市果蔬区，一个四五十岁的女人，气急败坏地冲上去要揪王月菊的衣服，她一闪，那种红马夹有点滑不好抓，女人最后没抓住，就开骂了，两人隔着两个摊位对骂。

"你算个什么东西，唵？也不撒泡尿照照，就凭你也想教训老娘，吃你家的了吗？"

"贪心没好报!"

"你个下贱东西,你个下贱东西!"女人砸过来一捆小青菜,月菊向后一躲,两人还是隔着两个摊位。

"你个下贱货,有娘生无娘教!"

"老流氓,骂我也就得了,捎带骂我娘,今天我跟你拼了,我卖个菜咋下贱了,今天你得给我说清楚!"月菊怒从胸中起,三步并作两步冲上去就揪住对方的领口,扬起巴掌堪堪就要招呼上。

"王月菊,干吗呢,打架呀?"闻讯赶过来的小百货组和副食组的姐妹过来相劝。值班经理也大声喝住王月菊。

"大姐您消消气,气坏了身体不值当,像这种不尊重顾客的员工我们马上清退。送您一张三百元的代金券,从她工资里扣。"

围观的人散了,女人"哼"了一声,也消失在购物的人群中。

"王月菊,到我办公室来!"

"为什么跟顾客骂架?"

"试吃的哈密瓜她都吃了十几块了,说也不听。还骂人,多难听呀。"

"再难听也得忍着,顾客是上帝。"

"你意思是她打完我左脸我还得把右边也凑上去呗?"

"咋说话呢?还想不想干了?"

"我就这么说,不干就不干。"在这种不问青红皂白的鳖孙手下干事不会有好日子过的。钱是经理他亲爹!瘪犊子玩意儿!王月菊心里暗骂了一句,到更衣室把衣服一换,从员工通道就出了超市后门,一路乘车到了幸福公园,躲到湖心岛的假山背后。从青山来扶都的这些年，一幕幕一桩桩，包括今天经历过的所有事，镜像一样从脑海里划过，越想越憋屈，越想越心酸，她再也抑制不住内心的潮涌，号啕大哭。

02

月菊家是青山市柳树林子的，她当姑娘的时候在当地也算人尖子，上门提亲的人乌泱乌泱的，也不知怎么的她一眼就看上了于大成。听说大成有瓦工手艺，更是铁了心要跟他。别人不明白月菊心里咋寻思的，但她自个儿清楚：到处都在发展，瓦工走哪都有口饭吃，听说现在工钱都是日结，天天有现钱进账，而且靠手艺不吃别人"下眼食"。更重要的是手艺人随活走，哪里有活儿在哪里，要是能嫁了大成，随他到处走一走看一看，也不枉来这世上走一遭。天下那么大，我也想看看哩。月菊做梦都想离开柳树林子，但她可不想盲目地出去撞大运，跟个可以依靠的人一起，还是比较靠谱。

于大成满足了月菊的梦想，结了婚，在青山买了房，他就带着她随着工程到处跑，一有空就带着月菊去看青山秀水、奇洞美石，看甲天下的美景。她陪他一起转山、转水、转佛塔，见证大漠孤烟、长河落日，也临渊感叹过滚滚长江、滔滔黄河，流连于咫尺之内有乾坤的园林，叹服于巍巍华夏之龙脊的长城。王月菊觉得她嫁的这个男人没错，他是她的紫禁城，有他在，她的世界注定天天风和日丽。

谁能想到，突然有一天，在扶都，她的城就塌了：大成从脚手架上坠落，一只手、一条腿开放性骨折，钢筋刺穿大腿，颅脑损伤致深度昏迷。月菊赶到医院的时候，大成已经进了手术室。

2016年4月13日下午的那几个小时，是月菊一生中最黑暗的时光。

等待，漫长的等待，她唯一能听见的声音是自己的心跳和呼吸。她焦躁不安，心如刀绞，她站起、坐下、转圈圈，坐下、站起，一会又转圈圈。

手术室的门开了，出来一个护士，手里拿着个铁夹子，上面夹了几张纸，冲通道里喊。

"谁是于大成家属？来签个字！"

"我！"月菊举手。

"伤到了大腿和头部，可能会伤到动脉血管，手术风险很大……"月菊心乱如麻，脑子混乱，护士说了些什么，她顾不上琢磨，匆匆忙忙在指定的地方签上了字。

"医生，你们一定要救救俺家大成。"她知道只有这些人才能救大成，她都准备跪下求这些能救大成命的菩萨了，那个护士却一转身进去了。

19：45，五个小时之后手术室的门终于又打开了，缓步走出来几个医生模样的人，其中一个走到月菊跟前跟她说：

"手术很成功，人救下来了，但还在昏迷中，还需要观察。"

"另外，他坠落时碰到了头，这个情况很复杂，目前还不好说，治疗费用可能会比较高，你们家里人要有充分的思想准备。"

20：30，手术室的门第三次打开。全身穿着绿衣裳的护士推着手术车出来了，月菊扑了过去，她知道，是大成。通往病房的那条走廊上此刻空空荡荡，清冷而且悠长，大成的头上、胳膊上、腿上缠满了纱布，她推着大成像推着一团云，小心翼翼地飘向遥远而不可知的虚空。

在精心的治疗和护理下，大成保住了完整的四肢，也醒了过来，但医生警告，今后相当长的时间里，病人都不能从事高危、重型的体力劳动，也就是说大成得放下瓦刀，再也不能上脚手架了。听到这个消息，月菊看见老公脸上的光芒瞬间黯淡了下来，她明白他是个要强的男人，他说等有钱了要盖个四合院，他们一起想象过他们的院子和院子里的一群孩子。

月菊说："不用担心，前几年你养我，接下来我养你，大不了吃得次一点，穿得便宜一点。不是说老天爷饿不死瞎家雀吗？况且你还是囫囵个的老爷们，我咋都稀罕你！"

回青山肯定没活路，乡下的旱庄稼全是靠天吃饭，运气好能收些杂粮，运气不好只有稗子和杂草。

青山高品位的铁矿和膨润土矿富了相当多的人，前几年市中心铜马转盘一到过年停的全是世界名车，不少都是限量版的，当地人不认得，但都知道那些车的主人是开矿的：在这个总人口只有三百多万的北方地级市，长年生活着一些操南方口音的人，在当地的KTV、台球室、大饭店里一掷千金，消费着几千上万块钱的貂皮大衣、奢侈品包包，眼睛眨都不眨一下。遇见显摆自己有钱的熟人，流行的调侃也是：咋的，嘚瑟啥？你家有矿呀？

这几年，矿开完了，那些豪车不见了，先富起来的人带着他们装满钞票的皮囊走了，留给青山的只有一地矿渣。

高强度开采带来了一系列的环境问题：地面大面积破坏和塌陷，河道干涸、地下水位下降，生态循环系统被破坏。青山常年干旱，每年三月开始的扬沙天气有时会持续到五六月。矿区污染物随意排放，对水资源造成了污染，水里有时会有一股明显的硫化物的气味。日子过得仔细又有点健康意识的居民宁愿徒步到七八里外的山里去打水来煮饭、沏茶。很多人叹也叹过，骂也骂过，可什么也改变不了，最后给这种无奈的行动美其名曰：劳动健身。在这样的地方，除了上班拿工资没有太多的活路，这一点王月菊早就看出来了，她不想再回令她痛惜的青山和柳树林子，她喜欢上了扶都。这个十几年前才十多万人的小镇，因为毗邻王城的地理优势，现在已经相当于二百万人的县级市，GDP是青山的好几倍，来自全国各地的追梦人都选择在扶都安家，她为什么不能呢？在这里跌倒的，就在这里爬起来！她要在这里重置一份家业，安顿好了，把父母也从柳树林子接出来。

03

王月菊在南都社区便民菜店找到一份收银的工作，就近租了一间平房，平日里于大成一边在家养病一边做好饭，整理好家务，等老婆下班，日子就这么平淡而充实地一天一天翻篇。

这一日，月菊晚上十点多才到家，比平时下班时间晚了整整四个小时，月菊说她去听了个项目说明会：扶都惠民绿色果蔬种植基地，是菜篮子工程的项目。一期占地两万亩，还有二期三期，是种植、旅游观光、餐饮一体的现代综合农业项目，前景非常好。预期年化收益率 35% 以上，投入五十万的话，一年下来光分红就有二十多万，一个月差不多有两万多，咱俩就提前过上小康生活，你也就不用愁了。月菊很兴奋，边说边用筷子比画，菜都忘了夹，很快就吃下了两碗白米饭。

"种地还能发财？"

"老土了吧，人家那叫现代农业，地里装着摄像头，庄稼长啥样都看得明明白白的！"

"35% 这么高的收益，比咱青山放高利贷的挣得还多，这么好的事儿能落到咱头上？你可整准了。"

"放一百个心，项目负责人是优秀企业家，说明会在社区中心开的，那可是公家的地方。一进门就能看见海报，我给你说，负责那人贼精神，一脸福相。再说，你看这项目名称：扶都惠民绿色果蔬种植基地，一听就是公家的，还说是菜篮子工程里的，公家的项目，保险得很。"

"这都是会上说的？有书面资料吗？"

"都啥年代了，糟践纸，人家讲的那叫 PPT！知道啥是 PPT 不？"

"钱呢？咱拿啥投？"

"把咱青山的房卖了。"

"那也不够五十万呀。"

"有多少投多少，只招内部股一百万股，一股一万，二十天过了资格就失效了。"

虽然于大成对这个项目有些担忧，但他最终还是同意了月菊的决定，因为：一、这个女人无怨无悔地陪了他这个"半残废"两年，他对她有了绝对的信任和感恩，她想做什么，他都同意。二、他也想搏一把，总不能这样坐吃山空、靠老婆养着吧？

于大成让月菊带着他去看看可能改变他们生活的项目，其实也就是去说明会的现场走走，找找感觉。

一走进南都社区中心，迎面就是一幅人物宣传画，这大概就是老婆说的那个贼精神贼有福气的"财神爷"了。这是一张全身的正装照片，还附着履历。大成凑近了仔细看，这家伙左右两边的脸似乎不太对称，额头和耳朵显得有些倾斜，小眼睛、浓密而紧贴的眉毛，鼻子扁平，眼睑肿胀，似乎有某种"罪犯"的典型特征。这只是一种感觉，具体的他也说不好。走廊里有一系列的宣传图片，有蔬菜大棚的，有领导考察的，还有项目流程、前景规划效果图，一张"扶都菜篮子基地"的图片，点缀了些绿植，现场煞有其事的样子。看简介知道项目负责人是安徽人，商会会长，地方明星企业家，控股、参股数十家企业，拥有扶都二十余家社区超市控制权。这个人身上的光晕似乎有点驳杂，不容易看清，也不太好描述。

月菊说大成这是以貌取人，大成认为月菊说得也有道理，这看起来像是公家弄的事情：公家能糊弄小老百姓吗？

卖了青山的房子后，月菊又借了点，凑够五十万，回来就把钱全投进去了。刚开始的几个月，每月都有五六千元收入，月菊都美美地拿回了家，大成问，月菊说是项目分红。辛卯年春节过后，到了6月，月菊才又领到一笔钱，说是公司要扩大经营，资金紧张，暂时不分红。慢慢地分红时间越来越长。到了丙申年3月，四年过去了，一分钱都没分。这时她和大成的孩子望望都上幼儿园了，日子过得紧巴巴的，到处都得用钱，月菊就去公司找经理、找老板，想退股。

每次去，老板的态度都特别诚恳，"王姐，现在公司资金周转遇到点问题，很快就解决，您再等等，我这么大的产业不会赖账，资金到位我第一时间就通知您。"月菊一直没拿到钱。

有一天，有个人给她打电话说蔬菜基地的老板跑了，公司关门了！月菊慌了神，拉上大成赶过去看，门外站着好多人，都是和她一样，入了股，没拿到钱的，大家情绪很激愤。几个男人合计了一下，决定找上一级政府说明情况反映问题。第二天，大家在市政府碰头，派了几个人当代表，其中就有大成。他们说明了事情的经过，市领导当面给扶都打电话，责令尽快解决问题。

听到那边电话里答应一定按领导指示办，一行人就回了扶都。是夜九点多，她和大成的出租屋门被拍开，派出所带走了大成，给的理由是：涉嫌聚众上访。他们的儿子望望不知道出了什么事，吓得哇哇大哭，好不容易哄睡了望望，月菊坐着等天亮。

天亮了，月菊接了个电话，以为是派出所打来的，却是通知去南都社区中心开会。来到开会地点，看到有生面孔，也有日前一起去过市政府的投资者，月菊起了疑心，问了个认识的人，说他们也是接到通知来开会的。一位干部模样的人走进来，发给大家一张表，让填写姓名、详细住址、联系电话、身份证号、家庭成员信息等。众人有些疑惑不愿意填，要这么详细的信息，算怎么个事情？他们原以为是来解决问题的，可这阵仗一点也不像呀！那位干部说，这是为了更全面了解大家的情况，这张表必须如实填写，不填不能走！干部又说了，大家不要再去市政府上访了，老实待在家里，这段时间不允许外出！

一听这话，众人炸锅了，这是要干吗，囚禁吗？不给解决问题还不让我们说话，你们是不是一伙的？

"当初都是冲着政府这块牌子我们才投资的，难道一开始的'菜篮子基地'就是骗局吗？"

"政府从未公开说过这是政府工程，这是企业投资行为，有回报就有风险！"

"说明会是在社区中心开的，当时咋没人告诉我们？"人群向干部跟前涌去。干部边退边向外大喊一声："都进来！"

话音未落，会场就冲进来好几个人，把冲在最前面的两个人扭住按在地上，愤怒的人群冲上来，眼看就要动手了。月菊又惊慌又气愤，也想冲上去理论，不能让替众人说话的受伤。但她发现有几个人正向她走过来，所幸的是周围的人自动围成一个圆圈，她正好在当中。又抓了几个说话声音大的人，人群安静了下来，剩下的人有点害怕，蒙了。抓人的人亮出了证件，说他们是便衣。

在派出所，月菊说出了自己有个四岁的孩子还在幼儿园没人接，签了份不再上访的保证书，被免于询问。临走前她去看了大成。说大成他们几个是领头的，要治安拘留，多长时间，取决于他们的态度，让她等通知。

大成嘱咐她说："我没事的，估计最多也就十来天的事。"月菊低着头，鼻子酸酸的，大成却催她快走："快去接望望，去晚了咱儿子该着急了！"

04

  天客隆超市的工作是一个姐妹介绍的，说让她先换个地方换个风水，其他事慢慢来。也许姐妹说得有理，丙申年发生了太多的事，解释不了，也许这就是天数。生命中最黯淡的那段时间，她背过大成找人算过，先生说，她属（寅）虎，丙申年那一年，申冲寅，金有泄，会有灾或疾病，还说她命中缺土无金，一生劳碌。本来她是不信这些的，她认为所有的美好都在远方，和幸福生活差的只是时间和距离，每一天的意义就是向那个目标进一步、更进一步，斗天斗地斗人间，努力可以改变命运，所有的困难都是暂时的，可以克服的，把身体调整到最佳状态不停地旋转，齿轮永不停歇，到达无限只是个时间问题。但现在看来，全力以赴并不一定就能解决所有问题。记得谁好像说过：方向错了，停下来就是进步。又或者在她和大成命运的前方，也许真的横亘着一座或数座巨大的、不可逾越的高山，无论如何勇猛都翻不过去，似乎有一只无形的手掌控着一些她无论如何都想不明白的事情的走向。

  这是她这一刻刚刚悟出来的，再有两天，大成也该出来了，她要把她悟到的这些讲给他听，听听老公的想法，也许，他们可以换个法子活。

  "望望妈妈，您啥时间来接孩子呀？就他一个小朋友了。"

  "马上马上，夏老师对不起啊，我马上就到。"只顾着思想跑马了，就忘了接孩子的事，王月菊一阵懊悔，小跑着出了幸福公园的大门。

再见 五道河子

01

瞧这完蛋的地方，这地名，也不知道是哪个傻×给起的，就因为五条鼻涕流星一样痕迹明显，源头不明，平时只有小孩子尿尿一样的细流，下雨才有些不干不净的大水下来，就被命名为五道河子！村镇名字也取得不三不四，什么夭庄啦、柳树梁啦、青石娅啦，没一个有点正形的！

整个五道河子就镇政府、农机站、敬老院那一片顺着公路沿线是平的，不出一里地，不是高丘就是低壑。从远处看，这地方就像是无数小黄土疙瘩聚成的一个大疙瘩。306国道很不情愿地把这一堆堆丑陋的黄土疙瘩牵连在一起，野枣树、酸刺、秃柳、荆条、平榛子这些小乔木和灌木，半死不活地挤在坡地与坡地的凹陷处，挣扎着的枯枝指向天空，像是要揭穿某些隐秘的罪恶，又显得底气不足，委屈地生长着。收割完苞米的大地里，秸秆横七竖八地躺着，踩在上面发出刺啦啦令人讨厌的异响，没被割倒的歪歪斜斜地杵在那里，杆子正直，叶子耷拉。

就算给一个春天让你们尽情，又能扭捏成什么样呢？荆条的蓝粉，榛子的黄绿，绒线菊的黄白，这都是些什么颜色？一点也显不出高贵的审美，这不三不四的地方连花都开得不三不四！况二民恨恨地想，揪下一根荆条折成几节抛向了远处。

本来，二民这次回来，是应媳妇翠花的央求看一眼他的老家，她和二民从工友到恋爱到结婚几乎一气呵成，连半个磕巴都没打。国字脸，浓眉大眼，再加一身腱子肉，话不多，干活实在、不偷奸耍滑、无不良嗜好，这样的单身男人在厂里那些未婚的女人堆里简直就是宝中宝，不下快手喝汤都没份。凭感觉她认定她圈定的是个值得信赖的男人，所以他们去新马泰玩了一圈回来就把事办了，婚后他们拿她父母家当他们共同的家。她父母就她一个独生女，待二民和亲儿子没什么分别，二民自然像对待亲生父母一样做好分内的事。他们的孩子就要降生了，身边这个很少说话、只闷头干活的男人就要一辈子定格在她的生命中，她熟悉他的身体如同熟悉自己的身体一样，但她仍然觉得他身上还有一些她没有彻底看明白的东西，像云像雾又像某种暗疾，虽然似乎和他们的感情无关。因为刚认识二民的时候，他不抽烟不喝酒，每次见面的时候二民身上只有古龙香皂和成熟男人迷人的荷尔蒙味道。之后有一段时间她从二民的衣服上闻出了淡淡的烟味，虽然二民每次下班回家前都会洗澡换衣服，她还是可以闻出来，她问过，二民也不否认，说是同事发的，不好拒绝。翠花接受这个说法，但并不全信，就威胁他说要孩子之前必须戒了，要不她就不要孩子！

二民是个听话的男人。果然，她在怀孕之前，再也没闻见过二民身上的烟味。可就在最近，她又闻到一股烟草味，问男人，男人说想他母亲了，也不知道他妈坟上的草多深了，他姐有没有时间给清理。翠花知道二民出来这几年也就他母亲去世回过一趟老家，一晃又是三年了。二民又说，你的任务就是把肚子里的孩子和你自己照顾好，别的事不用管，过几天我就好了，坚决听媳妇话，把烟彻底戒掉，谁再抽烟谁孙子！好，这可是你自己说的哦，孙子！是我说的！二民话音未落就扑上来，两人在床上一滚，这一页就算揭过去了。可你亲我爱一过，她要去看看自己的男人长大的地方，这个顽固的念头就冒出来再也压不下去了。

　　二民计划中的行程本来很短，翠花一到地方也后悔了：这啥鬼地方呀，没网、没景、没商场，到处都是黄土坡坡，公路上一过车，全镇人都吃土。翠花恨不得马上离开这个并不像名字一样美好，没有半点诗意可言的地方。可接下来发生了一件事。

　　二民的发小、同学、也是他情敌的兰纯贤走了。纯贤用菜刀割断他爹老兰头的喉管，自己喝下了整瓶的百草枯，爷俩双双毙命在自家的土炕上！这在五道河子这种小地方，甚至整个上源县无异于晴天霹雳，也在二民这些年几乎平静到漠然的心里投下了一块巨石，砸得他好疼。

　　他觉得五道河子这既令他砢碜又令他痛恨的地方，似乎还有东西令他一时难以放下，到底是些什么呢？多待两天，给自己一点时间，四处转转，把这些麻乱的头绪捋清楚，他必须不留任何遗憾地离开这埋着爷爷奶奶、父亲母亲，也养育了自己二十多年的黄土地，因为他很清楚，这一走，将是永别！

在南方打了几年工的二民养成了早起的习惯。这一天，整个五道河子还在熟睡的时候，二民已经在通往夭庄的坡梁上漫无目的地闲逛了好一阵子，他想在临走之前把这里的草木山川、黄土疙瘩刻进记忆，存入大脑硬盘。

车轱辘一样的太阳从地平线上冒出了头，收完苞米、高粱的大地里残留的秸秆无精打采地杵着，一大片一大片地蔓延向远处，像批量溃散的败兵，而一两棵因为没结棒子被留下来的玉米秆就像被放弃不要了的破旗。几只被饿狠的麻雀跳来跳去，在枯叶和黄土里翻捡着可以填饱肚子的东西，沟里深秋的雾霭还没有散尽，二民觉得五道河子的这个清晨有些苍茫。

五道河子和夭庄村隔着一道梁，梁这边长五十米左右，最宽的地方有二十米，是条土沟，沟里尽是些荆条和野枣树，这是五道河子镇的公共墓地，二民的父亲母亲、爷爷奶奶都埋在那里。沟里冒着青烟，有两座新坟一左一右紧挨在一起，坟头上的纸幡还是新的，二民知道这是纯贤和他爹老兰头的坟，送葬的时候他来过。此刻坟前跪着烧纸的一个男孩和一个女人，看样子就是梅香和她儿子喜子。看见梅香的背影，二民就明白他没有那么快离开五道河子的原因了，梅香一直就是他心里的一块伤疤。

喜子不像他娘那么专注，听见梁上有动静，站起身朝二民这个方向张望。二民第一次发现喜子的脸真像镇上人传的那样，活脱脱就是照着他爷老兰头的模子刻的，和他爹纯贤最多也就两分像。顿时，二民心里涌起一种异样的感觉，像一口血痰纠结在喉咙里，吐也不是，不吐也不是。

02

况二民、兰纯贤、梅香他们三个原本是五道河子中学的同班同学。二民和纯贤家都在镇上，梅香家则在最远的青石娅，离镇上还有六十里地，不通车。二民和纯贤同时看上了梅香，他们私下君子协议，公平竞争，不许背后玩阴的，梅香愿意跟谁就跟谁，赢了的娶梅香为妻终生对梅香好不得反悔，输了的一方不许吃醋，更不许打扰对方的生活，两个人任何一个遇到困难，另一个要像最好的朋友一样无条件地帮助对方。这是两个小男人在他们高中毕业离校的前一天下午，背着梅香在学校后面的土地庙里，给土地爷敬了三根烟，当着土地爷的面立下的盟约，梅香并不知情。

二民觉得在追求梅香这件事情上，他和纯贤处在同一起跑线上：两人都没考上大学，都是跟着母亲生活，没有什么可担心的。

平静的日子和往常一样，这个一万多人的山野小镇自从二民降生以来似乎从未发生过什么太大的事情。

二民他爹走得早，大姐早几年嫁去了上源县城，家里就剩他和他娘。他高中毕业没考上大学，不忍心让自家的几亩地荒着，也狠不下心丢下老娘外出打工，就种些玉米高粱，抽空帮母亲打理自家的小超市，当然他也不会忘记适时去一趟青石娅，帮梅香和她娘抢种抢收。

纯贤在县城的物流公司谋了份仓管的差事，他同样惦记着梅香，二民每次去梅香家几乎都能碰到他，有时纯贤会先到，有时二民在地里正忙着,纯贤抄着家伙什就赶过来了。梅香她娘对女儿的这两位男同学看不出来有任何倾向,干活的时候给纯贤一块擦汗的白毛巾,也给二民一块同样的,吃饭的时候给二民夹一片肉的同时,绝对不会忘了给纯贤舀一勺鸡蛋糕。

每次从梅香家回到镇上,纯贤和二民都会在"胖子饭店"喝一顿酒。

正如世上没有一成不变的事物,一切的变化都是从看似平静的不变中渐渐孕育而成的,这种渐变的过程有时很容易被察觉,有时则以一种猝不及防的形式瞬间完成。

纯贤他爹老兰头从外地退休回到了五道河子镇。

老兰头年轻时是个搞地质勘探的工程师,常年在外,很少回到五道河子这个不知名的偏僻小镇上来,以至于这里的人几乎忘记了他的存在。老兰头级别高工资高,退休了一个月还拿一万三千多呢,这个数字是镇长工资的三倍、县长的两倍。

老兰头回来半年左右,纯贤他妈走了,那葬礼的规格高得令人咋舌,十个僧人的僧团光诵经超度就三天三夜,纸人纸马整一辆双排座,拉到墓地烧了两个小时才烧完,白事宴上的烟全是华子,酒都是一千多一瓶的老窖。五道河子的人都说纯贤他妈积德行善一辈子,自己没享受全把福报留给了儿子,都眼红纯贤有个有钱的爹。

处了两年,二民觉得火候差不多了,就托了媒人去梅香家提亲,媒人回话说梅香她娘很认可二民这人,梅香也没意见,但是彩礼得按青石垭嫁闺女的乡俗,十八万八一分都不能少;梅香还有个弟弟也老大不小了,将来娶媳妇也得给女方彩礼钱,所以得再加十万,总共二十八万八。

　　二民一听血气直往头上涌，就自家这几亩坡地，收下的玉米高粱全卖了，满打满算一年弄个五万，六年不吃不喝才凑得齐，上哪去弄那么多钱呢？二民想去找梅香问个清楚，他娘劝住他说："儿啊，你站在梅香和她娘的角度上想一想，现在这十里八乡的接媳妇、嫁闺女的行情在这明摆着，梅香家的情况你也清楚，你说人家娘俩还能怎么办？白给你个媳妇，你能接得住吗？"那些日子，二民憋得很难受，实在受不了就跑到梁上到处转转，找个没人的角落，嚎一嗓子。

　　纯贤说县城挣钱机会多，离家也不算远，既可以打工，还能顾着老娘，二民也觉得这是个不错的主意。上源县城这几年的基建热火朝天，四处都在开工，二民很快就在一个工地上找了个钢筋工的活，工资三百，日结。照这样干两年下来，再卖些粮食，再借点，差不多就能凑够娶梅香的彩礼了！苦点、累点不算啥，他还年轻，有的是力气。

　　二民月月都出满勤，他和纯贤都在县城，离得也不远，纯贤几次来找他喝酒，他都抽不开身，他不愿误工，其实也是心疼攒下的那几个辛苦钱。连住在县城的姐姐姐夫一家他都不愿打扰，姐姐叫他去吃饭，他一直推说活忙、没空。

　　时间过得很快，对二民来说节假日和那些上班的人不一样，他除了希望工程上不要因过节而停工外，没有什么特别的需求，他盘算着等到过年，差不多就能存上五万块钱了。可是元旦前的一天，纯贤找到二民，说："无论如何你得请一天假，误工的钱我给你，我有很重要的事情跟你说。"

"快过节了,今天咱俩吃饺子,别跟我抢,今天我请。"纯贤把二民拉进一家饺子馆,要了二斤猪肉大葱馅的饺子和一打啤酒。

"工地的伙食不咋样,我知道你们干力气活的饭量大,今天咱兄弟俩不醉不归!"

"咋的啦?捡着狗头金了?"

"喝酒喝酒,先喝酒。"纯贤并不搭二民的话,只是一味和他拼酒。一打啤酒只剩一半的时候,纯贤又要给二民杯子里满上,二民以手覆杯,问:"玩命啊?到底啥事你嘚瑟成这样,不说清楚我回工地了,我可不陪你疯。"纯贤患有先天性睾丸疝气,二民说的就是这一点,这是他替发小一直保守着的秘密。

"我心里有谱儿,出不了事,主要是今儿个高兴。"

"不说清楚不喝了!"

"干完这一打我一定告诉你,行吧?谁不说谁王八犊子,好吧?"

好兄弟就是这样,喝酒就喝酒,从不二话,一人提议另一方一定响应,这是他们多年一直默守着的规矩,一打啤酒很快就只剩下空瓶子,随意地排在餐桌上,就像上学时随意排在纸上的那些句子,或誓言,或情话。

"说!"

"先满上!"纯贤又要来一打啤酒。

"有屁赶紧放!"

"我要结婚了。"

"和——谁?"

"梅——香。"

……

"梅香她妈收了彩礼，跟我爹也见过面了，上周定下的事，日子定在元旦。"

"好，好，好……"二民连说了几声好，用牙开了一瓶酒，摇摇晃晃出了饺子馆的门，走一步灌一口，走两步灌两口，他摸出手机给姐姐打了个电话，让她最近务必抽时间回一趟五道河子，姐姐问他出啥事了，二民说没事，就是咱妈想你了。

二民姐第二天一大早叫了一辆车回到五道河子，拽过母亲前后左右上上下下看了个遍，确信母亲没出任何问题，才接过她递过来的茶缸子。

"妈，你真的没什么事？二民昨晚给我打电话说你想我了。"

"妈好着哩，啥事都没有。"

"那这是？"

"你弟出远门了，这是他留下的。昨晚他半夜到家，我问他弄啥，他说变天了，他收拾几件厚衣服，让我去睡，他马上就走，我就没多想。"接过母亲手里的银行卡，和折起来的一张纸，二民姐什么都明白了。

"都是女人闹的。"

"妈，可不能这么说，咱娘儿俩也是女人呀。"

"呸呸呸，瞧妈这嘴。老了，没用了，给我儿娶不起媳妇。你爹那个没用的，死前也不说留下一个半个子儿，这把我儿给愁的，给我儿都逼走了。"

"妈，还有我呢，二民不在，你跟我去城里住，我弟不是孬种，我信他，媳妇的事他自己会摆平。"

03

二民的姐姐早就知道弟弟要带媳妇回五道河子老家，安排好儿子和老公，买了些菜、肉、鱼，叫了一辆车，急急忙忙从上源县城赶回家，一进门差点和翠花撞个满怀。

"你就是翠花吧，照片上瞅着就漂亮，真人比照片更漂亮，我弟交狗屎运了。我是二民他姐。"

"姐。"

"唉，嘴真甜，弟妹，来让姐抱抱！"

二民姐以异乎寻常的热情拥抱欢迎了自己的弟媳妇，拉着翠花坐在炕沿唠起了嗑。

"二民呢？这一大早不在被窝里陪媳妇，去哪儿浪去了？"

"姐姐，我有了。"

"噢……"姐姐以一种过来人的姿态点点头，又嗔怪道，"那更不能把你一个人扔家里头了。"

"他说他想到处转转，外面风大，我怕冷。"

"打手机让他回来！"

"让他转转吧，三年多都没回来过了。我们后天就走了。"

"也好，让他转转吧，兴许这会儿到我妈坟上去了。"

说到母亲，二民姐有些伤感，很是沉默了一阵子。

"我妈到死都恨自己，嫌自己没用，给儿子凑不齐彩礼钱，她要是活到现在,能看见你们该多好。"

"你知道梅香吗?"

"知道,姐,二民跟我说起过。"

"得亏我家二民遇到的是你,不是梅香,前天埋的是她男人纯贤和她公公老兰头。"

"姐,你咋跟镇上那些人一样八卦开了!"正说着话,二民一晃就进了家。

"姐,不是说好咱明天进城一家人聚吗?你这又是菜又是肉的弄啥?"

"明天是明天,今天饿着我弟妹?再说吃完家里这一顿饭,你不知道啥年月才能再吃上家里的饭,我得让你记着五道河子有一个穷家。"

姐姐的话不好接,二民一时愣在了原地。

"愣着干啥?去买瓶酱油,再去胖子饭店买俩卤猪蹄。"姐姐给他手里塞个大碗,然后把他推出门,"快去吧,别愣着了,我们姐俩说说女人家的悄悄话,你杵这儿算咋回事?"

镇上破落的房子很多,显然很长时间无人居住了。兴元家的东墙破了个大窟窿,赵胜家院子的钢筋门耷拉在一边像没扣好的褂子大襟,院子里荒草足足一人多深,文明家的两扇窗户连窗框都不见了,一路走过来连个四十上下的壮年都没见到,胖子饭店倒还在原来的老地方,挨着镇政府东墙。

太阳已经跃上辽西平原的土丘,给深秋的五道河子送来免费的温暖。胖子饭店东侧,为了遮挡公路上车辆扬起的灰尘,建了一小段半人高的红砖墙，现在变成了五道河子镇的"大喇叭情报站"，镇上的大事小情在这里被咀嚼、加工、转述、演绎，最后随风飘到上源县城甚至更远的地方。原先情报站的根据地是镇西头的大榆树底下，自从一年前大榆树被外面来的卡车挖走，就转移到这里了，这些变化，二民回来的当天就发现了。

胖子饭店的老板王胖子最先认出车里的二民，跟他打招呼，他就下来给王胖子发了根烟。他俩有一搭没一搭说些客套话的时候，就见几位六七十岁的大妈，一溜排在短墙外，嗑着瓜子。其中一个一手端着大茶缸子，一手用点着的烟呲一条瘸腿的黑狗。

"二姐呀，你说这巴拉狗子谁家的呢？长得咋恁招笑呢？"

"大妹子，我跟你说啊，你看这狗那臊眉搭眼的模样，一瞅就是老兰家的，这玩意随人，谁家的像谁，你看这狗腿，撇了撇了拐了拐了的，跟老兰头他儿走道一个德行，那狗腿都来回钻。"

"赶紧滚回家去，一天扫了扫了不看家，连自个娘儿们都看不住！"

大黑狗似乎听懂了她们在说它，而且不是什么好话，惊恐地逃远了。

04

二民跟胖子老板打完招呼，订了肘子，打算再去小超市买瓶酱油。今天情报站的大妈比往常人要多，吵吵闹闹正在埋汰着什么人，一看见二民都不作声了，她们会心地聚一聚眼神，然后齐刷刷地向右看齐,这一聚一看就完成了一套拉弓射箭的完整动作,那不是眼睛里发出的光,而是十几支利箭射出的箭雨,二民分明感受到了压迫。

提着酱油瓶子的二民快步进了胖子饭店,他知道,下一个话题一定和他有关。

"唉,这两年五道河子人快走完了,老况家就剩下二民这一根独苗。"

"那也比老兰家强,连个正经种都没留下!"

"喜子那娃也是带把的,不算吗?"

"还不知道是谁的种呢?都说和老兰头贼像,你们觉得呢?"

"还真不好说,听说纯贤生下来就是个废物,那玩意缩到肚子里,抠都抠不出来,咋成事?"

"你试过还是抠过?"

"东林家的,你这骚货,再埋汰我看我不把你撕成两瓣!"

"本来就是两瓣,撕大点,东林跟他爹一块用刚好够。"

哈哈哈,哈哈哈,一阵东倒西歪的笑骂过后,情报交流还在继续。

"老兰头他儿那样咋尿尿?跟咱娘儿们一样蹲着来吗?"

"你把老兰头扒出来问问?"

"人都死了,可留点口德吧,不然到时候让你光腚见阎王,罚你死不要脸。"

哈哈哈,哈哈哈,又是一阵放肆的笑骂。

"你们说纯贤在里面蹲五年是不是蹲傻了?自个娘儿们让老东西霸占了他不来气吗?"

"来气能咋的？怪他自己不行！"

"还真说不好，有人看见梅香偷偷抹眼泪。"

"难怪他儿被关了几年，也不见老兰头着急，听说货场只丢了五万块钱的货，也没证据是纯贤偷的，派出所和货主都说只要赔了钱就可以撤案，从轻处理，可老兰头就是不认那个卯。"

"他三姨，听你这么说，还真是透着怪，五万对老兰头还不是小菜一碟，咱儿子要摊上这种事，甭说五万，就算五十万，砸锅卖铁咱也得救是不是？"

"敢情老兰头这老东西从一开始就踅摸好了的？"

"纯贤也不傻，听说给他爹茶缸里尿过尿，在老兰头的脸盆里拉屎，用他爹的洗脸毛巾揩腚，为这事爷俩没少干仗。"

"都说苍蝇不叮无缝的蛋，我看梅香也不是什么好东西，纯贤在里头蹲了五年，她自己的东西不捅捅不痒痒？"

"说得跟你那东西跟煤球炉子似的，你家红利这几年出去打工不在屋，你拿啥捅的？火钳子？"

"人家老兰家这有肉锅里烂，气死你干瞪眼！"

"我说红利家的，你得给你家红利弄点补的，让他加把劲，人家老兰家喜子都六岁了，你家红利捅了你这么多年也没见着个人影儿。"

"都说喜子是他爷的种，你看那眉眼跟老兰头年轻时一个样。"

"说不好，纯贤是结婚第二年进去的，在里面待了五年，出来喜子六岁，这时间差谁也说不好。"

"要不是这事，纯贤能要他老子的命？"

"这可真说不好了，这事啊，只有天知道！"

"你们这些老娘们啊,咋说你们好呢,嘴这么损,小心遭雷劈……"一个老迈的声音响过之后,是长时间的沉默。五道河子情报站这一期情报交流的主角虽然不是二民,却给二民推出了一副剥了皮的美人躯体和内脏,让他陡然间不忍直视,他无意仔细推究事情的真相,真相已经不重要了,他只想尽快脱离这是非之地,回到自己的生活中去。一看手机,十一点,五道河子镇的午饭点到了,翠花也发来信息催,二民提着酱油瓶端着肘子向家里走去。

05

干旱了一夏的辽西平原,意外地迎来了一场秋雨,这对干涸的土地来说,无疑是上天的垂怜。但好像有些什么东西成心跟这片土地过不去似的,风偏偏斜着刮,似乎要把雨吹到这片原野之外的地方,也同时带走了人们身上的热量,杨树叶子依依不舍地离开树冠,306国道很长的一段像是覆满树叶尸体的干蛇。

况二民在一面坡头短暂地停车,在路边的草丛里撒了一泡尿,回头向五道河子的方向眺望了几分钟,上车之后狠踩一脚油门,朝上源县城他姐姐家的方向驶去。

大凌河西有村庄

大凌河以西，G2512 东北方向，省道 204 兴闾线以南，散落着几个村庄：周家窝铺、大孤家子、杨桂、石佛、后马黄……广袤的东北平原在此长天大野，随凌厉的风一路展开，无际的黄土很容易让人在感叹大地深厚的同时也滋生出命运的苍茫感。乡道上疾驰而去的机动车激起一阵阵尘土，路边的杨树、榆树欠了欠身，让这些嚣张的东西先过。

土地太辽阔了，一眼看不到尽头。现在还不到播种的季节，四下里不见庄稼，再有五天就立夏了，田野里不见绿植。稀稀拉拉的树不成气候，如果不是顺着这些不可一世的车来的方向，远远地很难看到村庄的轮廓，荒凉的气息让人心生感伤。

小孤家子，到了。兰说她出生三天后，全家就迁到了县城，对这里没有记忆，但毫无疑问，这个毫不起眼的屯子就是她出生的地方。兰不记得村里人，但她的父亲母亲，也就是我的岳父岳母记得，三大爷、二舅母等耳熟能详的称呼经常出现在岳父岳母的口中。从他们口中知道，村里还有些记性好的老人，会时不时地问及他们不曾见过面的女娃嫁到哪里了？生活得幸不幸福？父母越常念叨这方山水里的老姑、老叔和他们对不上号的老乡亲、老邻居，兰越清晰地意识到：父母亲老了。

生命无常。这些年，太多太多熟悉的人不经意间就走了，再也回不到生活中来。对生养我们的父母，抽出点时间多些陪伴，尽可能帮他们完成未遂的心愿，弥补他们内心的缺憾，是为人儿女的本分，也是修行，其喜悦和满足堪比转山转水转佛塔。兰这样想，我也这样想。我们就这么来了，溯源，溯今生之源，用有限的时间过一个和别人不一样的假期！看得出来，这样的决定岳父岳母也非常开心。

兰家的老房子原来是一层三间、坐北向南的普通平顶房，房顶上防水的油毡用石头压在上面，土场面，三面院墙是石头加泥巴简单垒成的。现在住的这家已经改造成漂亮的"北京平"：沥青做的防水顶盖，四面檐砌着光洁的瓷砖，院墙一溜红砖砌得整整齐齐，铁皮大门从里面闩着。门外路南，有一块一百平方米左右的水泥停车场，停着一排辽A牌照的奥迪车，在这个四周都是简易平房和土路的村子里很显眼。村里人说这家几个孩子都在沈阳打工，算是村里富裕的人家。

我们把车停在水泥地上，兰的母亲下了车，站到远处向院子里望了望，又走近铁皮大门，从门缝向里面看，三三两两有几个上了年纪的人围了过来。

"小华，是小华吧？"有人认出了岳母，直呼她的小名。

"是清涛的闺女吧？"有人叫出了兰的姥爷的名字。

"小全，是小全吧？"

"是，我是小全，你还记得我？"

"咋不记得呢，大全、二全、小全你们三兄弟过去可没少帮过我们，大全和二全呢？"我看见紧握着的两双手松枝一样摇晃，我看见两双眼睛里闪着星星一样的亮光。

"二全去北京给闺女看孩子了，大全早就没了。"

"利利索索的一个人，除了血压高点，咋说没就没了，几时的事？"

"三年了，立夏没几天，去地里种苞米，一头栽到地里，人再就没起来。"

"文礼呢，文礼还活着吧？"

"也早没了，得了不好的病，沈阳、北京都去过了，能借的都借了，眼看没指望，要强了一辈子，不想给小梅和他儿留下一摊饥荒，自己喝了农药……"

"小梅随他儿搬到锦州去了。"

"唉，咱这小孤家子，前些年七八十户，四五百人，现在就剩这不到一百把老骨头了，能动的都出去了，不回来了。"

围拢过来的人越来越多，岳父岳母和他们有一搭没一搭地说的都是我听不出所以然的陈年旧事。在村尾，一截杨树根上有个老人正眯着眼晒太阳，岳母走过去，扶着老妇人站起来。

"三婶，三婶！"

"啊啊……"老人指指耳朵，含混不清地咕哝着。我们在前面等，岳母回来说，三婶以前是整个屯子里唯一不吃羊肉的汉人，对她可好了。

207

从村头走到村尾，我们见到的都是些六十岁以上的人，没看见年轻的身影，即便这是个长假。我对兰说，你的原乡正在沦陷，她竟未置可否。岳母接过来说，这里的人，人均耕地一亩，一年一季，光收苞米和高粱，亩产一千来斤，去年苞米价钱最好，一斤也才卖一块零二分，不算人工，光种子化肥就得四五百，庄稼养不住人。

村西原来有条河，河上还有座小桥，当年，岳母就是从这座桥上过去，给石佛小学的学生们上课。河里长年流水，村里的女人们农闲时常在这里浣衣濯被，天热的时候，孩子们也会在河里捉鱼玩水，现在这里只剩下一条被荒草占满的干沟。

石佛小学？一座与佛有关的小学？出于对这片过于现实的地界上出现偏精神层面的事物的惊异和好奇，我按照指点先一步到了果树山脚下的石佛小学旧址。果树山上没有一株果树，石佛小学也没有石佛，据说先前的小学校是由一座叫石佛寺的小庙改建的，当地村子也保留了石佛这个地名，可见此说法还是有些依据的。石佛寺里的石佛据说大辽时代就有了，在"破四旧"的时候被扳倒打碎了。

如今，附近十里八乡的学子们全被归拢到了镇上的学校，眼前的石佛小学，早就成了废墟，校舍已被完全封闭，通往学校大门的路口挖了一条一米多深的沟，阻断了前行的可能。这一块据说已经流转给了某某，要办一个养殖场。

"辽代的石佛少说也有千年，也算是个古物了，镇守一方见证过沧桑，咋没有人再塑一尊？"没有人能说得清。

大凌河的水深、冷，呈现一种深蓝色。不同于南方河流的温顺，强劲的浪花拍打着堤岸，展现着水流汹涌的一面。几艘马达轰鸣的挖沙船,像永远吃不饱的钢铁巨兽,贪婪地吞食着河流的营养,血盆大口将完整的河道开膛破肚,撕裂成一段一段,从远处看一堆堆的沙石,就像是这巨兽吃完河流吐出来的骨头,而沙石堆上零零散散的垂钓者,就是连河流最后的几根骨头渣子也不放过的坏人。

这一圈转下来,四周除了令人无限怜惜的大凌河,没有别的景致,没有起伏,没有变化,没有参照物,方圆二十里连一棵四十年树龄的树都没有,除了黄土还是黄土。这里禁止土葬,所以地平之上看不到坟堆,逝去的生命早和土地融为一体,似乎没有什么是需要记住、需要强调的,老天像是执意要用这无尽的黄土来埋尽、抹平到来者的任何隆起的念想。

兰的老姑家,住在前马黄,大概算是我岳父一门留在这里最体己的亲戚了。儿子在市里做生意,女儿也嫁到了市里。老姑和老姑父守着几亩地、三间平房和几间偏房、一个院子、一匹马、一只猫、两条狗和几只鸡,问他们为什么不搬去城里和孩子们一起住,老姑父一扬头,说:"去城里我去哪种庄稼去?我的'四集团军'哪里待着去?都进城了,将来回来烧纸都找不见先人。"

"四集团军?"我有点愚笨。

"狗屁'四集团军',别听你老姑父瞎说,他说的是马、猫、狗、鸡。"老姑帮我点透了,我才发现老姑父的幽默。至于找不到先人一说自是实话,面对一望无际的平,很难找到过去生活的痕迹。

吃饭的时候,老姑父的"一集团军"大黄猫纵身一跃,很轻松地先上了炕,围着他"喵喵喵"叫个没完,老姑父从屋外拿来一个碗,盛了半碗饭,夹了两块肉、一块豆腐,又淋上了些菜汤,放到炕的一角，招呼一声"来"，猫就来了，吃完就出去了。猫吃得很干净，连掉在炕席上的米粒也舔得一干二净。老姑说，农村人不养只猫，种子、粮食就会让老鼠糟蹋了。

兰问老姑父今年的收成，老姑父说："七个W。去年五个W。"

"今年种花生，三块坑洼地都用上了，得亏那匹马了。"老姑说。原来老姑父养马，是为了补上机耕的短板！在农家，看似一件件无用的物料，都会在关键时候发挥你看不见的功用，觉得无用是因为你没有深入生活当中。

"改种花生，不种苞米了？"

"早改了，不改就只有Q，哪里来的W？"

"W是啥？"

"W是万，Q是千。他说钱哩，你老姑父没正形。"老姑笑着说。

"禄元，禄元。"村里有人要借马，去耕一块边角地。老姑父答应一会儿亲自牵马去。"你老姑父宝贝他的马，怕人给使坏了。"

院子里狗在叫，怕是又有人找。"二黑，住口！"老姑父穿衣趿鞋，拿上手套掀开门帘向外走。一只黑狗抢过手套在前面开路，并排还有一只小黑狗，大概就是二黑了，老姑父走在中间，在他身后跟着大黄猫，猫后面跟着一只鸡，有趣的队伍挺进马棚，接着又簇拥着出了大门，浩浩荡荡上了村里的土路。终于看到老姑父和他的"四集团军"集体出动的画面，我觉得他坚守乡村不愿进城的秘密就藏在这中间。

天刚擦黑的时候，老姑父哼着《小拜年》，指挥着他的"四集团军"回来了。没有路灯的村庄静得能听得见自己的心跳，风声中飘来大凌河畔的蛙鸣，颤巍巍冷飕飕。我没有在辽西的嚎叫里修炼灵魂的意志准备，就只能屈服在温暖的炕头。电视里正在播放 CBA 辽宁队和广东队的决赛，外援的低命中率令老姑父扼腕，加时赛本省队的失利又让他痛恨不已，差点就把炕桌掀翻到地下摔个粉碎了。

第二天一早，因为我们要返回，所以七点半就起了床，老姑父不在家，"四集团军"也不见踪影，老姑说他们是去村里快递驿站取网购的鞋和自动播种机了，一会儿就回来。

兰说："我老姑父挺跟得上时代呢，都学会网购了，我妈都不会。"

"谁说不是呢，你老姑父经常在网上买东西。"

"怪不得耳朵烧得慌，谁在背后说我坏话，嗯？"正说话间老姑父就进门了，边说边递给我岳父个手把件。

"给，给你个玩意儿耍，网上买的。"

"啥玩意？"

"赚大钱！"原来是个木头转子，芯上镶了个招财进宝的工艺铜钱，用拇指食指捏住，拇指一捻，工艺钱就转圈，这就是"转大钱"。

老姑准备了两袋子花生米，坚持要我们带上，我觉得这片土地上的庄稼人活得忒不容易了，不愿意随便贪图他们的收成。

"放心，自家种的花生里没放毒药，不闹人。"见我还要拒绝，"不准推了啊，花生不是给你的，是给你丈母娘老丈人的，你只负责运输！"

还能说什么呢？老姑父是个农民，但却是个有趣的农民，多了这样的一个人，我对于这片土地的感觉和来时又大不相同了。

车离开前马黄很远了，似乎还能看到一对六十多岁的老夫妇在向我们挥手，我问兰："你说老姑、老姑父他们幸福吗？"

"每个人对幸福的理解不同！"这一回，丈母娘替兰回答了。的确，不管是小孤家子的老乡亲还是前马黄的老姑、老姑夫，他们最初的留守也许是为了守护祖坟、祖屋、老根，也许是舍不得熟悉的生活，也许是不想成为城里儿女们的累赘。他们以孤单的老柳树、倔强的老榆树的姿势，变换着苞米、花生的活法坚守在这片土地上，渐渐地变成村庄的背影。这状态，如同不谙世事的诗人经过草原，举着晦涩的诗稿，内心掀着狂涛，试图拯救帐篷外挤奶的女子。别处的生活，外人永远不懂。

柏山　阿香

01

　　柏山这个地方很特别。之所以叫柏山，是因为一棵树，一棵很特别的柏树。

　　一棵柏树突兀地屹立于嶙峋的石头山上，风吹不倒，雨打不倒，周围连一株活的植物都没有。据说有五百年了，这棵树长成了一个问号的形状，却很少有人问这棵奇怪的树为什么会长成这样，长在这险地，它靠什么汲取水分和养料来维持生存，又是靠什么扛住了这年年岁岁的地冻天寒、风刀霜剑？要知道柏山镇这地方地处东北平原和蒙古高原的过渡带，是个风口，冬季冷得人直哆嗦。当地人戏言：柏山一年刮两次风，一次刮半年。冬天在野外尿尿得拿根棍儿，一边尿一边敲，要不然就冻住了。

　　这棵柏树的奇特之处在于：它周围不生一丝杂草，全是干净、清爽的石英石。衬托上这浅山区的绿野浓荫，就是天然的人间仙境。来看过的人无不惊叹于它挺拔而矫健的生命之美，无不感慨天地间如此坚韧的精神图腾。一位诗人来过，激情燃烧后写下了一篇抒情长诗，获得了重磅文学奖；一位画家来过，写实一卷山水，在全国美展上震慑了学者和买家；一位摄影师来过，拍出的照片占据了国家地理杂志的封面。

一棵成就了无数人的柏树，它的生存状态是怎样的呢？柏的根系从开裂的石缝里垂下，直到四五十米的山谷里，因为面临绝壁深壑，几乎不可能从山顶向下看清楚。

山谷里有位金姓采药老人，一个人住，儿女们都进城了，他不愿走，他说城里都是水泥，没土，是金的绝地，也不长药材，他不去。他知道这棵树的来历，是通过他爷爷的爷爷的爷爷代代口耳相传的。

据说，这柏树本已在山中修行千年，根深叶茂，发达的根系纵横交错，和石头、灌木相互掩映，形成天然的屏障，一只灵狐常常到树洞里避雨躲灾、打坐修行，慢慢地对柏树有了异样的情怀。正欲成就一对恩爱夫妻时，被巡视人间的天神发现，灵狐被抓上天，以破坏动物和植物不能通婚的宇宙戒律为罪名，被剥夺修为、打乱神智、取消生育权，打回人间干最脏最累的活，永世不能繁育后代。灵狐被抓走的时候，抛下手里攥着的手绢，手帕落下界，就成了现在的柏山，柏树也被打回了原形，只能抱着灵狐的手绢（就是现在的柏山）伤心了。

这是金大爷给我讲的故事，柏山镇的人，对此似乎早已经司空见惯或者根本不信，因为我从当地人日常的生活和言论中丝毫没有发现人们对这一段神话的敬重。

对我来说，这棵树总是散发出一种异乎寻常的力量，吸引着我总在黄昏的时候，不自觉地从住处走到这棵树下，我望着太阳余晖中氤氲着的柏山镇若有所悟。我从无声的苍茫中隐约看见数百年前走在这小镇大街上的一辆大车、二三闲汉、几个官差、四五平民，又似乎什么都没看见。有很多很多我根本无法了解的神秘碎片满天飞舞着，追随熄灭的光线沉入远方，渗透进这长天大野之中。在我出完神往回走的时候，总能见到一位五十多岁的妇人背个背篓沿着景观步道，东一处、西一处捡拾着游人丢弃的矿泉水瓶、雪糕棍棍和塑料袋。有时还见她给柏树上香、叩头，嘴里念念有词，脚边放着捡垃圾的背篓。

02

那一年清明节的前一天晚上，我和爱人买了一些纸钱，到小区外的环岛边上，打算烧给故去的先人们。往年，城里很多地方是不允许在路边明火烧纸的，年年清明我们都要回老家去。这一年不知什么原因，政府突然就开明了，特别划出了一块地方，由几个环卫工人分段现场值守，允许人们有节制地烧些纸活。

晚上9点多了，值班的环卫工人还在清扫烧过的纸灰。她们给没燃尽的纸灰浇上水，再清扫收拢，然后再洒一遍水，再清扫一次，尽量把地上的痕迹处理干净，把火灭尽。看着她们忙碌的身影，我和爱人都有些不好意思，觉得给人添麻烦特别不地道。思忖间有位环卫工走过来问："是烧纸吗？"我看了一眼，觉得有些面熟。

"嗯，真不好意思，给你们添麻烦了。一会儿烧完了，您借我工具，我们自己收。"

"没事没事，烧吧，烧完了叫我，我们打扫，你们弄不干净。"

正在我面对火光祷告的时候，不远处传来骂声。

"你丫还是不是男人？是不是你妈生的？要不要脸？往我这撵人，活该我多干，活该我晚下班吗？"

"去你妈的，你个贱货，有本事干点高大上的，别干这个呀。"

"都到这份上了，还互相作践！"路过的有人议论。

我觉得这种时候不管谁爆粗口都不合适，祭祀是件庄严的事，恶语会弄脏了仪式。如果天地之间真有鬼神存在，这不是在加重业力吗？"这种人得不到好报，一辈子吃苦力饭，不留口德，现世果报！"我小声说。

"可不敢胡说，先人们都听着哩，这阿香也挺不容易的，回去我给你说。"

"去你妈的，你个老东西！"

骂声还在继续，越骂越难听，别的工人都在劝，我们都烧完了，骂声还没有停止。爱人走过去说："阿香姐，您把水瓶和扫把给我，我们自己清理。"

"烧完了？不用你收拾，我来，这是我的工作。"

"别了阿香姐，我们自己来吧，你们都挺辛苦的，这么晚了还没下班。"

"没事儿，烧吧，清明节就是烧纸的时候。正好今年政府让烧，大家伙想烧就烧吧，多烧点，要能把世上的瘟疫、恶鬼全烧死，都送走，我们就算加多少班也值当的！"

"你说这周尿蛋，人家在他的片区烧纸，他把人撵我这边来，这不明着欺负人么？"也许是因为和我爱人熟识的原因，她们拉起了家常。

"阿香姐，您也别生气了，你们都辛苦了，谢谢你们。"

"谢谢理解啊，妹子。"她向我爱人摆摆手。

回家路上，爱人给我讲了阿香的故事。说这阿香脑子不大灵光，几年前流落至此，说不清楚自己从哪里来，晚上没地方住，就在犄角旮旯里随便凑合一宿，镇上的流氓欺辱她，她就破死亡命地大声喊叫，巡警发现了就把她送到救助站，可过了不久她就又逃了出来，街道上可怜她，就给她安排了个环卫的活，她这才有个着落。

"你说的就是刚才那个女人？"

"嗯，她就是阿香。"

"我好像在柏树那里见过她。"

"是吗？她去那儿干吗呢？又不是她的工作区？"

清明节过后，很久没有见到阿香，我觉得奇怪，爱人说，那天后半夜，别的环卫工人都下班回家了，阿香一个人坚持值守。后半夜起了风，烧纸的人没把灰烬处理干净，火星点燃了绿化带，阿香去救火被烧伤了。

我不禁有些唏嘘，我和爱人去柏山镇的医院看她，刚到留观室门口就见一位穿着病号服、半边面部被绷带裹着的女病号，看着很像阿香，正在向垃圾箱里扔饭盒，由于瞄得不够准，饭盒在垃圾桶上弹了几下，掉下来，残渍洒了一地，引来众人的目光。保洁人员气汹汹地赶过来，病号迅速返回留观室，躲在门后向外张望，是阿香，没错。

这时，两个卫生巡查员走了过来。

"张菊仙，张菊仙。"

"在呢，在呢。"跑过来的大约就是张菊仙了。

"这是怎么回事？"其中的一位巡查员指着地上的污渍问。

"我哪知道？这一块我明明才拖过的，刚刚有个断子绝孙的陷害我！"她原地转了一圈，用极具杀伤力的目光从来来往往的人群中搜寻了一遍，似乎罪魁祸首一定在这些人当中。

"不用废话，这月奖金扣了！"

"这是他妈的哪个王八蛋害我呀？"巡查组已进入急诊的区域，张菊仙还在原地抹眼泪。

我看见留观室门内阿香愧疚的眼神。

03

柏山，在名胜录黄页里是查不到的。也许柏山这个地名只是当地人通俗的叫法，正式的地理称谓里就没有它的位置。它像我停留过的不少镇子一样普通得不能再普通了，我和爱人不久以后就一起离开了。但因为那棵柏树，我记住了柏山这么个地方，记住了阿香。

突然有一天，爱人说她想去看看阿香，我马上就知道她说的是谁，我们凭着记忆不用导航就到了柏山——事实是导航上根本查不到。

到了记忆中的地方，我们被惊呆了：石头山正面开了个大洞，进进出出全是重载的工程车，说是山谷里发现了金矿，向外拉的都是矿石。柏树呢？根被拦腰斩断，早死了。阿香姐呢？哪个阿香？噢，捡垃圾的那个疯婆子？听说这石山上柏树干死的那天晚上，有人看见她在树底下烧过纸，以后就不知道她去哪里了。柏山镇？都搬到新区去了，现在叫富山，再也没有柏山镇了。放牛的老人指着远处的一片鲜艳的黄房子，摇摇头走远了。

世事变化太快了，这才几年时间，好像还在昨天，熟悉的阿香，令我动容过的柏树，熟悉得像右手一样的柏山镇就这么没了？他们都去哪里了？我坐在车里，点着火，发动机那种嗒嗒声鼓点一样把我的意识引向深处，进入一个让我纠结许久的领地：通过一个特殊的通道，我发现过去的以为再也不会回来的美好事物，在一个充满祥光的世界里变成了绿植、花卉、蟋蟀、青蛙、飞鸟、虫鱼，它们一一复活了。不远处有一些白房子、红房子，像极了童话书里那种，那些房子冒着的炊烟，也熟悉极了。那盘了两圈才飘远的是我家的，这时候一定是母亲在做饭；那直直上去的是水林哥家的，他的腰板一辈子都是挺直的；那斜四十五度向上的就是小全哥家的了，弯腰向土地致敬，成了他留下的最后镜像……这些我生命中至亲至爱的人啊，我一直因为他们已深埋地下而常留悲痛与感慨，却原来他们在另一个不为我们所知的世界里重新开始。

我在心里默默地祝愿，离开了柏山的阿香一切安好。

我的朋友和他的女人

01

连海来找我,开门见到他的一刹那,我多少有些意外。

我在上京这些年,很少有老家的亲戚朋友来访,不单是因为自己混得一般,工作、生活、居住条件只能说勉强过得去,怕熟人们的期望落空,所以一般不主动邀请别人上家里来;也因为上京离老家远,我这些年一直为生存忙碌,除了一些特别重要的事,很少回去,和老家的朋友自然就联络少。

但连海是个例外。他既是我初中同班同学,又是我在老家为数不多的几个好友之一,我们一直有联系,每次回颍州必须要见的人里,连海排第一位。我们见面必有酒,逢酒必醉,醉了就互相拿对方过往的糗事开心、发牢骚、骂小人,酒毕互相搀扶着、一路摇晃着到他的工作室喝一会儿茶,要是一时来了兴致,连海必要展纸泼墨挥毫作画,虽然对绘画我不是太懂,但我定会认真观摩,往往这时连海笔下的山水必有他的心境、精神和审美,或飘逸或凝重、或贲然华彩或清浅小雅,借此可以窥见一段时间他的思想和学养追求。如果这时我发表一些粗浅的看法,必遭他一顿抢白和毫不留情的批评:"你是外行,你不懂!"他说得对,我不生他的气,因为我深知,敢于当面直言指出你不足的人才是真朋友。

连海说和梅子到上京来旅游,顺道来我这里坐坐,我问他梅子呢?他先说梅子累了在旅馆里休息。梅子我见过,也有电话,我说我打电话给梅子,晚上安排他们两口子吃个饭,连海推说不用了,新到上京,水土不服,吃不惯上京的饭菜。又说梅子没来过上京,想到处逛逛,这会儿可能上街了。连海说完这话就垂下了眼帘,我知道我的朋友说谎了,他不是一个善于掩饰的人,他一说谎就不敢直视别人的目光。

连海拿出一本画册,说是他的作品集,去年自己花钱出版的,这几年我没回去,所以这次顺道给我带来。又拿出一个档案袋,说里面是他这几年画得比较满意的几幅画,专门留下送给我的,这让我很是感动。连海一直把自己的作品当成孩子,四十多年了,从我认识他时,他就一直坚持在画,虽然声名远未达到当代名家的程度,在老家颍州也算小有名气了,当地的商贾、官员想要求他作品的人也得好言好语精心伺候着,还得看他心情。他的率性得罪人,当地的画协不吸纳他,他也不在乎。他说六十岁作品成熟之前他不卖画,他从不张口要润格,当地的同行没少诅咒他:这么搞等于堵了大家的财路。有心人开始想办法立名目占有他的作品,比如以参加各种展览为名征集的作品,过后从未归还过。这一点让他大为光火,没少骂过娘。

连海家在土地岭村，祖上几代务农，并未有什么产业。他从农校畜牧兽医专业毕业，被分配到县农场，后又调到织布厂做了几年美工，织布厂倒闭后，买断工龄在家赋闲，这几年办了个儿童美术培训班教孩子们画画，这履历决定了他不可能有多少财富积累。梅子在超市收银，收入也是看得见的。我不明白他哪来的对生活傲骄的底气。我问过梅子，梅子叹口气说："唉，我也不明白，你们是好伙计，你知道的，他一直就这臭脾气，死硬。"

我劝过连海，让他跟我来上京或者去大地方发展，他不语。我又说那就以后谁求画就定个润格，按润格来，他还是不语。我说："连海，咱好歹是个爷们，就算不为自己，也总该让女人打扮得体面些吧？我见梅子，她每次都是这几身，多少年没添过新衣服了？"这话惹恼了连海，他红了脸，冲我瞪眼道："要你管？我的女人不用别人操心！"头一回见老朋友发火，我一时有些不自在。

"我有我的底线。"没想到他又给自己圆了回去。

在我的价值体系里，任何劳动都是有价值的，更何况艺术创作是创造性的高级脑力劳动，这种劳动单从物质层面损耗的也是高级能量，更应该体现特别的价值，所以每一次连海送他的作品给我，我都当作收藏，过后再找些笔墨、印石、宣纸、砚台当作酬劳，既是对其价值的肯定，也想尽可能地帮朋友一把，他没有固定的收入，我不知道他的艺术之路能走多远。

这一次，我想着既是他带梅子来旅游，花费肯定不少，就从包里掏了两万块钱塞给他，连海腾的一下站了起来，差点把椅子给碰倒，脖子红得跟红公鸡似的，太阳穴的青筋暴起。我知道碰触了他的逆鳞：在他的辞典里，把艺术和钱联系在一起是对他、对他热爱的艺术的侮辱！我一时想不到更合适的说辞，忙说："是给梅子不是给你的，带梅子好好逛逛，买几身好衣裳，吃点好的。"

提到了梅子，我意识到搞不好我又失言了。可连海这一次竟然没生气！我有些惊讶地看着连海把钱塞进了裤兜里。

"我替梅子谢谢你。"他的声音有些悠悠然。朋友变了，至于为什么，他不说，我不问，这是老朋友之间的默契。

喝了几杯茶，连海问我有没有烟，说他想抽一根，我记得他从来不抽烟的，他说这几年偶尔抽几口，我开了一盒塔山，连海一连抽了三支。我问了一些我所关心的颍州的人和事，连海答得心不在焉，而且常常张冠李戴。又坐了一阵，他说他要回旅馆了，担心梅子等急了，我说到上京了怎么着也得我请顿饭，他说他们行程安排得紧，回去抓紧休息。明天美术馆有个大师名作展览，他想去好好学习学习，票都提前订了。既如此，他坚持我也不强留。

好朋友大老远来访，无论礼节还是情义，作陪都是必尽的义务。人这一辈子，除了自己活着，总该和别人有些联系的，不然的话还不得被孤独、寂寞憋疯了？更何况我和连海这种程度的交往了。

把手头几件重要的工作忙完，差不多用了五天，我想着好朋友和梅子该逛的景点应该逛得差不多了，就打电话给连海，他没有接，中午又打了一次，还是没接，我想他可能在车上或商场人多的地方没听见，发了条短信问他和梅子在哪里。他没回。晚上七点半左右，我又打了一次，铃声响了五次，那头才传来连海的声音，问我有事吗，说他这会正忙，没重要事回头再聊。我问他在哪里，他说在蓉城华西医院！我一愣神的工夫，连海说医生在叫他了，他得先挂了。几天前才见过连海，他除了精神有些萎靡，看不出来别的问题，病了的想必是梅子，梅子小连海好几岁，四十多岁正当盛年，应该不会是什么大不了的病，但听电话里连海明显着急的口气，加上前几天他从我这里匆匆忙忙地离开，我判断他肯定有事。

朋友的行为透着怪异，我打电话询问了颍州几个平时和连海走得近的朋友，都说不知道。连海就是这样，有什么事情总是自己扛，扛不动也硬扛，不到万不得已他是不会说给别人听的，更不愿开口求人。隔了几天我再打电话给他，他说他们已回颍州了，梅子得的是小病，没什么大问题，去上京看过医生，医生推荐说华西的中医在这方面比较有经验，所以才又赶到了蓉城。如果连海到上京并不是带梅子去旅游的，那么他去看我的原因一定不简单！

02

阳河农场的工作很清闲。

农场总共八头奶牛，分两个圈饲养，每周两个圈做一次消毒，按上级农场的指示，分季节给奶牛接种完疫苗，做好日常的防疫检测和记录，基本上就是连海从农校毕业分配到这里以后他工作的全部内容。余下的时间，连海全用来研习、写生，小河周边的沃野、村庄、挥汗劳作的老农都成了他的素材。功夫不负有心人，很快，他创作上的进步引起了县文化馆领导的重视。

阳河的水哗哗啦啦细数着岁月，稻花的清香穿越晨晖日暮，饱满的麦粒尽情抒写充实的日子,可连海的青春却渐渐露出缺憾,奔三十的人了,还没有合适的女朋友。这也难怪,阳河农场处于距县城二十公里外的村庄,当时的交通不发达,农场这种单位本来就不起眼,和其他单位的联系少,连海身高一米六五左右,长相普通,既无家世,又生在农村,平时在单位话不多,工作中接触最多的就是那几头奶牛,他这种偏木讷、不善交际的人,想找个合适的女朋友的难度不亚于摸奖票中大奖。连海心里着急,赏识他的文化馆领导也替他着急,这么有才华的年轻人,找不着女朋友天理何在?可是托遍了身边的熟人关系,两年过去了,也没传来像样的音讯,倒是有几个姑娘,看照片觉得还过得去,国营单位有份正式工作,可一听说连海是个兽医,女方就说要征求一下父母的意见,然后就再没有然后了。领导犯了愁,某一日办公楼下转悠,见花坛里月季盛开当旺,忽然就来了心思,哪里花多?当然是花园里呀!领导想到了织布厂,那里姑娘多!连海也觉得天天和牲畜打交道不但没出息,还拉低智力水平。可凭他自己的交际和影响,办调动和竞选县长一样难。爱才的领导通过自己的关系网,把连海从阳河农场调到织布厂当了一名美工。

  领导的好心没有白费,很快连海的婚鸾星就动了。办公室肖主任的表侄女湘湘是厂里印染车间一组的组长,托肖主任给连海带话:下午五点四十滨河大桥头南大柳树下见,她穿一身黑裙,白色雪纺蕾丝袖衬衫。连海一见湘湘就慌了,脸一下红到了脖子,呼吸开始抑制,他甚至不敢大股呼气,似乎湘湘是一朵轻盈的蒲公英,只要他呼出的气息稍微控制不好,这朵美丽的花絮就会展开翅膀逃走,逃到一个他再也看不见的地方。眼前的这一朵,不同于他在阳河农场周遭的田野里见惯的麦芒,也不是弥漫着土地气息的稻花,更不是热烈奔放的油菜花,它的属性超越了他全部的认知,它应该来自白云,岚烟,或者梦境,不,应该是白云之上,岚烟之内,梦境之中。说实话,那一刻的湘湘在连海眼中太漂亮了,漂亮得不像是真的。连海的手先是从裤兜里抽出来,左右浅浅地互握了一下,继而交叉着蜷在胸前才几分钟就又分开、垂下。

对于连海的窘相,湘湘微微一笑说:"咱们沿河堤走走吧。"

"好。"

"听说你画画画得不错。"

"嗯。"

"咋干上兽医了?"

要讲清楚这个问题需要讲很长的一段故事,怎么说呢?说当初上中专只是为了尽快端上公家饭碗,说自己也不清楚怎么糊里糊涂就进了这个专业?貌似这种氛围下谈论这些不合时宜。他打心底里也不喜欢和才见第一面的人讨论这个问题:兽医咋了?兽医就不是正经工作吗?兽医也是个高技能的职业!这是他内心的独白,但不能面对这么漂亮的姑娘生硬地表达真实的想法,一时又不知道该如何应对,脱口而出道:"这得问上面。"

"上面是哪里?"

"天。"

这是句真话,他上农校学兽医,的确是天定的。他当时填的几个志愿是铁路、水利、航空、卫校、师范,没有农校:农民的孩子还学农,几代人吃土还没吃够?这不是他的理想。最后在是否服从调剂这一项,他犹豫了很久,终于在时限的最后一天,在"是"上打了勾,提交了志愿,万万没想到最后录取他的是地区农校!他不情愿,父母家人都劝说,天上掉下来农村孩子改变命运的机会,不能错过,得有底线思维。他认为他们说得有些道理,半推半就也就从了。

"在颍州城里有房吗?"

"没有。"

"这几年应该攒下不少钱了吧?"

"没有。"

"你说你们中专生算是人才,咋没留在城里工作,去阳河那么远的农村?"

连海心里说,城里有农场吗?城里有牲畜吗?但他说出来的却是:"这你得问上面!"

"哪里?"

"天!"

连海这里说的"天"是指县上有关部门。他不是没有努力过,凭着他在农校连续三年的三好学生、学科优秀成绩,他的毕业档案到县劳动人事部门的时候,农牧局、农机站等对口的单位他都开始活动,心想能在县城部局机关有份体面的工作,不但能让跟土地打了一辈子交道的父母脸上有光,将来解决个人问题也能容易些。拐几个弯只要能找的人都找了,能拜托上的关系也都拜托了,可到最后下到他手里的调令是阳河农场,劳动人事局负责毕业生派遣的刘科长说得很清楚,分配方案是县常委办公会上定的,至于为什么同班学科成绩最差还被记过处分的那个郝同学被分到农牧局,而他只能被发配到二十公里外的阳河农场，常委办公会掌握原则、一视同仁。什么原则？天知道。

湘湘从此躲着连海走，他有意去过印染车间，特意从她的工作台前路过，湘湘忙着手里的活，并不抬头看他一眼，他在车间门口等过，可一下班，湘湘匆匆忙忙赶到车棚骑上自己的26凤凰车头也不回就上了出厂区的柏油路，留给连海一个越来越远的背影。

三个月之后，湘湘和厂长的儿子订婚了！订婚宴在县城浩源酒家举办，厂里很多人都去了，连海没去，他让办公室肖主任代他随了礼金，说这几天有一批印花设计稿急用，他要赶一赶。

那是个夏天的下午，天上堆满化不开的云，断断续续的阵雷在云里反复地滚，执意要催动一场雨，连海打开图纸，用尺子反复测量着一朵桃花与近邻的另一桃花的间距，以确定它们之间是否等距。设计图纸的标线肯定是标准的，只要是按标线画出来的几何图案，就会像数学公式一样固定，但未经他本人最终验证，他还是有些不放心。直到下班的电铃声响起，连海才觉得简单地重复这种显而易见的工作无聊而且愚蠢，正当他收拾工具准备回宿舍的时候，有人敲门，他说了声请进，进来一个姑娘，短发、圆脸、厚耳、丰唇，其他特征不明显，如果把湘湘比作女神，她只能是村姑，但是那姑娘雪白的衬衣领子托着细腻的脖颈，左边接近下巴的地方有一颗不大不小的痣，整个人显得特别干练清爽，她属于村姑里最清丽的那一朵花。

"连工，忙着呢？"连海从未见过她。

"我是纺织车间的梅子。"

织布厂有一百多名工人，光女工就有七八十个，其中纺织车间女工有四十多个，连海的记忆里找不出梅子这么个人。

"我们车间两班倒，我一直上夜班，我们下班你们才上班，你坐办公室，下车间机会少，没见过我正常。我表舅在文化馆，姓梁，常听他说你特别有才。"

"哦。"提起文化馆梁老师，连海油然生出感激，他能从阳河农场调进县城，靠的全是梁老师四处奔走。

"你找我有事？"

"嗯。"梅子抚揉着枣红小西服的衣襟。

"什么事你尽管说。"

"这周六你有空吗？"

"有！"梁老师的亲戚，时间必须有。

"我想请你看电影。"

连海半张着嘴巴，却吐不出一个字，他不知道说什么、怎么说，梅子已经带上门下了楼，连海回身看见门口的办公桌上放了一张电影票《无悔的青春》，梅子刚才就一直站在那里跟他说话，他没有请人落座，也没有给人姑娘倒杯水，他可真浑。

03

老耿家的梅子和农场的兽医好上了！

"啥医不医的，不就是走街串巷给畜牲打针的嘛。"

"给畜牲打针咋啦？那也是个技术活，你会吗？你当是你天天面朝黄土背朝天就会戳牛尻子？"

"成天跟畜牲混在一起,能好了?弄不好再染上瘟疫啥的。"

"好歹人家也是吃商品粮、端公家饭碗的。"

"那也不是啥好职业,跟那些劁猪劁牛的有啥区别,干的都是断子绝孙的活。"

"不懂别乱嚼舌,人家是给动物看病的。"

"唉,也不知谁家的娃,学啥不好,学个这!"

梅子和连海的事很快在耿庄村传开了,说啥的都有。因为阳河农场的试验田和耿庄村的地只隔一条偃渠,以前,连海常去田间写生,耿庄村的村民早就熟悉了连海这张脸,都知道阳河农场有个爱画画、个子不高、头发稀少、走路猫腰、牙齿不齐、嘴唇鼓包、眉毛上挑、耳廓很小的兽医就是他。这样其貌不扬的人,指定不会是大家庭出身的,大家都猜他会在农场干一辈子。所以当他第一次送梅子回家,才到村口就被人认出来了。村里的闲言碎语传到梅子的父亲耿一德耳朵里的时候,他心里很不是滋味。心说,这死女子,处对象了,对自家人还藏着掖着,对方人不咋样先不说,这么大的事也不先打个招呼,就这么明目张胆地迎来送往,摆明了不把她老子、老娘当回事嘛,让我们这老脸往哪搁?再说了,大她四岁的哥哥还没处下对象,她倒先急着要嫁了,不行,今晚上回来一定得问个清楚!

这一天,梅子刚把自行车在院子里停好,就被父亲叫到屋里。父亲指着提前摆好的凳子让她坐下,自己则和母亲坐在她对面。耿一德干咳了两声,清了清嗓子问:"你们到哪一步了?"

"和谁哪一步了?"

"就是农场那个成天戳牛尻子到处晃荡画画的小个子!"

"爸,你有点文化好不好?人家是兽医,学校毕业的,正经工作!"

"正经不正经工作的我不知道,我托人打听了,他家土地岭的,祖祖辈辈都是修理地球的农民,没一个官家的亲戚。"看着爷俩要吵翻了,梅子的母亲接起了话头。

"妈,你说这话我就不爱听了!咱家不也是农民吗,也没官家亲戚,可也没见你和我爸在人面前低一头!"

"你你你……"耿一德被气得说不出话,扬起的手在老伴的阻止下又缓缓放了下来,"死女子!"

"梅呀,你跟妈说说你图他啥?模样,就那长相,那小个子?图钱财?没家底,就他那点死工资养得活你吗?将来还有孩子,再万一有个头疼脑热啥的……"

"妈,连海是个人才。"

"人才,你说画画呀?他现在一张画能卖多少钱?人才是能当饭吃还是能当钱花?梅呀,过日子讲究的是实实在在的,天上飘影影的事当不得真。"

"妈,我相信他会有出人头地的那一天的。"

"不听老人言,有你哭的那一天,到时候别回来找我们。"

"我就看上他了,除了他我谁都不嫁!"

梅子的态度相当明确,耿一德夫妇明白再说下去就没有任何意义了。事实上他们并不是真的想阻止女儿的婚姻大事,自己养的孩子啥性格他们很清楚,当了一辈子农民的他们对兽医这个职业并无恶感,反而心生敬重。作为普通人家的父母亲,希望自己的女儿未来的生活多些轻松、少些负担,这是他们本能的希望。女儿的工作只是合同制,而连海只是一个普通得不能再普通的小伙子,没什么家世,除了固定工资,所在的农场基本没什么福利,至于画画是一种什么样的存在,有怎样的魔力,能不能改变生活,这已经远远超出他们的认知,女儿喜欢就行了。但凭生活的经验,耿一德夫妇对女儿的选择和未来的生活,依然有一丝不安和担忧。后来才知道连海早就调到织布厂当美工去了,坐办公室的,和女儿梅子在一个厂子里上班,互相还能有个照应,老两口的心里才稍稍有些平复。

梅子和连海婚后的生活波澜不惊,后来织布厂黄了,女婿凭自己的才华和手艺开了一个培训班,女儿找了家超市上班,小日子平淡中自有一份安宁,外孙女玲玲的到来更让耿一德老夫妇觉得他们当初的担忧是多余的。玲玲高中毕业考上了省美术学院,这是继承了她爹连海的好基因,女儿的生活就要熬出头了!老两口心里暗喜,看来女儿还是比他们有眼光。

起初连海和梅子按着当地的礼数,隔三差五来看望他们,带的东西不算贵重,倒也中规中矩,女婿人长得瘦小,又是文化人,所以他们并不指派他干这干那,家里、地里的重活自有梅子的哥哥耿壮顶着。女儿女婿回来的次数一年比一年少,偶尔回来一次,有时放下东西风风火火地就又走了,像有什么在后面追着他们一样。知道他们忙,不怪他们:土地岭女婿父母的家、颍州城里的小家、上大学的玲玲全靠他们自己操持,别人谁也帮不上。

平静安稳的生活过了二十年,耿一德夫妇渐入古稀之年,连海深知,这样的年纪,身体和心灵的强度一如一盏即将耗尽灯油的灯,经不起任何的风吹草动，所以当他得知梅子的病花再多钱也救不回来的时候，怎么向岳父岳母交代、该不该告知他们真实的情况、什么时候告知，他犯了难。岳父岳母打梅子电话好几次都是他接的，他们要跟梅子说话，他总说梅子正忙着，岳父岳母问他们啥时间去吃饭，他说最近没时间，他要带梅子全国各地走一走。这个脆弱的谎言气泡，他不知道什么时间会破碎。他顾不上这些，他目前最重要的事情，就是想一切办法找钱，先把治疗费用凑上。这种时候，连海首先想到的只能是向亲人求救，他把情况一五一十地向父母说了，父亲觉得兹事体大，把舅舅也叫来商量，父亲把家底全部拿了出来，舅舅说他给凑点，再想办法借点，隔天就拿来两万，两家人一共凑了五万块钱，父亲叹口气说："娃，咱这穷家你也知道，就这点脓血，你再想想别的办法！"

那一夜，颍州下起了小雨，还起了雾，天地间张起一张巨大的幕布，远处的灯火、树木、建筑，平日里一切活生生的人间事物此刻成了这幕布上的投影，缥缈、虚幻、极不真实，像是来自另一个世界的镜像。一旦深入其中，分明又能感受到一种透骨的寒冷和沮丧，连海骑车从土地岭返回颍州自己家中的时候就是这种感觉。缺少了梅子和玲玲的三居室空空荡荡，更清冷了，连海打开空调的制热键，不一会儿透出来一股食物霉变的味道，他才想起自从梅子有了病，空调好几年都没开过，是该清理一下了。

他点了一支烟，翻看着不到一百人的手机通讯录，仔细盘算着向谁张口的时候，有人敲门了，是耿壮。

"大舅哥，来坐，我去给你倒杯水。"

"别忙活了，梅子的事我们知道了，老两口的棺材本钱让我给你带来了，记得要还的！我还要赶回去，明天有活。"耿壮放下钱就下楼消失在浓雾中，连海还没组织好语言，已经看不见他的背影了。

连海顾不上惆怅，打出了第一通电话，打给他农校时的同班同学，颍州农牧局的副局长郝万全。

"老同学呀，听说你这几年在艺术上的造诣突飞猛进，隔天我来向您讨教一二，可不能藏私哟。"

"郝局，我有事求您。"

"别求不求的，老同学之间，有话直说，能帮的我一定帮，帮不上的想办法也得帮，谁让上学时我就佩服你的才华呢？"连海禁不住心里一阵热。

"那我就直说了？"

"开门见山！"

"我想跟你借点钱？我老婆梅子的情况你应该听说了的。"

"这个事还真不好办，我现在才是个副职，还想向上走一步，迎来送往花销也大，就这点工资也不够呀，钱嘛我自己手里没有，局里账上倒是有公款，要不我犯个错误给你倒腾点？不能吧？老同学日弄老同学犯法？"

郝万全说得似乎既真诚又在理，他只能客套了一番然后挂了电话。平时在一起研习创作的有个翟姓朋友很能谈得来，见解也合拍，家里是做贸易的，虽然没有特别的交情，也只能试试了。

"连大哥，这么晚了电话上交流不方便吧，改天我去你工作室咱煮茶论道好吗？"生怕他扯远了，连海只能直奔主题。

"兄弟，我有点难事想求你帮忙。"

"你说，我看看能不能帮上。"

"梅子……我想跟你借点钱。"

"嫂子的情况我听说了，已经到了晚期了，花再多钱也没用，你不担心到时人财两空？"

"无论如何我得救她！"

"钱我家里倒是有，咱们也就这点交情，多了不行，最多一万，可你拿什么还呢？"

沉默了一会，连海咬牙说："我一定会还你的！"

"我相信你的人品。多说也就一万块钱的事，到时真还不起也没啥。"这话听起来像咽一只苍蝇。

"我给你出个主意，搞房地产的王老板不是一直想要你的画吗，以前你嫌人是暴发户，不搭理人家。你跟他联系联系，他手里有钱，姿态放低一些，给他画几幅，钱的问题不就有眉目了？"

翟师友的话不甚中听，但他提出了一个似乎可以解决燃眉之急的建议，都这时候了，为了自己的女人多活几天，怎么都得放下身段试一试。他跟翟师友要了王老板的电话打过去，约定三日后对方来拿一幅六尺整张，润格五万。

窗外的雨滴打在芭蕉叶上咚咚响，就像打在他的心上，化不开的浓雾一如他湿漉漉的心情，题目和立意来了，就叫《颍州听雨》吧。连海把茶几收拾出来，展开纸化开笔，静神沉思一阵开始创作，在宣纸的右侧重墨勾出一丛芭蕉树和硕大的芭蕉叶，芭蕉树前一位面目安详的妇人手抚古琴，画的右侧用行草竖行题了宋代蒋捷的《虞美人·听雨》：

少年听雨歌楼上，红烛昏罗帐。壮年听雨客舟中，江阔云低、断雁叫西风。　而今听雨僧庐下，鬓已星星也。悲欢离合总无情，一任阶前、点滴到天明。

背景是淡墨浓墨渲染出的一片幽灵般的雾界。他用周围的重彩衬出芭蕉叶上晶莹的水珠，又用浓墨托出两滴雨露。整幅作品基本完成后，仔细审视一番，觉得有些灰败、颓废，这种味道的作品王老板肯定是不喜欢的，想着想着就又在整体的右下方点上几丛色彩鲜艳的欧石竹。虽然是要当商品卖给别人的，也算是他的呕心之作，耗费了大量的心血，弄得他身心俱疲，一看天都快亮了，似乎还缺少点什么，也只好先放着，还有两天时间，想好了再补也来得及。

梅子打电话来说医院催着交费，不交费就给停药了，连海急急忙忙去了一趟唐都医院，先把筹到的钱交上，不够的部分他再想办法，并向管床的医生保证一周以内交齐，无论如何不能断药。忙完这一切又回颍州，已经到了和王老板约定的当日凌晨，连海没有忘记交稿的事，他当晚特意把画带到了工作室，定好闹钟，想着在椅子上先眯一会儿，也理理思路。快到约定的时间，连海打开了工作室的门，又虚掩上，凝神正在给芭蕉叶上饮露的小蜗牛勾最后一只犄角。

"嗨，连大师早！"王老板推门的力量过大，大铁门回弹了一下，"咣当"一声又关上了，连海被吓了一大跳，笔锋一抖，一道一尺长的褐色线条划过芭蕉叶片，精心护持的美丽的肢体被丑恶的剃刀瞬间杀死，连海愣在原地。王老板围着画案端详了一番，连连点头，还竖起大拇指。

"嗯，不错不错，美人听雨有意境，这胖女人又白又富态，再瞧这小嘴唇粉嘟嘟肉乎乎，我喜欢。"连海被气得一时不知所措，王老板并没有注意到这些，只顾自说自话。

"这浓雾，气势凌厉，此中应有龙吟。"

"这胖女人，真他娘的带劲！这么带劲的美人你给她头上画个虫子干什么？"连海真想破口大骂，什么狗屁不通的东西。在他的作品里，妇人是梅子的化身，蜗牛是他自己的化身，浓雾代表困境，欧石竹是希望，雨滴代表他和梅子一尘不染的灵魂，这幅作品既是他目前心境的映照，也是身在俗世却自持高洁心灵的宣示，如此崇高的物语竟然被亵渎到如此恶俗的地步。

"有个虫子也就罢了，还来一败笔，整幅画都毁了，这五万我可不出，画坏了的次品，我也收了，但只能出一万。"说着从手包里掏出一匝钱扔到画案上，就要卷听雨图。连海怒了，一把抢过去，几下撕得粉碎，抓起钱塞到王老板怀里，推着他向外走。

"滚，你给老子滚！"

04

连海打电话来说要借五万块钱急用，刚好有一笔应收款到账，我就给他汇了过去。他生活俭朴，从不接受施舍更无借贷，他跟我说过，他和梅子结婚看重的就是她的善良本分，他知道她会守着他一直在颍州度过平凡的一生。连海这种人，不到万不得已是不会开口跟人借钱的，即便相熟如我。

过了半年，有一天连海让我帮他找一种叫"曲拉西利"的药，我辗转托了好几个在医疗领域工作的朋友，打听到这种药是美国G1公司研发的用于降低肺癌成年患者化疗骨髓抑制的发生率的药物，目前并未上市，还处于国外实验室动物试验阶段，FDA注册审批、进入国内还需要相当长的时间，届时应用于临床，预估售价会在几万元，一个疗程至少需要大几十万甚至上百万元。一段时间我又工作忙，差点把这事给忘了，等想起来，就把打听来的讯息回复给我的朋友。

"说这些我也不懂，就告诉我药找到没有？"

"没有，这种药还没上市。"

"借你的钱我会尽快还的。"沉默了很久，连海突然冒出一句很突兀的话。

"不着急。"

"我会尽快的！"

我的朋友显然敏感了，我敢借给他钱，是基于我对他的了解和多年的友情，他的经济状况我很清楚，没指望他短时间能还上。我调整好语气问他："咱们这么多年了，你就告诉我是谁病了，行吗老伙计？"

"是梅子，肺癌。"

"你们现在在哪？我明天就过去看看梅子。"

"唐都医院，你别来了，她谁也不愿见，也没法见。"

至此，我总算明白了，上一次，我的朋友到上京不是来旅游而是带梅子来看病！

我放下手头所有的事赶到唐都，我们在医院旁边的一个小餐馆里坐下，我要了几个菜，一人一瓶啤酒，问连海，梅子是什么情况，发现多久了？连海说他没胃口吃不下，他给自己满了一杯，咣咣一口干了，又连喝了三杯，接着说："大概五年前吧，我偶然发现梅子在偷偷地吃药，她说是妇科病，找医生看过了没什么大问题，我就信了。又过了有一年多吧，梅子开始咳嗽，白天还好些，一到晚上差不多快要睡觉的时候咳得更厉害，我说陪她到医院检查一下，她坚持不去，说她找老中医看了，只是气血弱、肺虚，吃几服药就能好，去医院检查还得花钱，还要挂号排队，太费时间了。超市的工作她好不容易才干上的，耽误久了，岗位就没了。"

"我他妈真没用，连自己的女人都养不起，跟了我还得受苦。"

我的朋友哭了。我拍拍他的肩，又给他满了一杯。他说："要是早点做检查也许还有的救，老中医的汤剂有些作用，梅子的咳嗽有了好转，她说她咳嗽影响我休息和创作，要我去工作室睡，我还真就去工作室睡了一段时间，后来我觉得不对，回家发现垃圾桶里有带血的纸，梅子说是她那个来了，这次我没信，我家里你去过的，她是爱干净的人，不会让这种东西出现在明面上的。我拉着她去县医院一检查，医生说是肺部有大面积阴影，多发结节，有几块大结节，要确诊得穿刺，取病理，县医院做不了，得去地区医院，地区医院初步诊断是肺癌，但不能最后确诊，建议去省城或者上京做最后诊断。上次去上京找胸外科的专家拍了CT，又做了病理，最终确定了是肺癌进展期，专家让马上住院。"

"那怎么不住下来？国内的医疗条件也就属上京最好了。"

"谁说不是呢？"连海又给自己斟了一杯。"梅子没有医保，医院让先交五万押金，另外准备手术费和治疗费十五万，她一听就急了，说不看了要回颖州，我知道她心疼钱，我们这几年的日子你是知道的。"

"二十万都不一定够。医生也说了，二十万只是预估，这个病烧钱，钱烧了也不一定能把人保住。他大概看出来我们经济上可能承受不了，就给我们推荐了华西，说华西医院中医治疗这个病比较有经验，费用要比手术节省得多。"

听到这里，我心里有句话憋得快要蹦出来了："缺钱你咋不跟我开口？我是你最好的朋友啊！"可我最终还是把这句话咽了回去，我的朋友真要向我开口了，我能拿得出来这笔钱吗？我把深深的惭愧和着一杯酒一同吞了下去。

"后来呢？"

"你打电话来的时候，我正在华西医院和梅子跟医生讨论病情。"

"啥时来的唐都？"

"从华西开了几万元的中药回来，一天喝两遍，喝了半年了，梅子的病越来越重，整夜整夜地咳，咳得眼泪都出来了。我说去省城吧，离家近些，比颖州医疗条件也好些，可她死活都不肯。"

"多久来的唐都？"

"住进来两个多月了。"

"现在啥情况？"

"天天放疗加化疗，头发都掉光了，原先肉乎乎的人现在瘦得差不多只剩下皮包骨头了，胳膊和腿我不翻就不会动，几乎没知觉了，我给她擦身体的时候手都哆嗦，我不忍心直视她的眼睛。医生说病情恶化很快，已经到晚期了，要延缓进一步恶化，只有开胸手术切除病灶。"连海摇摇头，苦笑着独自干了一杯。

"让你帮找那个药是医生推荐的，说是最新的。"

"药的情况我跟你说了的。要不我再给你筹点钱？"

"真不用了，我知道你这几年也不容易。重要的是多少钱都没用呀！"

我无言以对。

"都这地步了，你没想过放弃吗？"

"我跟梅子商量过，她说她知道她这病费钱，我们这点家底都快被她掏空了，可她还没看到玲玲——我们的女儿结婚生子，她还想给玲玲带孩子哩，她不想走得这么快。她让我再想想办法，欠下的债等她能动弹了，我们一起还！"

"我没法跟她说能想的办法我都想了，我他妈是个窝囊废呀！"连海一仰头又喝了一杯。

"医生的话你没跟她说？"

"我张不开口啊。"

"你呢？打算就这么一直死扛着？"

"不行就把房子卖了。"

"卖了房子你住哪？"

"还能有什么别的办法?你教教我。"

一场交流瞬间到达了冰点。那一晚,剩下的时间,我和我的朋友在唐都医院旁的小餐馆里我一杯、他一杯地喝酒,一直到餐馆打烊。

黑山大龙

01

兴隆庄东南,有座山,山顶上有一个月牙形的巨大孔洞,远远看就像是一只眼睛,孔洞似眼眶,孔洞里还有一块半人高的椭圆形小石头,酷似眼珠子,当地人叫它窟窿眼山。每当晴天,太阳徐徐升起,强烈的阳光穿过孔洞,像是年轻充满活力的眼睛;阴天的时候,袅袅的山岚升腾,透出的只有迟暮和混沌,变成一只无可奈何的眼睛,颓败、茫然地望着山野间的一切。窟窿眼山下十来户人家,杨大龙的老家就在这里。

大龙一米八的大个,一百七十多斤,力气大,饭量也大,几分旱地里的收成都不够他的口粮。大龙二十五岁没了爹和娘,跟人学了杀猪的手艺,很快就技术精熟,深筒雨靴一蹬,围裙一系,接过主人家牵猪的绳一刀割断,口叼磨得闪着蓝光的杀猪刀,沉蹲马步,左手抄一只前腿,右手"8"字交叉抄一只后腿,默念一声"起",不管多重的猪服服帖帖就上了砧板,旁边看的人都觉得那不是一头活物,而是一块石头,很容易就被放倒了。眨眼间,大龙顺势一刀就攮进了猪的脖颈,刀把在血口子里扭转个来回,猪哼哼几声就断气了。这一切干净、利落、完整,就像一套他天生就会、最具实战操作的组合拳,没有花式、无须修炼,自成体系,没有丝毫多余的动作,不像有的杀猪匠一刀干不完活还要补刀,有时候濒死的猪从砧板上跳起来,带着刀嚎叫着在前面跑,后面一群人大呼小叫着追,那是笑话,也是匠人的耻辱。大龙自干起这个营生,不仅从未失过手、丢过脸,而且整套手艺赢得过无数现场喝彩,也赢得十里八乡的认可,窟窿眼山下方圆十里的猪魂最后都被杨大龙给终结了。

三十岁了,媳妇还没着落,这可急坏了杨大龙的大伯母。托人说了几门亲,姑娘一见到他这人都禁不住打哆嗦,显得很害怕的样子,媒人急了,说:"大龙杀猪又不杀人,还能把你给吃了是咋的?"女方的亲属赶紧出来打圆场:"我姑娘倒也不是怕男的耍横,咱们这地方风俗,结婚后都是女的当家,这么个凶神恶煞似的人,谁家姑娘能当得了他的家?"大伯母不爱听,说:"我们家大龙块头是大,可你们见过他欺负过谁?别看我们家大龙人高马大,心可细,会心疼人,给他大伯父买烟买酒,还给我买过擦手油!"

媒人是大龙伯母的好姐妹,对大龙的亲事很上心,又给介绍了个三沟村的姑娘,不惧大块头,说男人强壮些身体好,有安全感。来兴隆庄他大伯母家吃了一顿饭,见了大龙一面,又去大龙家老宅看了看。屋里一张折叠饭桌,几把铁皮管子腿、人造革面的旧圆凳,一口黑漆泡桐木箱立在土炕头,上面堆放着几床碎花布棉被,炕上还乱盘着一床,这些都是大龙父母留下的。大龙给人杀猪,干完活主人家免不了请他吃顿饭、喝顿酒，一年到头在家的时间少，在外的时间多。一个人，没心情收拾，也不愿收拾，一切保留父母在世的样子。他其实是想多保留住父母在世的痕迹，留着这些就能留住他们的气息，就容易梦见他们在这屋子里走来走去，就多个念想，一个人的日子就多些意义。

姑娘临出门，又问有几亩地。大伯母刚要说话，被媒人挡了回去，说大龙有手艺，饿不着人的。姑娘走了之后再没回来，也没回话，大伯母追问媒人，她的好姐妹回话说，人家姑娘说就一间破房子，跟没有一个样，穷得叮当响，日子没法过。大伯母犯了愁，眼看大龙三十一岁生日就要过了，这可咋整？辜负了小叔子和弟妹的临终托付，罪过呀。有人说是杨大龙杀孽太重，又有人说他家老宅的风水大凶，妨先人，大龙父母早逝。又妨后人，所以大龙娶不到媳妇。到底谁说得有理，她也不知道。杨大龙也很苦恼，他一个人拎一瓶烧锅酒，沿着兴隆外围的盘山步道瞎转悠，揪一把荆条叶子放在嘴里嚼巴嚼巴，然后狠狠地吐在地上，踩上几脚，如果碰巧看到一粒不顺眼的石子，他会一脚把它踢飞。到了哈喇沁道口前，他一般就停住了，一块凸出来的花岗岩跟他自家的凳子专门伺候着似的，他每次一走到这儿，看都不看一眼，就一屁股坐下来，死盯着扳道房和伸向山背后的铁轨，他要把这一切看进眼睛深处，不，这分明是属于他的一份食物，不知被哪个王八犊子偷了，还给弄到这荒山野地，他得把它夺回来，全部吞进来咽下去，他的眼睛开始放光，牙关咬得嘎嘎响。扳道房的老葛见铁道边有人，巡查过来，一看是杨大龙，笑道："杀猪的，你这咬牙切齿的干啥呀？是要咬断锦承线吗？我可要报警啦。"

"葛老师好！"杨大龙见是老葛，赶忙拍了拍裤子上的土，欠了欠身表示恭敬。他到过老葛的扳道房，他们早就是熟人了，不过他每次进屋时，都见老葛捧着一本土坯一样厚的《易经》在看，他知道那是一本很深奥的书，一般人看不明白，所以他认定老葛绝对不是一个普通人。到这么偏僻的地方看扳道房，不是犯过错误就是拥有大智慧的人，像他杨大龙这样空有一身蛮力和不入流手艺的人，连个像样的错误也犯不成。所以，他从心底里尊敬老葛，叫他"葛老师"是必须的、该有的尊敬。

"咋还喝上了，大兄弟，心里有啥不痛快？来跟老哥叨咕叨咕。"

大龙跟老葛进了扳道房，就把说不上媳妇、杀孽重、老宅风水不好云云一股脑倒给老葛，老葛听完沉默了一会儿说："等轮休的时候，我去帮你看看。"

这一日老葛到了兴隆庄，围着杨大龙的老宅外围走了一圈，站在门口望了望对面的窟窿眼山，又在屋里四处转了转，从摞在一起的凳子里抽出一张，吹了吹上面的灰，坐下来对他说：

"客厅是一个房子的中央，喜干净明亮，看你这厨房，炕在一个空间里，啥味都混在一起，窗户又小，屋里阴暗、阴冷，还堆着这么多破旧家具、衣服，乱七八糟，既不卫生，还容易滋生细菌。就如同一个人的心脏统领五脏六腑，心脏出了问题，别的器官连带都会出问题，俗话说桃花——也就是女人——喜温暖，桃花春天才开不是？你这屋子阴气太重，也不利于你的健康。你再看右边这扇窗户，外面的柳树枝把阳光都遮没了。屋里阴一片，妻儿不相见，这话听过吗？四四方方，里面一个木字，是个啥？'困'，对，你这典型的困字局，自然困你，你自己也困自己。我看了，窟窿眼山那窟窿正对着你的门，有煞气，俗称贼望眼，招贼偷贼惦记，家宅不宁，主后人败家。以后记得看管好门户，注意子女教育。"

大龙忙问，那怎么办？

"先办能办的，抽点时间把屋子收拾得像个家，破东拉西的该清理的全部清理出去，花花草草养上几盆，外面的柳枝整一整，平时少浪点，多存点钱，置办些像样的家伙什，增加些生气，这总行吧？"

按照葛老师的建议，大龙屋里屋外一番拾掇。这桃花说来就来了，杨姓本家远房的表亲有个姑娘叫郑玲玲，在黑山粮食加工厂当临时工，一见面就相中了大龙这个人，只提了一个要求，那就是在黑山县城得有个住的地方，最好离上班的地方近点，也安全，商品房、自建房无所谓，实在不行先租一个也可以。世上这事也真是透着奇巧，没事的时候风平浪静，事情来了总是一波未平一波又起。杨大龙的桃花才冒了个花骨朵，黑山县出了个通告：取缔个人屠宰，自通告发布之日起，生猪的收购、屠宰一律交由县肉联厂统管，这等于一下子砸了杨大龙的饭碗，娶媳妇成家的好事成了泡影，大龙又蔫巴了。天天低头耷拉脑袋的他，心里的苦没法跟庄子里的人说，提了瓶烧锅转着转着就又到了老葛值守的道口，老葛把他迎进屋，大龙灌了一口酒，抓了一把头发。

"葛老师，您说我可咋办呀？"

"大兄弟，啥事把你愁成这样了？"

"没活路了……"

"胡咧咧啥，老天爷饿不死瞎家巧（雀）儿，说说看我能不能帮上你?"

"县上出布告，不许私人杀猪了！"

"我倒是有条路，你看能行不？"

"什么路？"

"铁路大修队正在招人。"

"葛老师，这可是公家单位，我除了杀猪啥也不会。"

"大修队是三产，基本都是力气活，招人的正好是我徒弟，我给他打声招呼，就凭你这副好身体，只要你愿意，一定能成。"

"葛老师，您可真是我的贵人啊！"说着便要跪下来。

"别别别，大兄弟，跪不得，我受不起，男人跪天跪地跪父母，我大不了你几岁，以后叫我老哥，别再叫老师了，听着怪别扭的。"老葛托住了杨大龙。

用大龙自己的话说，自从认识葛老师，他就开始行大运了，葛老师是他一生的贵人。

自从进了黑山站铁路大修队，他浑身上下充满了使不完的劲，想着绝不能给贵人脸上抹黑，同时也觉得是份正经工作，多干点，多学点，对得起站里发的那份工资，学点新东西，说不定将来还能用得上。大修队的主要工作是装卸和倒运路料，各工务班组工作间、路段职工生活区房屋的修建和水煤电气的保障，基本都是些粗重的力气活。偶尔工务段人手不够，会从他们队里抽几个人辅助做一些换轨枕、铺路渣、起道、捣固的零工，偏偏这活大龙爱干，每次都抢着报名去。原来换掉的水泥轨枕都是四个人用杠子抬起转移作业，大龙一来，两个师傅歇着，只要一个帮手，他一人一根撬棍很麻利地就解决了。清路渣的时候，他在铁锨上拴根绳，一个人在前面拉绳，他在后面起渣，三下五除二完活，工务段的王段长看在眼里，对大龙直竖大拇指，要不是因为大龙文化水平低，他早就想把他调过来了。大龙在自己队里干活也不含糊，一车路渣卸到一半，有的人借口抽根烟、喝口水，或者上个厕所，能偷懒就偷懒，剩他一个人，他卸完半车也从无二话，队里人说他傻，大龙呵呵一乐道："力气是奴才，不使不出来，老天爷给我这副身板，就是干活的料。"大修队张队长和工务段王段长两人联名向站里举荐，杨大龙顺利成了黑山站铁路大修队副队长。张队长一退休，杨大龙就转正了，站里在三号桥路基外给他划了一块地，利用工作的便利，他今天倒腾一袋沙石，隔天倒腾一袋水泥，两年间就起了三间平房，房子一落成，郑玲玲着急从出租屋搬进新居，大龙说不忙，得请葛老师给选个黄道吉日，还要摆几桌酒，放几挂鞭炮，弄个仪式纪念一下。

"纪念啥？"铃铃问。

"纪念窟窿眼山下杨大龙变身黑山大龙！"

"看把你嘚瑟的。"

"那是自然。"

02

杨大龙和郑玲玲结婚后第三年，他们的儿子俊青出生了，第四年又生下了女儿俊英。一双儿女眉清目秀、玲珑可人，都说是人尖子，大龙夫妻自是心生欢喜，人也就精神起来。人们发现昔日闷着头过日子的大龙两口子突然变得热情了，见人都笑眯眯地点头，他叔、他二舅、他三大爷，大龙嘴里招呼着，手上递过一支烟，烟也从两块钱的力士换成十块钱的红塔山，看起来黑山大龙的好日子要开始了！

俊青和俊英都在黑山铁路中学上学，俊青因为人长得帅气，从小学四年级到初二，周围都围着不少喜欢他的女同学，李甜甜便是其中的一个。俊青学习一般，但这并不影响李甜甜喜欢他，李甜甜把对俊青的喜欢摆在明面上，当然这种喜欢只是少男少女懵懂的那种喜欢，并未超过一定的界限和最后的底线，她连他的手都不曾牵过。李甜甜和俊青同年级但不同班，俊青爱打篮球，李甜甜静静地在场外当观众，即使只有她一个观众，她也不在乎，俊青每投进一球，甜甜都会跳起来高呼：漂亮！俊青下场了，她会及时跑过去，递上一瓶水。俊青回教室，她也回自己的教室。放学了，俊青总是能在校门口见着等他的李甜甜，她叫一声"杨俊青"，他看她一眼算是应答，然后并排同行一段路之后，又分开各回各家，并未牵过手，更没有其他任何的身体接触。李甜甜家院子里有枣树、李子树，果子成熟的时节，她会拣最好的果子包一手帕，当着俊青班里同学的面大大方方地放在俊青的课桌上，大大方方地离开。俊青也喜欢美丽大方的女同学李甜甜，但他不清楚这喜欢到底意味着什么，他只是觉得很温暖，这温暖就像是春天的太阳刚刚越过黑山峁照在脸上轻而柔和，煦而不燥，混合着枣的清新、李子的青涩气息，李甜甜的头发也散发着这种气息。当同学们哄抢光本该属于他的青枣和李子，戏谑李甜甜是他媳妇的时候，俊青心里竟硬生出一万只毛茸茸的手。俊青和李甜甜的好惹恼了俊青的同班女同学刘利利，刘利利从小就喜欢帅气英朗的俊青，可她只能把这喜欢深深地埋在心里。因为她肤色深,脸颊右侧太阳穴附近长了一粒黄豆大的黑痣,俊青和小伙伴们给她起了个绰号"刘黑子"。她家住得离俊青家很近,看着俊青和一帮小伙伴们在一起疯玩,她也想加入,可每次他们都借故跑得远远的,不带她玩,还大声叫她的绰号。俊青也跟着喊,她恨俊青。这种先喜欢后恨的复杂心理折磨着她的童年、少年,以致到后来对于杨俊青她到底是喜欢多一点还是恨多一点,她自己也分不清楚。潜意识里,她似乎觉得杨俊青应该属于她而不是李甜甜,所以现在,李甜甜对俊青的好让她很不舒服,这种不舒服促使她做出一个大胆的决定,她向学校教导处告发:李甜甜和杨俊青违反校规谈恋爱!

杨大龙被叫到黑山铁路中学校长办公室的时候,已经知道了事情的大概,他心里暗自高兴:这小犊子比他老爹有出息,年纪轻轻就有了相好的,不像他爹三十大几好不容易才说上媳妇。及至看见蔫头耷脑、杵在校长和教导主任面前的儿子时,心里一股气一下子就涌上了脑门,大手一挥给了俊青一记响亮的耳光,揪着俊青的后脖领子向外边走边点头哈腰赔笑说:"儿子我们没教好,回去我好好收拾他!"

回到家里,杨大龙并没有如言继续收拾俊青,只是罚他跪在门厅中间思过,然后就回了大修队。两个孩子是他的心头肉,自从有了俊青和俊英,他觉得自己的心都软了很多,他怎么舍得向自己的儿子下手呢?校长室的那一耳光是他第一次打孩子,是打给领导看的,虽然声音很响,但轻重他掂得清,更何况他并不认为儿子犯了什么天大的错。

晚上从队里回家,七点多了,郑玲玲在,俊英也在,唯独不见俊青，大龙正要问玲玲，玲玲就向他扑过来了，还作势要抓他的脸："杨大龙，你个王八犊子，我儿子要是有什么三长两短，我跟你没完！"大龙问俊英，俊英说她放学回来大门是开着的，没见着他哥。

"是我的种，敢做就要敢当！"大龙撂下一句话，逃也似的出了门。郑玲玲是在他最不如意的时候嫁给他的，这份感激他一直存在心里，他不能当着女儿的面，在气头惹自己的女人撒泼，俊青是个男孩子，他相信过不了多久，儿子会自己走回家。正好趁这机会，大龙想去找邻居周胖子唠会闲嗑。

果然，十点多的时候，俊青前脚进家门，大龙后脚就跟了进来。问他去哪了，说是去了同学王俊家里，就没有再问。

转眼间，俊青在黑山职高读高二，俊英和她哥在同一所学校读高一，兄妹俩的学习成绩属于中等偏下。在杨大龙看来，儿子和女儿将来能不能考上大学，他不关心，也无从关心，他和爱人郑玲玲都只读到初中毕业，辅导不了儿子和女儿的功课，他们的收入只够维持一家人正常的生活，那种动不动一个假期上千元的辅导班他们想都不敢想。他们有一个共识：只要儿子、女儿平安健康地长大成人，学上一门手艺或技术，进入社会能有份普通的工作，到了年龄该娶妻的娶妻，该嫁人的嫁人，也就可以了，对生活、对儿女他们没有更高的要求和奢望。

十七岁的俊青身高一下蹿到了一米七五，浓眉大眼，鼻梁高挺，喉结突出，下巴泛着青黑的星星。十六岁的俊英双眸含泉，白皙的脸颊透出桃红，胸部的小山若隐若现。看着长大的孩子们，大龙和玲玲开始憧憬退休后的生活。

高三下学期一个星期天的晚上，俊青和几个同学去吃烧烤，其中就有李甜甜和刘利利，几瓶啤酒下肚的孩子们抑制不住青春的躁动，尽情地狂欢，放肆地打闹，又是唱又是跳，行酒令、掰腕子，尽情地在他们的女同学面前展示才艺和雄性的力量。俊青赢了拳，只想着敦促齐小明快喝酒，一挥手不小心打翻了邻座的酒菜。

"小逼崽子们，活得不耐烦了是吧？！"邻座四个男人堆里站出一个身穿背心、脖子上挎大金链子、手臂纹蛇的大汉。

"骂谁呢？"他们这桌王俊站起来质问。

"小逼崽子，大爷我喷的就是你们这群山炮！"大汉一个箭步欺到王俊身前，竖起中指如矛，直指王俊前额，眼里往外喷着火星，酒气冲向他的面门，王俊一个侧身，顺手抄起一个酒瓶子。

砰的一声，大汉应声倒地，邻座的三个男人一人手抓一把小圆凳，向他们扑过来，齐小明一把拉过王俊拔腿就跑，其他同学一看形势不妙，憋足了劲能跑多快就跑多快，任凭那三个男人在后面狂追、叫骂、用凳子投掷。那一刻俊青的脑子似乎短路了，三个男人回到烧烤摊，俊青还蹲在文身男的面前，轻轻摇晃着昏迷的男人肩膀，不停地呼唤着"大哥，大哥"。

俊青咬死不愿供出王俊和其他同学。上初中被父亲打了一耳光，当时他就想离家出走，是王俊劝住他的，如果这时候把王俊供出来，等于出卖兄弟，出卖朋友，他的人设就坍塌了，传出去他还怎么和朋友同学相处？以后怎么在社会上立足？喜欢他的那些女孩会怎么看他？办案民警说打架斗殴坐实的话是要拘留的。拘留就拘留，不就十五天吗？出来我杨俊青还是杨俊青！上学太烦了，不是小考就是大考。明明知道他们这些职高的学生升学无望，在老师、社会的眼里就是垃圾中的垃圾，何苦还用考试来折磨他们呢？

好在文身男被送到医院后只是头皮缝了几针，被诊断为轻微脑震荡，他认得打他的人不是俊青，在他倒地昏迷的过程中，还是俊青不断地试图唤醒他，他向办案民警说明了这一切，但他必须给这些不知天高地厚的学生一个教训，他要求赔偿医疗费、营养费、误工费共计三万元，作为他撤销立案的条件。

杨大龙连夜找王俊、齐小明等几个同学的父母商议，凑够三万块钱，去站前派出所把儿子赎了出来。学校有学生进了派出所，这事很快传到了黑山职高，学校打算开除杨俊青以正校纪，大龙找到校长办公室，一进门就给校长跪下了。

"可千万不能呀，校长！再有几个月孩子就毕业了。背个被开除的处分，孩子这一辈子就毁了。我和他妈没文化，没把孩子教育好，我们一定引以为戒，请学校再给孩子一次机会。"

"也没有说马上就开除，还在了解情况。"

"我用项上人头向学校保证，我儿子俊青学习孬是事实，可打人这事真不是他干的。"

"我们会向派出所核实情况再做决定的。"

"我们已经取得当事人的谅解，赔了钱，案子撤了。"

"能告诉我打人的人是谁吗？"

"当事人已经撤案了，不追究了，校长……"大龙和他儿子一样，并不打算把王俊供出来。

"这个……"

"校长，求求你，千万别开除我儿子，我和孩子他妈保证以后好好管教他。"杨大龙把头埋在衣领里。

"这位家长，你先起来，起来说。我大不了你几岁，你这跪着我该折寿了。"

"你先答应我才起来。"

"我答应你先了解情况后再决定。"

"我当你是答应了啊。"

一看有了转圜的余地，大龙知趣地退出校长办公室，差点撞上来汇报工作的一位老师。

杨大龙亲自下厨做了几个菜，招呼儿子陪他喝点，俊青听话地坐到他跟前，给他满上一杯高粱白，他一口喝干，又满一杯，他又一口干了。

"爸，吃点菜，慢慢喝。"

六盅高粱白入喉，感觉到高粱叶子刺啦着疼的时候，他的情绪涌动了起来。

"儿子，我和你妈这一辈子没念下啥书，懂的道理也浅，凭四只手把你和你妹妹养大，没给你们存下什么家财，我们啥也不图，将来养不养我们看你们心意，我们只希望眼睛能看见的时候，你们兄妹别出什么事情，平安一生就好。"

"嗯。"

"王俊那小子下手黑，不是什么善茬，以后没事少来往。"

"爸，我记住了。"

"你说你们一帮小兔崽子，没屁搁楞嗓子喝的什么酒？"

"爸，我向你保证再也不出去喝酒了。"

"老爷们平时少喝点不碍事，别喝完了出去惹事就行，你爸我就是个出苦力的，你惹下事我扛不住。"

俊青当然知道父亲口中的事指的是什么，他低下了头。

"别出点事就尿，像个爷们样，来，爸给你倒一杯，喝了这杯睡觉去，明天还上学呢。"他给儿子满了一杯，俊青喝得很慢，喝一口抬头看他一眼。

"瞅啥？我脸上有花吗？喝完睡觉，明天准时去学校！"他向俊青隐去了给校长下跪的那一节。

03

天保佑，地保佑，五黄大仙齐保佑，剩下的时间里果然再没有出过什么幺蛾子，俊青终于顺利高中毕业，报考了几个技工学校，成绩还没有下来，问他有什么打算，说是还没想好，等成绩下来看看结果再说。大龙让儿子到大修队跟着他先干几天零工，实际上是找个事拴住他，免得他再跟王俊、齐小明一帮浑小子到处晃荡闯出什么祸来。俊青说高中三年生活太压抑了，他想先放松一阵再说，郑玲玲也主张先给儿子放一段时间的假，玲玲说，大修队使的都是蛮力，儿子还在长身体，别给累出毛病来。

大龙不愿跟女人争吵，心中即便存有怜惜的成分，也还是暗暗骂道，这个虎娘儿们，就知道护犊子，你可知道你男人给儿子擦过多少次屁股？李甜甜、刘利利这两个女孩子隔天间天往家里跑，万一儿子把持不住把人家姑娘肚子弄大了怎么办？一个还好说，要两个姑娘都大了肚子，我看你咋整？

一晃半个多月过去，高考成绩下来了，除了李甜甜被辽阳幼师录取，杨俊青、刘利利、王俊、齐小明都名落孙山。大龙强制儿子跟自己去队里干了两个月的材料员，这小子非说天天风吹日晒不是人干的活，妈了个巴子的，敢情老子这几年全当畜生过了不成？生气归生气，儿子大了，来硬的不行，更何况还有他妈给他撑腰：看把我儿子晒得黑不溜秋的，明儿咱不干了！问他想干啥，说要去南方打工。这段时间，路局领导要下来检查工作，各单位严阵以待，大修队虽然只是个三产单位，杨大山这个队长却丝毫不敢马虎，坚持每天提前上班，晚些下班，以应对突发状况，儿子工作的事他只能先放一放。

有一天下班回来，看见门前停了一辆很扎眼的绿色大摩托，上面还有一串字母，问俊青哪来的大绿蛤蟆，俊青说，是王俊跟朋友借的，他朋友是开户外运动俱乐部的。不便宜吧？铃木越野，价钱不清楚。过了几天，又换成了一辆血红的。哪来的？还是王俊借朋友的。屁股上的字母比之前的少了？这辆是杜卡迪20CCKTM单缸电喷水冷引擎，峰值扭矩19.5牛·米，极速可达138公里每小时。油箱容量13.5升，百公里油耗2.6升，巡航里程超400公里。

"少给老子拽词！这比前几天那辆绿蛤蟆更金贵吧？"

"这是顶级的越野摩托了。"

"一会儿给人还回去，弄坏了你爹我这把老骨头全榨成油也赔不起。你还嫌惹的事不够多是吧？"

"我一会儿就还。"看到父亲真的怒了，杨俊青赔着小心。

"王俊这小王八犊子就是个祸根,以后少跟他来往!"

三号桥附近,离杨大龙家不远新起了一批自建房,先来的人齐姓居多,所以叫齐家窝棚,齐家窝棚住的基本都是西山铁矿的矿工家属,全国各地的人都有,都没有长期打算,房子盖得就糊弄,砖砌半人高,墙裙上面用土坯打墙,顶上盖上油毡纸,烫上沥青,房子就算落成了。修房的人家就近取土,就在杨大龙家和齐家窝棚之间形成了一个大坑,下雨积些雨水,附近的人家再偷倒些洗衣洗菜的脏水,渐渐形成了一个池塘,水浅淤泥深。这一带没有路灯,两边住户的照明光线也辐射不到,大龙下班从旁边过,有时不小心踩一脚泥回家,郑玲玲嘱咐他当点心,大龙听了心里暖暖的,这不省心的儿子老惹他生气,还是自己老婆对自己好。

路局电话通知,下周三检查组到黑山车辆段,段里气氛顿时紧张起来,段长副段长坐镇召开站检、车检、信号、电务、工务、后勤、大修等相关部门的头头脑脑会议,逐条布置落实这段时间的准备工作:主要是补全所有登记、检查、验收、总结,以及会议的记录,账目要清楚,数据要对得上,绝对不能出现任何漏洞和疑问。

杨大龙知道,上级检查主要针对的一般是技术和职能部门,像他们大修队这种不在系统内的三产班组,领导们不会关心的,但他是个对工作极其负责的人,葛老师把他带到黑山,他从一个杀猪匠成了一名合同制铁路工作人员,即使葛老师人早不在黑山了,自己也不能给恩人丢脸。自己再干一年也该退休了,无论如何也要站好最后一班岗,他给玲玲打过招呼,这几天队里要核账,时间紧,他就在队里睡了,没事别打扰他。

五天，整整五天，五天会发生些什么事呢？杨大龙和两名老会计倒核完了他当黑山铁路大修队队长十年间所有的账目，打发走会计，他困得连眼皮都抬不起来了，刚在行军床上躺下，桌上的电话铃就尖叫了起来，他用被子蒙住头，可那锋利的叫声一下一下刺得他耳朵生疼。

"老杨，你快回来，儿子出事了。"电话里传来异样的哭声，玲玲从来没有像这样半夜鬼哭似的哭过。

"？！！！"脑袋里轰的一下，他被炸醒了。

大龙急忙穿上衣服向家走，刚到3号桥，看见路边停了两辆警车，他心里就突突地跳，当时已经是初冬，七点多天就黑了，经过齐家窝棚的时候，他被地面上突出的一块小石头硌了一下，摔了一跤，磕破了膝盖，他顾不上痛，就想早一点到家，早一点弄清楚发生了什么事，

他快步如风，伤腿拌蒜，一不留神跌入了泥潭中。他大声地呼救，可他的口鼻被淤泥呛塞着发不出任何声音，他扑倒又爬起，爬起又扑倒，人们都集中在他家看热闹，没有人发现在死亡边缘挣扎着的杨大龙。终于，泥水淹没了他庞大的身躯，他还剩下最后一丝气息虚弱地牵挂着这个世界……

热闹散场了，戴着手铐的杨俊青经过这一片池塘的时候并没有发现他父亲，倒是押着他的民警发现泥潭里似乎有大型生物在蠕动。

六个小时后，杨大龙在黑山县人民医院经过气道清理、洗肺、除颤、心肺复苏、脑复苏一系列抢救措施后顽强地醒了过来，不过由于严重的肺损伤和长时间大脑严重缺氧，已患上永久性哮喘，语言功能

丧失，只能急吼吼地叫出"啊、啊、啊"三个单字，还憋得满脸通红，双臂乱挥。黑山大龙变成了一块行走的肉，看到这一幕的郑玲玲欲哭无泪。

王俊、齐小明在未告知黑山龙旭户外运动俱乐部经营者、所有人的情况下，擅自撬门入室，开走摩托车两台，其行为已构成盗窃罪，判处有期徒刑五年；杨俊青明知摩托车来路不明，不向公安机关上报，且无驾照擅自驾驶机动车，构成包庇罪和无证驾驶罪，数罪并罚，判处有期徒刑三年。郑玲玲将黑山县人民法院的判决书递到杨大龙手上的时候，他只是快速扫了一遍，嘴角微微翘了翘，眼睛里一片茫然，一如窟窿眼山不出太阳的天。

04

比起儿子这个王八犊子，女儿俊英倒是让郑玲玲省心，也懂事多了。俊英平安无事地读完高中，找了邻县辽阳县一家餐厅当服务员，每个月发了工资都拿回来交给她，对她说："妈，我爸这一辈子不容易，现在又让我哥的事给折磨成这样，你给他买点高营养的东西补补，说不定他的脑子能转好。"言罢，母女俩抱头痛哭，哭声惊动了昏睡中的杨大龙，他啊啊啊地吼叫，还砸了东西。俊英说："妈，咱俩不能哭，一哭我爸更急更难受。""你说得在理，咱俩不能哭，你爸硬气了一生，咱们不能给他添堵，他现在说不出来话，可心里明白着。"

天地之间到底有没有神？如果真的有，神的眼睛应该是雪亮的，神的胸怀应该是博大慈悲的,给认真生活的生灵一缕喘息的机会,给敬畏神灵者一隙悔过的通道,应该是神的基本行事准则吧?

一个小雪的夜晚,披头散发、脸色苍白的俊英回到家,扑进郑玲玲的怀里,嘴唇咬出血也抑制住哭声,肩膀剧烈地抽动着:她被饭店老板给欺负了!

失魂落魄的郑玲玲丢下女儿,跑出屋门,来到齐家窝棚的后山上放声大哭,一颗扫过天际的彗星闯入她视线的时候,她止住了哭泣,她转身朝向窟窿眼山的方向,思想在迷茫的雪幕中穿行,她反复地思考一个问题:如果她和大龙不来黑山,就住在窟窿眼山下大龙家的老宅,一切是不是就不一样了?

黑山这个地方似乎只有三个季节,秋天还露着尾巴,冬天就迫不及待地来了。齐家窝棚这一带本来住的都是些出苦力的人,天黑得早,又加上一场雪,人们早早地就关灯睡了,因为他们必须养足精神面对明天的生活,所以没有人注意到这个寻常的夜晚后山上有个女人异乎寻常地痛哭过,郑玲玲凄切冰冷的念想,像是不甘心熄灭的一盏灯,终于被无边的暗黑吞没。

俊英自己做主找了个婆家,在沙海乡下,离黑山县城十公里左右。郑玲玲没有异议,她知道女儿的心思,女儿之所以这样选择,是既不想离他们太远,又不愿因为自己的声名给他们带来更多的刺激。大龙拒绝露脸,郑玲玲独自参加了女儿的婚礼。婚礼结束第四天,婆家人下地抢收花生,玲玲不想女儿刚结婚就如此受累,就跟着也去了地里。干活干到半晌午的时候,沙海村里来人到地头说黑山来电话了,让郑玲玲马上回家。

进了家门，邻居周胖子正背对着她抽烟，胖子一闪身，玲玲就看见了躺在地上的杨大龙，试了试鼻息，早没了呼吸，摸了摸脖颈，已经凉透了。周胖子指了指房梁上悬着的麻绳，玲玲什么都明白了，一屁股坐在地上。周胖子说好久都没见老杨，本想来看看他的……玲玲耳朵里只有毫无意义的嗡嗡声，此刻她眼里魁梧的丈夫的尸体正在一点一点瘪下去，慢慢变成一堆干肉。

苍天的孩子

01

李明恩的爸爸死了,死于肾癌。

死了是什么意思?明恩不懂,妈妈说死了就是再也不回来了!明恩不信,她和妈妈星期二还去医院看过爸爸,爸爸搂着她,用胡子扎她的脸,弄得她既痒痒又好受。爸爸还给她扎辫子,她觉得爸爸扎的辫子比妈妈扎的好看。她更愿意爸爸侍弄她的头发,最主要的是爸爸的手比妈妈的温暖,爸爸的掌端有一股莫名的热量,这股热量会通过她的头发传到头皮、到肌肤、到她心里,她很享受这种感觉,这种感觉让她相信小黄狗躺在爷爷怀里应该就是那样。她恣意地赖在爸爸的臂弯里,她想,这就是幸福的全部。

爸爸亲口答应她说星期六就出院回家,给她做她最爱吃的揪面片、肉末豆角,星期一送她去上幼儿园。她愿意由爸爸送她去幼儿园,这样一下楼她就再也不用害怕万奶奶家的小黑对她龇牙,还"汪汪"地吓唬她了。只要爸爸一跺脚,小黑就会逃命似的跑到看不见的地方去。遇到盘旋的小飞虫,爸爸大手一挥,就能把那些讨厌的家伙赶走。大手攥着小手,小手牵着大手,爸爸的手指就像孙悟空的金箍棒,横扫一切妖魔鬼怪,牵着爸爸的手让她觉得安全。

她知道,有她在,爸爸也很开心,每天回家第一句话就是问:孩子呢?爸爸的电动车一到楼下,她就听出来了,然后她就故意藏在门背后、柜子里,或者窗帘背后,而爸爸每次都能精准地抓到她,把她举起来、抛起来又接住,她开心地笑,爸爸也跟着笑,爸爸笑得很有感染力和穿透力,连她吃饭的不锈钢小碗、小汤匙都响亮地回响,爸爸怎么可能舍得丢下明恩不回来呢?

没有爸爸的屋子里很冷,盖上被子床上也不暖和。她原来固定的睡觉位置是在爸爸妈妈中间,右手边爸爸,左手边妈妈,很快就睡着了。现在右手边是空的,明恩睡不着,她掀开自己的小被子,挤到妈妈怀里,她发现妈妈在小声地哭,明恩害怕了,问:"妈妈你怎么了?"妈妈不回答,把她搂得更紧了。

第二天,李明恩发现门口和床前只有妈妈和她的拖鞋,少了一双爸爸的大拖鞋。第三天也是这样,第四天还是这样,而且屋子里爸爸的东西越来越少,一进门衣挂上爸爸爱穿的那件迷彩工装不见了,大保温水杯、爸爸喝酒的酒杯也不见了,窗台上爸爸养的那盆九里香也不见了!她只是被妈妈送去姥姥家待了几天,回来爸爸就不见了,怎么可能?

有一天,明恩听见卧室里有东西砸碎的声音,推开门一看,妈妈把她和爸爸结婚时的大相框摔在地上,玻璃已经碎成了渣,妈妈取出相片，放在不锈钢脸盆里点燃。明恩扑向妈妈："我要爸爸，我要爸爸，不要烧爸爸！"

"你爸爸死了，回不来了！"妈妈恶狠狠地瞪着明恩，横在她面前，一把揪过她的衣服把她按在自己的腿上，甩手就是几巴掌，明恩抑制不住自己的委屈，放声大哭，妈妈搂着她，自己也哭了。明恩知道，爸爸是真的回不来了。

"伊云，带明恩去她姥姥家住些日子吧。"明恩抬头，见是爷爷和小叔，她有些疑惑。爸爸不在了的这些日子，他们还是第一次登她家的门。

"想回来了随时可以回来，明恩？"小叔用眼睛问明恩，她不置可否地点点头又摇了摇头。

她跟妈妈去过爷爷和小叔家，爷爷似乎并不喜欢她和妈妈，就连爷爷养的小黄狗也跳起来冲她们叫唤。见到她和妈妈来，爷爷只是抬头扫了她们母女俩一眼，自顾自埋头抽自己的烟。倒是小叔还好，见她们来，赶忙从屋里出来，拿凳子招呼她们坐下，还会拿些青豆、薯片之类的零食给她。明恩觉得她不属于梅岭这个地方，这地方也不欢迎她，她有些胆怯也有些恨意：这世上除了爸爸妈妈和小叔，其他的都是坏人！

明恩也不喜欢姥姥，姥姥总是趁爸爸不在的时候在妈妈面前说爸爸的坏话：嫌爸爸没本事，只会下苦力，挣不来大钱，两间小破屋几年了啥也没置办下，抽烟、喝酒也不知道省着点，有没有他都一样。明恩可不这样认为，她宁愿她的生活里没有爷爷没有姥姥，但不能没有爸爸！上一次被妈妈送去姥姥家才几天，回来爸爸就没了，这次再去姥姥家不知道又会发生什么事，一想起来就害怕，可是现在爸爸不在了，她只剩下妈妈了，妈妈去哪儿她就只能去哪儿。

02

别了，梅岭！别了，李旗庄！比起女儿的闷闷不乐，黄伊云此刻似乎前所未有的轻松，通往宽甸的班车一出梅岭运输公司的大铁门，她的心里就涌出了这些句子。她拢了拢被风吹乱的头发，从车窗向后探头看了看渐渐模糊远去的公公李玉山苍老的身影，又看了看低头默不作声的女儿，她觉得自己就像一条很不容易的蛇，终于褪去一层厚厚的皮。

梅岭对她本来就是个意外，丈夫李建强不在了，最后的意义便归零了。宽甸才是她真正意义上的家，她在宽甸出生、在宽甸长大，这里有她的亲人、朋友，有她熟悉的生活。裕民路老康家米线是她最爱的小吃，从上初中那会儿她就和刘青山约在这家吃米线，一吃就是六年，从来没觉得腻味。那一条街，两边都是宽甸有名的小吃摊子，隐在足以遮蔽盛夏烈日的法国梧桐之间，红砖、青瓦、白墙错落着一层或两层的老房子，不用昂首眺望，一切近在眼前，那么踏实，那么朴素。从宽甸汽车站下车，沿北大街南行八百五十米，转入裕民西路二百米后入粉巷，五十米后有家波波面店，旁边有一小院，院子里坐东朝西一栋两层小楼，这就是她的家了。她从小就喜欢这里，在那件事情之前从未想过要离开。世界多么大，不关她什么事，宽甸就是她要的世界。

车越接近宽甸，黄伊云的眼睛瞪得越大，心悬得越高，现在的宽甸变得她快认不出来了，上一次因为急匆匆办李建强的丧事，不得已送女儿回母亲家小住几天，没有心情看沿途的风景，现在仔细看，心情复杂而不安。

国道两边原来婆娑的白杨变成了挺拔齐整的云杉，可漂亮的绿化并不能替破败的路面遮羞，隔三五米就是一块水泥补丁，每一块补丁上都有不大不小的坑，补丁与补丁之间横着三四寸左右的沟，机动车、电动车、自行车、行人在这些障碍之间艰难地穿行，很难走出一条完整的直线或曲线，有一段正在施工的路，依然是隔三差五地间隔围挡起来准备打新的补丁。黄伊云有些担心，自己接下来的生活会不会像这条修不好的路一样布满坎坷？

快到城关环岛了，黄伊云发现路边多了不少大型建筑，有商砼厂房，也有大型楼盘，还有一块打了围墙围起来，目测有数百亩，一块"×××智慧农业"（具体名字没看清楚）的广告牌杵在推平了的空地上，周围插满了彩旗，还有一些荧光带折成的粗鄙的鸟兽形象散落其间。她离开的时候这里还是一大片农田，突然出现这些虚假又魔幻的东西，看得她心存狐疑又胆战心惊，她疑惑的是这些水泥建筑为什么要建在农田的中间？是因为有广大的空间可供挥霍，还是可以方便农民下楼种田上楼睡觉？她害怕的是这些人为的建筑太过巨大，巨大到有不可一世吞噬绿野、戕害自然的一天。

北大街改叫迎宾大道了，两边商厦、酒店林立，不值钱的梧桐树被换成了名贵的樱花，两车道扩展成四车道。短短六年，宽甸这个几百万人的地级市在以她无法影响的速度变化着，黄伊云心里暗想，她必须重新适应，才能融入这个当初熟悉现在陌生的城市。

　　好在裕民路变化不大，虽然多了几幢高楼，美团、饿了吗、圆通、京东、韵达快递小货车、共享单车、电动车、公交车、私家车、行色匆匆的行人和车辆打破了这条路原有的闲适和安静，小吃摊被咖啡店和金银首饰店挤得不见了踪影，所幸康家米线还在原来的地方，只是木制金漆招牌换成了亚克力灯箱，不知道味道是不是还和原来一样。

　　黄伊云给刘青山打了个电话，约他在康家米线店吃米线。这个城市除了母亲，她最熟悉的人也只有他了，有他在，有事情也多个商量的人。对方说单位有事忙走不开，黄伊云多少有些失落。

　　隔天，刘青山约她到华庭公馆他家里坐坐，并且一再嘱咐要带上明恩，黄伊云愉快地答应了。六年了，她急于想知道她的这个特别的熟人生活得怎么样了，同时也想让刘青山和明恩见个面。

　　明恩觉得这个刘叔叔好奇怪，才一进他家门，妈妈的介绍还没结束，刘叔叔就伸长了双臂急不可耐地想要搂抱她，这让她产生了恐惧的联想：恐怖片开头，一些肥腻的触手突兀地扑向一朵毫无准备的花，她惊悚地向妈妈身后躲。

　　"孩子还小，长大些懂事了就好了。"明恩仰头看了看妈妈，妈妈似乎对刘叔叔笑了笑，又似乎没有笑过，随后她们就被招呼到沙发上就座。

　　"先坐，我给你们泡茶。明恩吃雪糕吗？冰箱里现成的我去拿。"对于刘叔叔的讨好，妈妈示意明恩接受，明恩顺从地点了点头。

　　刘叔叔显得有些慌乱，从茶几前经过的时候，不知怎么就碰倒了妈妈的茶杯，茶水一下就把妈妈的旅游鞋全弄湿了，刘叔叔单膝跪地忙不迭地用白衬衣的衣襟给妈妈擦鞋，这姿势，电视剧里演过的，要么是男士向女士求婚，要么是罪己者向主忏悔。这时候妈妈低头去打理裤腿，他俩的头碰到了一起，明恩感觉妈妈和这刘叔叔之间不像她在电视上看过的那样简单。

"就你一个人在家？"

"惠玲今天可能回来得晚，招待所昨天接到通知说上面领导要下来视察，她们得抓紧准备，我儿子刘志五点才放学。"

"你还在县志办？"

"不在还能去哪里？当初要不是为了编制，我也不至于……"望了望明恩，刘青山打住了后面的话。

"听说县志办要和文史、档案一并归到文化局，还要缩编，不会影响到你吧？"

"会，这几天我正为这事闹心呢，弄不好我就变成合同工了，所以你打电话的时候我没心情。"

"让惠玲她爸，你老泰山出面。"

"过期了，退二线说话不管用了。"

"病虎尚有余威吧。"

"你就别羞辱我了，你看！"刘青山说着挽起裤腿，露出小腿上一大块青紫淤血的皮肉。

"惠玲他弟给踹的，我说不给想办法我就和惠玲离婚，一家人上来就给我一顿招呼。"

"没出息的贱骨头，活该。"

"我承认我是贱骨头。我的家世你清楚,一介平民的儿子,挖空心思混进体制里,为了编制我可以贱卖一切,何况这几根骨头。离婚只是吓唬吓唬他们罢了,我儿子刘志再过几天就满七周岁了。"

"明恩,走!"刘青山还沉浸在自己的情绪里,黄伊云动作麻利地封好一个红包扔在沙发上,拉起自己的女儿进了电梯,刘青山手挥着红包追了出来。

"给刘志的。"黄伊云把这句话丢在楼道里,立即关紧了电梯门。

"妈妈,这个刘叔叔是谁呀?"

"一个故人!"

故人是什么人?李明恩想不出来。眼下她只剩下妈妈了,妈妈显然不开心,她就不再追问。

03

这次回来,李明恩发现姥姥又老了一截,背比以前更驼了,眼袋更松弛了,脸上的褶皱更多、更深了。姥姥的脸上很少露出笑样。妈妈说自从姥爷没了以后,姥姥一直就是这样,明恩不信,她本能地感觉到姥姥对自己不亲。妈妈说她要出去找工作,把她留给姥姥照看,姥姥只是用喉咙"嗯"了一声,算是回应。妈妈出门后,姥姥打开电视,找到少儿频道,光头强正在偷锯森林里的树,熊二发现了,喊熊大一起去捉拿盗木贼。姥姥指了指她,又指了指电视,自己搬了张椅子到阳台上晒太阳去了。明恩一个人看了一会儿,有些困,就顺势倒在沙发上睡着了。她做了一个梦,梦见她回到了梅岭李旗庄幼儿园,他们在滑梯上坐好准备下滑，紧跟她后面的是"胖胖陈"，胖胖陈后面是"小眼镜刘"，他们"一、二、三"一起出溜下去。胖胖陈中途偷偷加了速，一下子就把明恩撞得翻了个过。后面的小眼镜刘受到惊吓，没来得及刹住车，又撞到胖胖陈。明恩的膝盖破了块皮，不过没流血，小眼镜刘的眼镜滚到远处，忙着去找眼镜。胖胖陈赶紧跑过来，扶起明恩，用他肉乎乎的小手指头摸摸明恩的伤口，连着对伤口吹了几口气，仰头问："疼吗？"

"不疼。"

"真不疼？"

"真不疼。"

"给你颗糖，吃了就更不疼了。"小眼镜刘递过一根棒棒糖，明恩啜了一口，真甜。

"姥姥，我想上幼儿园。"明恩醒来，发现姥姥还呆坐在阳台上。

"找你妈去！我一个老婆子自己都管不过来。"这是这些天姥姥第一次跟她说了这么长的话。

"也真是的，这都几点了还不回来给娃做饭？成天眼里就自己那点事，有能力生娃没能力管娃！"

明恩从姥姥嘴里听到的全是抱怨，对爸爸，对妈妈，还有憋着没有讲出来的对她的不满，为什么大人会嫌弃自己的孩子呢？是他们做得不够好，还是没能达到令人满意的标准？成年人的世界里到底有多少不堪、可怕的事件已经发生了或正在发生着呢？

黄伊云在裕民路上给明恩找了家私立的幼儿园，周一早上送去，周五下午三点半接回，如果家长遇到特殊的事一时走不开，可以延长到晚上九点,提前给老师打个招呼就行。这样能省不少事,大人们也可以安心地工作。这家幼儿园一共三十六个孩子,父母亲要么是跨省通勤上班族,要么是工厂里三班倒的工人,还有附近开店做生意的。幼儿园在一幢别墅里,周围都是高楼,头顶的天空没有李旗庄的宽阔,楼下的小花园小得只有李旗庄一户人家小菜园子那么大,小朋友一个也不认识,李明恩却很开心,至少不用天天面对姥姥那张少有变化的脸。

黄伊云看着母亲一天比一天老,话也一天比一天少。她连楼也懒得下,天气好的时候宁愿一整天待在阳台上晒太阳,楼下邻居招呼她去买菜、逛街、跳舞,她都不去,摆摆手算是打发了别人的热心,天气不好的时候长时间坐在客厅的沙发上,电视开着也不看,眼睛里一团迷雾,你主动找她说话,她也只拿些简单的语气词敷衍你。母亲的情况看着让人不放心,黄伊云和大姐伊青商量说,想带母亲去省城的医院检查检查,伊青批过她一回:"你是真不懂还是假装不懂?我就住在省城,瞧病的事还轮得到你来操心?我跟她说了好几回来我这里住几天,她说她死也要死在宽甸,不到处丢人现眼!妈这是在骂咱俩呢,你说我这结婚没几年就离了,你当初还没结婚就怀了刘青山的孩子,还跑去梅岭嫁给一个搞装修的工人,咱俩这狗血的日子不是在嘎老娘的腰子吗?一人一刀,她还有活路吗?咱妈什么病都没有!咱俩过好了,妈自然就好了。"

"再怎么说,咱也是她亲生的不是?你看她说话都没个好声气,对明恩也是。"

"你还想让咱妈放几挂鞭炮到处跟人讲讲两个女儿的美好生活不

成？她这是心里憋着火跟自己过不去呢，咱们还是想想怎么踏踏实实过好后面的日子吧。"

也许大姐说得对，这一切的错全源于她们把日子过得一地鸡毛，带给母亲无法言说的苦楚。黄伊云暗想，必须尽快找到一份工作，把自己和明恩安顿下来，也好让母亲揪着的心能稍微舒展一些。

黄伊云在宽甸的街道上转了几天，发现除了一些上规模有特色的饭店、超市，再就是机关单位出出进进的人多一些，剩下的服装店、茶叶店、书店、美容店、手机店基本上都门可罗雀，在粉巷东口她发现一家叫"远行"的足浴店，里面坐着、躺着不少人，看起来生意不错。本来走得也累了，脚不舒服，做个足疗顺便也可以了解一下这个行业的情况。她就走了进去，正好有个空位，服务人员招呼她坐下，拿过来一个平板，问她要套餐还是修脚，她划拉了一下，排在最前面的两个套餐：一个姜粉泡脚加肩颈按摩45分钟58元，另一个艾叶泡脚加按摩68元，后面加精油护理都是98元、108元、158元等更贵的套餐，就不用看了。她要了一个最便宜的58元套餐。给她服务的是个年轻帅气的男生，端来一个盛着热水加姜粉的木盆，帮她褪下鞋脱了袜子，又把她的裤子绾到膝盖，捧着她的一双脚放进了盆里，问她：水温怎么样？需要加热水吗？一种异样的感觉升起来。自从丈夫李建强走了之后，黄伊云第一次被一个年轻的男人精心地伺候。她心说，有钱的感觉真好。她很享受这种感觉，很快就在座位上睡着了。

一觉醒来，客人只剩下她一个，刚才给他服务的男生走过来说："刚才给您做足底时发现您斜方肌外侧有不少颗粒，肺反射区症状不太好，最近是不是有什么忧心的事？要不要做个精油护理？"

"得加不少钱吧？我还没找到工作。"

"不要钱，您住附近吗？您头一次来，这次我给您免费做，以后常来就是。"

"你们这里还需要人吗？"

"要啊，您这么漂亮的美女要来我们店里，我们店里可就增光了！"

"可我什么也不会。"

"您人漂亮，招财。啥也不用做，只要往这店里一站就是金字招牌。"黄伊云被说得红了脸，可能觉得言语有些唐突，男生又补充道：

"不会可以慢慢学，我来教您，我是这家店的店长。"

"你们这工作收入怎么样？"

"保底加提成，生手一般一个月四五千是有的。现在关注健康的人越来越多了。不过说到底是个体力活，有点累，不体面。"

"累点没事，能挣到钱就行。我就住粉巷西头，离家近，照顾老人孩子也方便，明天我就来可以吗？"

"欢迎，欢迎。"

独自面对生活，对黄伊云无疑是一次考验。以前在梅岭，丈夫李建强虽然只是个装修小工头，可从来没有让她为钱发过愁。结婚的前一天，李建强就对她说过，她不用出去工作，负责打理好家务就行，养家是男人的事。他生活简朴、踏实顾家，是个过日子的好男人，除了偶尔喝点小酒，没什么不良嗜好。她不知道李建强在外面吃过多少苦受过多少罪，丈夫也从来不跟她讲这些，只是过段时间就主动拿钱回家，说是结束了个小工程，让她拿去花，花不完就存着，将来给女儿做嫁妆。丈夫每次回家都和女儿闹个没完没了,好像一个没长大的小朋友。丈夫对她和女儿越好,她越觉得愧疚。李建强是上天怜悯她派给她的专职神父,而她当初是怀着明恩嫁给他的。他的死太突然,她还没有来得及向他坦白,而他浑然不知,带着这个污点,灵魂能否飘然飞升?

李建强曾在一次施工中从折断的人字梯上摔下来,右肾被钢筋穿透完全破裂,只剩左肾还保留部分功能,带着这份残缺和她勉强完成了新婚之夜的议程,第二天一早闹钟一响就爬起来去了工地。他不知道的是,他下班回来看到阳台上晾晒的床单上的殷红是她用提前准备好的水彩笔涂上去的。这个憨厚的男人,他想不到凑近去辨别事实真相,只道苍天眷顾,赐给他一个漂亮的女人。待到明恩一出生,他连名字都找人取好了,"明恩"——明明白白上天的恩典。

等到发现丈夫生前留给她的钱剩不多了,必须尽快找到工作挣钱养活自己和女儿,她才发现一切不那么容易。

自从黄伊云加盟以后,远行足疗店的人气比以前更旺了。早上九点开门前就有人等着,一直到晚上十点多,服务完最后一个客人才能打烊。起先店长只安排黄伊云和另一位学徒做些迎宾、收银、加水、泡药的简单工作,有时等着的客人太多,店长就让她先给客人洗脚,后续的修甲、按摩由熟练的技师来完成,让她先观摩学习,待空了再给她讲解要领。那些男客人宁愿排队等也要黄伊云给他们洗脚,这样店里大部分洗脚的活都甩给了黄伊云,她很少空闲下来,上班时就很少有机会跟店长学技法了。她和店长都明白那些客人的心思,但也不好就此怎么样。黄伊云每天回到家差不多都十一点多快十二点了,母亲过来看她一眼，说："记得接孩子！"关上门就出去了。

看着睡熟的女儿，黄伊云腰酸背痛，身心疲惫，她感到自己快撑不下去了。丈夫李建强为了维持一家人的生活，曾经做过怎样的付出，一想到这些，她心里很不是滋味。

一天，店里来了一位穿戴商务、体态壮硕的中年人，店长赶忙迎上去，安排客人落座，奉上茶，又帮客人脱了鞋袜，换上拖鞋，招呼店里技术最好的廖技师过来，说："洪总是咱店里的 VIP，今天你为洪总服务。"洪总头也不抬，问店长："查查我卡里还剩多少钱，再充上五千！"

"不忙，洪总，你好久不来了，去年充的卡里还有四百多呢。"

"就这么愉快地决定了，充五千，慢慢消费。昨天刚谈成一笔大买卖，今天我高兴，屋里所有客人的单都算我的，我这人没别的爱好，就好泡个脚，让那个姑娘来！"

屋里的人大部分都住在附近，也都认出这位财大气粗、经常上电视的宽甸名人：恒丰纸业的洪格木洪总。洪格木说话声音很大，他一开口很少有人选择反对。

"洪总，她是个新手。"店长知道洪总点的人是黄伊云。

"不碍事，就她了，新手练练就熟了，要给别人机会。"

洪格木的脚有严重的灰指甲和脚气，一脱鞋奇臭无比，好在艾叶的药味很快掩盖了这股难闻的气味，黄伊云抑制着翻腾的胃液好不容易伺候完那双令人恶心的脚。好在洪格木接受了店长的建议：走疗程治疗灰指甲，下面的技术活由有经验的技师来完成，她才得以喘口气。她把自己关进卫生间里，用双氧水、洗手液、酒精反复给自己的双手清洁、消毒一番。刚一出来，洪总又招呼她，要她给做头部按摩。店长眼光向她示意，她无法拒绝，因为这是工作。

洪总隔三差五会来店里做治疗，一来必点黄伊云。店长也看出了她的为难，再后来见着洪总，他都以治疗是专业的事要交给专业技师，黄伊云还在学徒期为由，把泡脚、洗脚、足底按摩程序交给其他技师，黄伊云只负责给洪总做头部。

"这姑娘人长得好看，干活的确不专业，我看也不是干这活的料。"洪格木说，"怎么样，店长，割爱吧？我厂里正好缺个仓管，让小黄去我那里吧？"

"洪总，你家大业大，可不兴挖我墙脚！"

"这么好的人才放你这里干这种粗活浪费了，大学生有的是，可我就看中小黄人踏实。"

"那你也得看人家愿意不愿意吧？"

"小黄，你说吧，愿不愿意？我那里 8 小时工作制，带薪双休，可比这儿舒服多了。"

"可我什么也不懂。"洪格木转头问她，她不能不应。

"不懂可以学嘛，仓管就是记账的活，没什么技术含量的工作，很轻松的，考虑考虑？"

她的确有换工作的念头，但是面对洪格木，她不知如何作答。

"工资翻倍，你在这儿挣多少，去我那里我给双份。"

见她在犹豫，洪格木从包里翻出一张名片递给她。

"不着急，慢慢想，想通了随时来，岗位我给你留着。"

在远行足疗店干了不到半年，黄伊云的业务也慢慢熟练了。有一天她正在给一位客人捏肩,突然手机响了,是幼儿园的老师打来的,说明恩在学校跟小朋友打架了,让她赶紧去一趟。她放下手里的活一路小跑过去,进门就看见低头正被老师数落的明恩,忙问发生了什么事,老师说明恩抓破了同学的脸。

"你看,就是那个男孩,叫宋全。"顺着老师的手指,黄伊云看见一个用右手捂着半边脸,脸上挂着泪,小声哭泣的男孩,赶忙走过去查看伤口:四道渗血的指甲印痕。

"我带孩子去医院吧,别感染了。"

"那倒不用,校医已经给消过毒了。"

"联系宋全家长了吗?有什么责任我们一定承担。"

"联系过了,宋全妈妈很通情达理,说孩子之间打闹很正常,一点小伤不碍事,只是希望你们管教好自己的孩子,这样的事不能再发生了。"

"那是那是,是我没教育好孩子,回去以后我一定严加管教,这次给老师和学校添麻烦了!"

"一个女孩子,没想到这么泼辣。"老师嘀咕的声音很小,黄伊云还是听见了。

"去给老师和小朋友道歉!"黄伊云推了明恩一把,明恩不动。她有些来气,顺手就往明恩屁股上打了重重的几巴掌,可明恩既不动、不哭,也不抬头看她。

"明恩妈妈,孩子今天你先带回去教育,要让她认识到自己的问题。"

回粉巷的路上,明恩气哼哼地在前面走得很快,黄伊云紧追了几步才撑上她。

"说，为什么和同学打架？"明恩不理她，继续自顾自向前走。

"告诉我，为什么和同学打架？"黄伊云追上去，扳过明恩的肩很郑重地问。

"他骂我！"

"骂你什么？"

"他骂我是杂种，姓什么都不清楚，还骂你是给人洗脚的下贱女人！"

黄伊云只觉得脑子里突然"轰"的一声，怔了怔，一屁股坐在了地上。

04

再三思虑下，黄伊云辞了足疗店的工作，拿着名片去见恒丰纸业的洪格木洪总，洪总叫来人事经理，当天就给她办了入职手续。

恒丰纸业是宽甸相当有规模的企业，仓管的工作如洪总所言，没有多少事，她只需要见单发货、见货入库，工作就算完成了一半。只要把进出货物时间、数量、型号、装卸货的人名、车牌号录入电脑，管理软件就会自动生成台账，所以她每天上班的时间基本上是坐着的。纸最怕水和火，因此虽然仓库里到处都有摄像头，岗位守则里也有特别重要的一条：每天下班前仓管员必须完成三次仓库巡检，特殊气象条件下应不少于五次，并手写签字确认一切正常。这是入职时人事经理特别强调过的，她也知道事关重大，自然不敢马虎。尽管恒丰纸业的仓库大到近一千五百平方米，但因为成品纸都打包整体码放在货位上，加上周转快，仓库里平时除了库存纸、空的货位架、装卸用的叉车，并没有太多东西，黄伊云只需要沿着有纸的货位通道查看一遍，基本就掌握了全部情况，最多也就半小时的时间。

有一天洪格木下来视察，特意查看了巡查记录，夸她工作认真负责，字也写得不错，临走拍拍她后背说："好好干，下月就给你转正。"

工人们都知道了她是洪总的人，看她时都是一副既羡慕又意味深长的目光，黄伊云浑身不自在，但她已经是个成年人了，很快就抚平了情绪的波动，安然地投入本职工作中。

平静的日子过了一年，黄伊云觉得她已经彻底融入了新的环境、新的生活，恒丰纸业给她开的工资是四千八，加上黄总特批的特殊岗位津贴，再加上全勤奖，她差不多每月能领到八千元，这在宽甸这样的地级市算是高收入了，就连刘青山私下都半开玩笑地跟她说，他体制内半死不活干熬一个月挣的还不到她的一半，干脆让她走走洪总的路子，调他来恒丰纸业上班算了。面对刘青山，黄伊云没法说得太多，这个男人从她的生活中越走越远了。

明恩幼儿园上完，托刘青山的关系上了宽甸最好的第三小学。明恩的小叔从梅岭来过一趟，问她们母女过得怎么样，有没有什么困难需要帮助，不行就回梅岭，回李旗庄，他哥李建强生前有交代：任何时候都不能让她和明恩受委屈！黄伊云听得眼窝有些热，顿了顿说："我和明恩都挺好的，给你哥烧纸的时候记得替我告诉他一声，这边教育资源多，我想给明恩报几个班，让孩子多学点东西，明恩大些了我带孩子回去给他磕头。"

其间，洪格木叫黄伊云去过一回他办公室，让她坐下。还叫秘书端来一杯茶，她不坐也不喝茶。

"洪总，您有什么指示尽管吩咐。"

"仓库待着还习惯吗？想不想换个办公室的工作？"

"真的不用，仓库挺好的，来办公室我什么也不会。"

"来办公室我可以给你开到一万以上，税后。"

"真的不行，您给我现在这份工作我已经感恩戴德了。"

"我说你行你就行！"

"不行，不行，真的不行。"黄伊云摆着手，仓皇逃离了洪总办公室。

"好好考虑考虑，过几天给我答复！"身后传来洪格木一贯不容拒绝的声音。

五月的一个雨天，九级大风造成宽甸电力系统瘫痪，居民们听从气象台的预警提前躲在家里。恒丰纸业除了行政值班、保安、仓库管理人员，其他人也都放了假。企业的应急供电只能提供厂区照明使用，临下班前黄伊云正打着手电筒在纸垛的通道间进行例行巡查，突然有个身影闪到她面前，一把就抱住了她。

"你……救……"

"别喊，是我。"

"洪总，不能这样，我是有孩子的人了。"

"我想你很久了。"洪格木边说边将手伸进了她的衬衣里，她拼尽全身力气一拧腰一缩身，挣脱开来。

"洪总，你再这样我喊人了！"洪格木欺身前来，她只能选择后退。

"喊？你倒是喊呀！"面对强大的压迫和突然的恐惧，她发不出声来。洪格木认为有机可乘，猛然向前一扑，她惊恐地向后一跳，被货架一绊，倒在一辆没有落叉的叉车上，锋利的货叉穿透了黄伊云柔弱的身体……

因为当天停电，无法提供监控，公安机关在勘查完现场，询问了相关人员、包括企业负责人洪格木之后，认定黄伊云的死是因为工作中失足被空置货架绊倒在叉车上，未按安全生产规程落叉的货叉穿透身体，造成心脏、左肺、脾脏破裂死亡，属于工伤。责令企业立即展开安全生产整改，并抚恤死者家属。

05

周五放学回家没见到妈妈，周六没有，周日晚上九点了也没有见到妈妈的面，李明恩有一种不祥的预感。姥姥这几天也透着怪，平时都是白天在阳台上晒太阳，这几天晚上在阳台上坐很久也不回屋。明恩凑过去问："姥姥，我妈妈呢？"

"谁知道死哪去了！"妈妈不是姥姥的孩子吗？她怎么一点也不关心自己的孩子呢？明恩不敢问，也不敢睡，她总觉得妈妈的消息就在来的路上了，正这样想着，就有人来敲门了。

"大娘，我是明恩她小叔，我嫂子出事了！"来人正是满脸尴尬和着汗水的小叔。姥姥一惊，差点从椅子上掉下来。

"大娘您不用着急，我先带明恩过去，明天白天再来接您。"

姥姥对谁都是爱搭不理的。

"明恩快跟我走，你妈妈要见你。"

见到白布盖着的人体，小叔说那是妈妈睡着了。李明恩明白了，她冲过去扯掉白布扑倒在妈妈身上，摇晃着再也醒不过来的妈妈，呼唤着、哭喊着，就像她最初来到这个世界的时候，她要把面对未知的恐惧、独自忍受的孤独、想要突破宿命束缚的挣扎全都释放出来。

黄伊云的遗体告别仪式上，先后来了四拨人。第一拨是厂工会主席代表企业送来鲜花、挽联和工友凑的慰问金。第二拨，准确地说是洪格木一个人，他放下一个装钱的信封，一句话没说就匆匆离开了。第三拨是黄伊云的姐姐黄伊青——明恩的大姨带着她母亲，在灵堂里静静地站了一会儿，然后就一起走了。最后一拨，是刘青山带着他儿子刘志鞠了个躬，之后小声对明恩和小叔说他老婆惠玲还在外面等着，他有事，也走了。

明恩无论怎么说都不走，她抱着黄伊云业已僵硬的脖颈，一声接一声喊"妈妈"，涕泪交加。小叔费了很大的劲，才把她弄出了灵堂。

黄伊云死后，她的母亲彻底丧失了语言能力，脾气也越来越坏，看见什么砸什么，所视即为仇敌，大有与世间人、物一决生死之势。不得已，黄伊青带着母亲去了省城治疗，明恩则由小叔带回梅岭。

风把梅岭的夜空刮净，人心也变得很干净。弯月如刀钉在天上，一些星星明明灭灭，这样的夜晚很容易让人想起一些事。明恩说她想爸爸妈妈，小叔就搬出两把小凳陪着她坐在院子里朝天上看，小叔说星星眨眼睛，就是爸爸妈妈在跟明恩说话。她宁愿相信小叔说的是

283

真的。

"明恩,看那颗最亮的星星。"明恩知道那颗孤独的星星是长庚星。

"我不看,它太孤单了,它没有爸爸妈妈。"

"它是苍天的孩子!"小叔说。

夜深了,多数人早已沉浸在被安排好的梦境中,没有人听到这对叔侄的一番没来头的对话。

后记

　　一个人无法决定自己以何种方式来到这个世界，但有选择以何种方式活下去的权利和自由。抱着这样的信念，我从小就不是一个逆来顺受的孩子，但缺少饱满智慧的倔强外壳，在残酷的现实面前是如此的脆弱和不堪一击：我无法从摞着好几块补丁的衣领中昂起自己不屈的头颅。就算真打算和石头碰一碰，最起码自己也得是颗蛋吧。

　　那时的我还只是陕南农村从土里生出来还没有长成的生瓜，还没有足够的精神资本、更没有物质资本可以照顾我可笑的尊严。上中学以前，我一直觉得村里田间的路、通往县城的那些路，白森森的像我父亲母亲缺少营养的血管，很多人在上面来来回回地走，父亲母亲也在上面来来回回地走。走着走着，有些人就老了；走着走着，有些人就再也不见了。我觉得那些路好长啊，没人的时候，我常盯着那些路发呆，有时看久了眼睛觉得痛，想哭。

　　为了让我们活下来，父亲母亲已经穷尽了所有的一切，我又怎么能用还在影子里的理想来绑架他们本就历经磨难的身心？上了师范,我才真正体会到饥饿的折磨有多么残酷。学校发粮票、菜票,这对还在土里刨食的父母来说已经是天堂般的生活依然无法满足我快速发育的身体需求,好在我很快找到了一个对抗饥饿的方法:那就是躲进昏暗的图书馆角落里,假装找一些书来读,这样即使肠鸣厉害到放出屁来也没人听见,不堪的尴尬就这样被掩饰过去了。

我记得我看的第一部长篇是《红与黑》,司汤达的。紧凑的故事情节、宏大的历史感、人物严谨的情感逻辑,让我深陷其中而忘记了饥饿,我用一个周末同学外出购物、改善生活的两天看完了这部名著。这样解说我与文学的缘分,没有丝毫亵渎的成分,恰恰我想说的是,我喜欢的文学应该是对真实的审美和批判。在此,我叙说了一段真实,我的小说集《霜染白璐》基本上也是以我个人真实的生活经历为蓝本的。鉴于个人经验和认知的局限,与其说这是一本小说集,不如说是一本草根文学爱好者的回忆录。为了避免对号入座等不必要的纠纷,人名和地名均为虚构,但其中的故事基本属实。

从石卡河往北的高坡上,蜿蜒着几条瘦肋骨似的白路,从学校后门出去一眼就看见了。三十年后,当我再次前往缅怀工作旧地时,那些路依然是当初的样子。当时我就想,这难道是我前半生命运的隐喻吗?

我曾在白路中学任教过,那是一段特殊时期,是我成年之后工作生活的一次低谷,在那里我经历了人生最大的失败,同时也认识了人性的丑陋,更看清楚了皮与毛、诗与远方、权力与金钱、精神与物质。我从这里出走,经过广州、海南、辽宁、河北、北京,生活终于安定下来之后,凭着记忆和年少时的一点积累,把沿途历练之地的一些人和事记录下来，结成这个集子，算是对自己这半生的一个回顾。

《霜染白璐》着眼于普通人的普通生活，拒绝宏大叙事。作者系非专业从事写作的业余作家，运笔粗糙、立意偏低处请读者朋友谅解。

《霜染白璐》的结集出版，有幸得到陕西文艺评论家协会副主席李星老师作序、出版界朋友何超峰先生策划、陕西人民出版社王彦龙老师编辑，在此一并感谢。

程宏安
2024 年 2 月